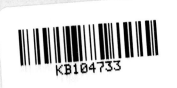

늑대와 향신료

XXIII

Spring Log VI

하세쿠라 이스나 지음
아야쿠라 쥬우 일러스트

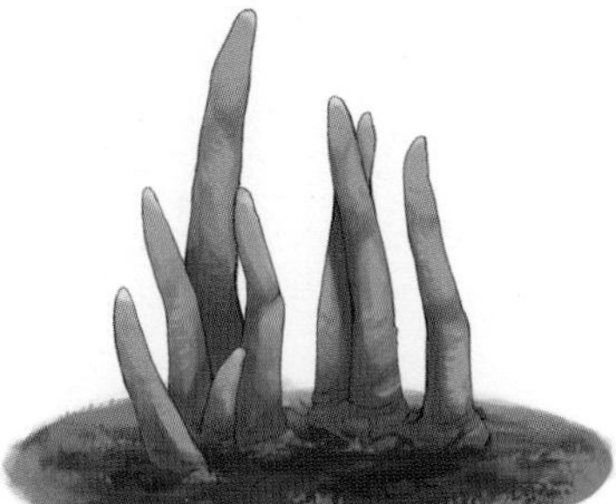

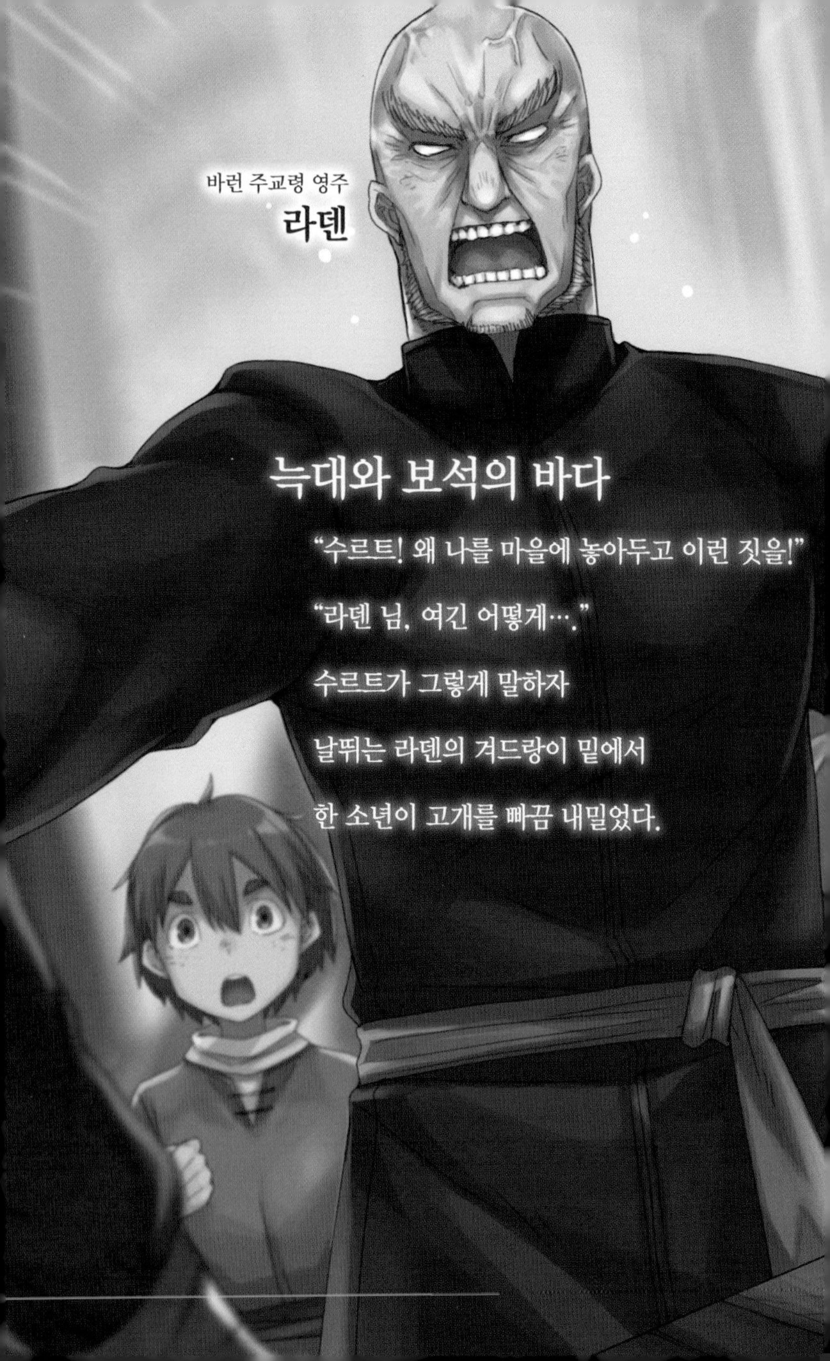
바린 주교령 영주
라덴
늑대와 보석의 바다
"수르트! 왜 나를 마을에 놓아두고 이런 짓을!"
"라덴 님, 여긴 어떻게…."
수르트가 그렇게 말하자
날뛰는 라덴의 겨드랑이 밑에서
한 소년이 고개를 빠끔 내밀었다.

온천장 '늑대와 향신료'의 주인
로렌스
온천장 '늑대와 향신료'의 여주인
현랑 호로

"오라버니!
아버님!
빨리 와~!"
현랑과 전직 행상인의 딸
뮤리

"얼마 전 비가
내리지 않았어?
산속에 버섯이
많이 났겠는데."
늑대와 결실의 여름

늑대와 새벽녘의 빛깔
"그럼 또 만나요."
엘사는 짧게 말한 뒤
남쪽으로 향하는
가도를 걸어갔다.
살로니아의 축제가 끝나고
이틀이 지난 후,
내키지는 않지만
슬슬 겨울을 대비하며
일상을 되찾자는 분위기가
거리를 가득 채운
아침의 일이었다.
경건한 여사제
엘사

저주받은 산에 사는 다람쥐의 화신
타냐

CONTENTS

늑대와 향신료 ⓧⓧⓘⓘⓘ

Spring Log VI

eXtreme novel

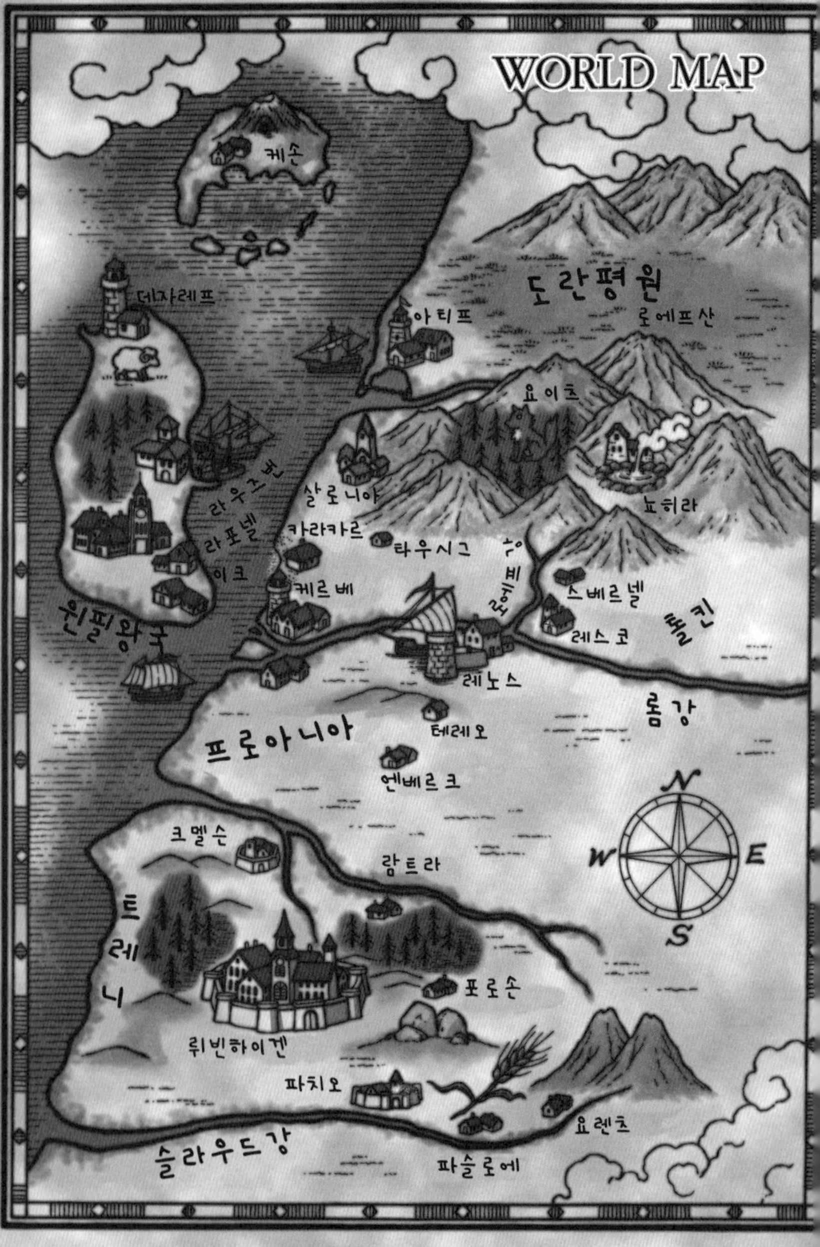
WORLD MAP
케손
데자레프
아티프
도란평원
로에프산
요이츠
살로니아
뇨히라
라우츠퀸
라포넬
이크
카라카르
타우시그
에피강
케르베
스베르넬
톨킨
레스코
윈필왕국
레노스
롬강
테레오
프로아니아
엔베르크
N
W
E
S
크멜슨
람트라
트레니
포로슨
뤼빈하이겐
파치오
요렌츠
슬라우드강
파슬로에

늑대와 보석의 바다

새가 되어 하늘에서 마을을 내려다보면 황금색과 갈색 융단에 버섯이 드문드문 군생하는 것처럼 보이지 않을까. 내륙 교역으로 번성한 살로니아는 대략 그런 도시다.

옛날에는 이웃 농촌에서 상품을 가져와 교환하던 공터일 뿐이었는데 어느 날 방랑 성직자가 나타나 초막을 지었다. 근처에 교회가 없었기에 사람들은 그곳을 자주 드나들었고, 그것을 노린 상인이 나타나고, 시장이 열리고, 여관이 생기고, 길이 만들어져 도시가 되었다.

지금은 1년에 두 번 열리는 커다란 시장이 유명하며, 올가을의 큰 시장도 역시나 몹시 북적거렸다.

하지만 얼핏 성황리에 열리는 듯 보이는 시장은 사실 큰 문제가 있어 삐거덕거리고 있으며 사람이 감옥에 갇히는 사태까지 벌어지는 실정이었다.

도시 사람들이 난처해 하고 있는데 어떤 여행자 하나가 그 문제를 금세 해결해 주었다. 너무나 수완이 좋아 마치 마법 같았다고, 도시 연대기에 기록될 정도로.

민심이 황폐해진 살로니아에 기묘한 여행자 부부 한 쌍이 나타났다… 라는 문장으로부터 그 연대기는 시작된다.

남편은 일개 전직 행상인이라고 자칭했지만 살로니아에 오기 전에는 저주받은 산이라 불리던 땅의 수수께끼를 해명하여 데바우 상회에 고가로 팔았다고 한다. 그 수완 좋은 전직 행상인이,

이곳 살로니아 사람들이 진 빚을 동화 한 닢 쓰지 않고 전부 없애 주었다는 이야기였다.

하지만 그런 희대의 혜안을 소유한 자도 어린 아내에게는 꼼짝 못 하는지, 살로니아 안에서 때때로 아내에게 이리저리 끌려다니는 모습이 목격되곤 했다.

아니, 실은 그 사모님이야말로 장사 지식이 있는 것이 아닐까 하는 속삭임이 얼마 지나지 않아 나돌았다. 꽤 젊어 보이지만 묘한 박력이 있었기 때문이리라.

황갈색 머리에 붉은 기가 도는 호박색 눈동자. 고풍스러운 말투를 사용하는 노회하면서도 사랑스러운 소녀.

술도 어찌나 호쾌하게 마시는지 마을 남자들이 도전했다가 줄줄이 두 손 들고 항복하는 일이 벌어질 정도이니 예의 전직 행상인을 쥐락펴락하는 것쯤이야 일도 아닐 터였다.

그런 두 사람은 가을 초엽에 도시를 찾아와 살로니아의 문제를 산뜻하게 해결한 뒤, 한동안 살로니아에서 여행을 즐겼다. 신의 가호가 있기를….

도시 연대기 초고를 다 읽은 호로의 코가 의기양양하게 벌름거렸다.

옆에서 마찬가지로 글자를 눈으로 좇던 로렌스는 쓴웃음을 지으며 이렇게 말하는 수밖에 없었다.

“왜 나보다 네 분량이 더 많은 거야?”

“나는 현랑 호로니까. 이 글을 쓴 자는 뭘 좀 아네.”

생김새는 어린 소녀 같은 호로지만 실은 머리에는 크고 세모난 짐승 귀, 허리에는 찰랑찰랑한 꼬리가 달린 수백 년은 살았을 늑대의 화신이다.

예전에는 신이라 불렸던 존재이니 일개 온천장 주인인 로렌스가 대등하게 대할 수 있는 상대는 결코 아니지만, 그렇게 의기양양하게 구는 모습은 마냥 소녀 같았다.

호로는 하루하루 있었던 일들을 일기에 열심히 적는 취미가 있으나 역시 스스로 기록하는 것과 타인이 자신을 기록해 주는 것은 크게 다른 모양이었다.

“이건 그림으로 만들어지지는 않는 건가?”

항구도시 아티프의 벽화 덕분에 재미가 들렸나 보다.

“너는 그림으로는 표현 못 할 만큼 아름다우니까.”

호로는 기뻐할 뻔했으나, 대충 얼버무리려는 로렌스의 의도를 파악하고는 입술을 삐죽였다.

두 사람은 조용히 서로를 노려보다가 결국 누가 먼저랄 것 없이 웃음을 터뜨렸다.

“초고를 돌려주러 가는 김에 밥이나 먹고 올까?”

“음. 가끔은 생선도 먹고 싶네.”

이것도 아티프의 신선한 생선 맛을 알아 버린 탓이다.

로렌스의 지갑 무게를 확인하려는지 호로가 손을 뻗는 모습이 보였다.

그 손을 잡자 호로가 티 없이 활짝 웃었다.

웃는 얼굴을 본 순간 거기서 이미 패배다.

연대기에 쓰인 그대로네, 하고 로렌스는 속으로 웃은 뒤 둘이 함께 여관의 방을 나섰다.

로렌스와 호로가 연대기 초고를 돌려주러 교회로 향하자 마침 점심 예배가 끝났는지 사람들이 우르르 나오고 있었다. 상인 몇 명이 로렌스를 발견하고 모자를 가볍게 벗으며 인사를 했다. 완전히 유명인이 되어 버렸네, 싶은 마음에 좀 낯간지러운 기분을 맛보고 있는데 옆에서 호로가 가슴을 당당히 폈다.

이 멍청이가 한 사람 몫을 하게 만들어 준 것이 바로 나, 라고 주장하고 싶은 모양이었다.

"어머나, 로렌스 씨."

"안녕하십니까, 엘사 씨."

교회에 들어가니, 머리를 질끈 묶고 묵직해 보이는 성서를 안고 있는 여사제와 마주쳤다.

호로를 안 지 얼마 안 되었을 무렵 호로의 고향을 찾는 여정에서 알게 된 오래된 지기다.

엘사는 호로와의 결혼식에서 입회인이 되어 준 인물인 데다,

또 워낙 시원시원한 성격이어서 로렌스 입장에서는 호로 다음으로 꼼짝 못 하는 상대였다.

"연대기 초고를 돌려드리러 왔습니다. 읽어 보니 조금 근질근질한 느낌이 들긴 했지만요."

"그에 걸맞은 업적을 이루셨다는 뜻입니다. 저는 아직도 믿을 수가 없어요."

사람들의 빚을 동화 한 닢 쓰지 않고 없앤 일. 말로만 들으면 무슨 마법 같지만 하나하나 풀어 나가면 그렇게 이상한 일도 아니었다.

로렌스가 연대기 초고가 적힌 종이다발을 건네자 엘사는 거기에 무슨 비밀이 남아 있기라도 한 듯 정성스럽게 받아 들었다.

"엘사 씨는 그 후가 오히려 더 힘들지 않았나요?"

로렌스가 사람들의 빚을 없애 버린 후 당연히 같은 방법으로 다른 사람들의 빚을 탕감해 줄 수 없느냐는 진정도 많이 들어왔다. 하지만 빚이라는, 대놓기 말하기엔 다소 껄끄러운 화제인 데다 사람들 사이의 연쇄적인 관계를 풀어 나가는 작업이었기 때문에 그 부분은 살로니아의 교회가 중심이 되어 처리했다. 이럴 때 의지할 수 있는 사람은 숫자와 문자에 밝으며 동시에 신앙심도 있는 엘사였다.

"사흘쯤 최선을 다했더니 전부 끝났습니다. 별로 대단한 일은 아니었습니다."

늠름한 벌꿀 빛깔의 눈동자에 허세를 부리는 기색은 전혀 없었다.

역시 대단하십니다, 하고 고개를 숙이자 엘사가 "아참, 그렇지." 하고 말을 이었다.

"오늘 아침 짐마차로 재미있는 물건이 도착했답니다. 두 분께 드려야 할 것 같아서."

그런 엘사의 말에 뒤에서 하품을 하고 있던 호로도 흥미를 느낀 모양이었으나, 엘사가 내민 것은 두꺼운 성서와 함께 안고 있던 책자였다.

"여명의 추기경님께서 작업하신 성서 세속어 번역의 초역입니다. 아주 훌륭한 번역본이라고 생각합니다."

여명의 추기경님이라는 말만은, 드물게도 장난스럽게.

게다가 재미있는 물건이라면서 성서와 관련된 책자를 내민 것은 딱히 엘사가 자신의 전부를 신앙에 바친 여성 성직자이기 때문만은 아니었다.

그 여명의 추기경이란 것이 로렌스가 너무나 잘 아는 청년 콜의, 세간에 알려진 또 다른 이름이기 때문이다.

엘사는 콜이 어렸을 때 식사 예법부터 하나하나 다 가르친, 말하자면 스승 중 한 명이었기에 그 콜이 이토록 어엿하게 자랐다는 감개와 동시에 약간 재미있다는 느낌이 드는 모양이었다.

로렌스 입장에서도 옛날 여행 도중 주운 소년이 지금은 훌륭한 인물로서 세간에 이름을 떨치고 있는 모습을 보니, 자랑스러운 한편 남자로서 조금 분한 마음도 있었다.

다양한 감정의 교차를 즐기며 책자를 받아 드니 호로가 옆에서 고개를 내밀고 코를 킁킁거리며 냄새를 맡았다.

"뭐지? 그 녀석들이 보낸 편지는 아닌 것 같은데."

"네. 두 사람이 어디 있는지는 이곳에 드나드는 상인 여러분께 이야기를 듣고 있는데요… 어느 도시에서 봤다거나, 이 지방에서 악덕교회와 싸우고 있다거나, 아니다, 성자의 산에 신앙문답을 하러 갔다거나, 모두 다르게 떠들어 대는 것이 마치 전설상의 인물 같더군요. 너무 유명해지는 것도 꼭 좋지만은 않은 모양입니다."

자신의 꿈과 신앙을 위해 온천마을 뇨히라를 뛰쳐나온 청년 콜.

금세 세상에 커다란 파문을 퍼뜨릴 만큼 커다란 모험에 몸을 던진 모양이었지만, 로렌스에게는 콜이 지금 어디서 뭘 하고 있는지를 너무나 알고 싶은 매우 강한 동기가 있었다.

"무소식이 희소식이라잖아. 게다가 이런 게 나돌고 있는 걸 보니 어차피 지금쯤 양파나 씹어서 잠기운을 쫓으며 방에 틀어박혀 있겠지."

호로는 책자를 집어 들고 팔랑팔랑 페이지를 넘겼다.

"그 옆에 재미없다는 표정으로 앉아 있는 멍청이의 모습이 눈에 선하지 않아?"

호로의 심술궂은 웃음에 로렌스는 입을 삐죽였다.

그 모습을 본 엘사가 살짝 웃으며 말했다.

"'성녀 뮤리'라는 평판이 있답니다. 늘 미소가 끊이지 않는, 태양 같은 자비를 베푸는 분이라면서요."

로렌스는 그 말이 기쁘기도 했지만 지긋지긋한 마음도 들었다.

두 사람의 동향이 그토록 궁금한 것은 물론 콜을 친아들처럼 생각해서이기도 했지만, 최대의 원인은 콜에게 딱 달라붙어 여행을 떠나 버린 외동딸 뮤리에게 있었다.

여행을 떠나 한동안은 드문드문 편지가 왔지만 그 간격이 차츰 길어지고, 최근 들어서는 거의 뜸한 상황이었다. 두 사람에게 혹시 무슨 일이 있는 게 아닐까, 하는 걱정은 이중의 의미를 띠고 있었다.

여행 도중에 무슨 곤란한 일이 벌어진 건 아닐까, 하는 걱정.

그리고 실제 혈연관계가 없다고는 하나 분명 오누이였던 두 사람의 관계에 커다란 변화가 일어난 건 아닐까, 하는 걱정.

"이 멍청이는 도무지 포기할 줄을 모른다니까."

"저는 아들만 셋이지만, 먼 동네에서 아내와 함께 살겠다고 한다면 쓸쓸하긴 하겠군요."

"그런가? 내 입장에선 여행 다니면서 들를 곳도 생기고, 그 지역의 맛있는 음식도 얻어먹을 수 있을 것 같은데."

"그건 그럴 수도 있겠네요."

근면 성실한 엘사와 나이 많은 늑대답게 대범한 데가 있는 호로는 가끔 의견 대립을 보이곤 하지만, 이 부분에서는 생각이 맞는 모양이었다.

"자, 당신도 슬슬 정신을 차리는 게 좋을 거야. 나는 이 도시의 큰 시장을 마무리 짓는, 축제 준비라는 커다란 역할이 있으니까."

호로가 책자로 등을 툭툭 쳤다.

"준비라니… 그냥 술을 마시고 싶을 뿐이잖아."

"멍청이. 나 이상으로 술을 잘 마시는 자는 이 도시 안에 없으니까 내가 책임지고 축제에서 마실 술을 선정해야 하지 않겠어?"

이럴 때 보통 절제하라고 타이르는 엘사도 축제 준비의 일환인 것은 사실이니 잔소리를 포기한 모양이었다.

"매년 어느 창고에서 술을 가져올지를 두고 실랑이가 벌어지는 모양이니, 호로 씨가 정해 주신다면 그 점은 큰 도움이 될 것 같습니다."

"거 봐, 당신."

흐흥, 하고 턱을 치켜드는 호로 앞에서 로렌스와 엘사는 동시에 한숨을 내쉬는 수밖에 없었다.

"늘 마시는 포도주가 아니라 보리 증류주니까, 과음하면 안 돼."

"멍청이. 내가 언제 과음을 했다는 거야?"

교회에서도 이렇게나 당당하게 말할 수 있는 상대이니 로렌스와 엘사의 잔소리 따위가 통할 리가 없었다.

"안주는 뭐가 좋을까? 기침이 나올 정도로 바싹 훈제를 한 말린 고기나… 아니면 벌꿀 과자 같은 것도 의외로 괜찮단 말이지."

옷 속에서 정신없이 흔들리는 꼬리에서도 잔뜩 들뜬 기분이 엿보였다.

"당신, 어서."

"알았어, 알았어. 그럼 엘사 씨."

"나중에 뵙겠습니다."

호로에게 손을 잡혀 끌려가는 로렌스를 바라보며 엘사는 어이가 없는 듯, 그러면서도 조금 부러운 듯한 쓴웃음을 지었다.

그로부터 몇 시간 후.

로렌스는 기분 좋게 취해 쓰러진 호로를 업고 여관으로 돌아왔다.

살로니아에서는 봄과 가을에 큰 시장이 열리고, 가까운 지역뿐 아니라 먼 곳에서도 상인들이 찾아온다.

게다가 가을 시장이 끝날 무렵에는 수확 감사와 내년의 풍년을 기원하는 커다란 축제도 늘 열린다.

예전에 행상인이었던 로렌스는 당연히 여러 지역의 축제에 참가했지만 그때는 들뜬 축제 분위기에 편승하여 상품을 얼마나 비싸게 팔지에만 관심이 있었기에 제대로 즐겨 본 적이 없었다. 늘 발밑만 내려다보며 한 걸음이라도 많이 걷고 다른 상인들보다 1초라도 빨리 다음 마을로 갈 생각밖에 없는 삶이었다.

그렇게 바쁘던 여행의 속도가 느려진 것은 호로를 만난 후부터였다.

그러고 나서야 처음으로 발견한 풍경과 공기의 냄새가 있었다.

축제 준비도 그중 하나로, 지역 사람들 입장에서는 사실 그쪽이 더 즐거운 일이라는 사실을 안 것도 호로의 손을 잡고 나서였다.

"이곳에는 다양한 보리들이 모여들어서 정말 좋아."

숙취가 겨우 가라앉은 저녁 무렵, 숙박하는 여관 처마 밑에 놓여 있는 테이블에 앉은 호로가 질리지도 않고 또 술을 마시면서 말했다.

그래도 연한 과일주를 홀짝홀짝 마시는 정도인 것을 보니 반성은 하고 있는 모양이었다.

"마을 사람들도 빚이 사라져서 마음이 편해졌는지, 이쪽 장사도 순조로웠어."

"호오, 그 짐마차에 실려 있던 냄새 나는 것을 팔았다고?"

기왕 마을의 유명인이 되었으니 그 명성을 이용하지 않을 수가 없다. 로렌스는 뇨히라에서 출발할 때 가져온 산더미 같은 유황 가루를 반쯤 팔아치우는 데 성공했다. 들뜬 축제 분위기를 틈타 구멍을 파고 뜨거운 물을 부어 즉석 온천을 만들자는 이야기도 나오고 있으니 조금 더 팔 수 있을지도 모른다고 로렌스는 생각하고 있었다.

"그렇다면 나는 딱히 할 말이 없지."

호로는 그렇게 말하며 눈을 감고 다소 선선해진 저녁 바람에 앞머리를 나부끼면서 기분 좋은 표정을 지었다.

해가 지기까지 조금 더 시간이 남았고, 축제가 가까워지니 날이 저물어도 거리는 조용해지지 않는다. 낮에 실컷 잔 호로가 또 과음을 하지 말아야 할 텐데, 하고 걱정하고 있는데 여관 주인이 음식과 따스한 수프를 가져다주었다.

"흐음, 술을 다소 많이 마신 후에는 이게 아주 최고라니까."

그렇게 말하며 호로는 버섯과 채소를 함께 넣고 끓인 수프를 맛있게 먹었다.

"그나저나 한 가지 아쉬운 게 있어."

"응?"

수프 그릇을 내려놓은 호로가 불에 쬐어 구운, 비쩍 마른 정어리를 집어 들고 대가리부터 베어 물었다.

"청어가 아니라 그나마 다행이긴 하지만, 사실 이 마을에는 맛있는 민물생선이 아주 많다던데."

바다에 칼만 꽂아도 몇 마리씩 잡힌다고 할 정도로 넘쳐 나는 청어는 어느 내륙부에 가도 반드시 식탁에 오른다. 게다가 저렴하기 때문에 겨울이면 온통 청어밖에 나오지 않아, 음식에 까다로운 호로가 아니라도 얼굴을 찌푸릴 정도다.

반면 민물생선은 생선 그림자로 강이 시커멓게 물드는 일 따위는 바랄 수도 없고, 보존에 사용되는 소금이 나는 바다에서도 멀리 떨어진 경우가 많기 때문에 널리 유통되지 못한다. 그 지역에서 나는 맛있는 민물생선은 그 지역에서만 먹을 수 있는 경우가 대부분인 것이다.

"도시 옆에 강이 흐르는 걸 봤는데 별로 그런 느낌은 안 들었어. 게다가 바다에서 아무리 멀리 떨어져 있어도 달과 청어에서는 도망칠 수 없다고 하잖아. 뭐, 이건 정어리지만."

로렌스도 정어리를 한입 베어 무니 편안한 쓴맛이 입안에 퍼졌다.

조금 더 그을리는 게 내 취향인데, 하고 생각하고 있는데 호로가 어깨를 으쓱했다.

"왜, 여관방에서 멀리 바라보면 흐릿하게 산이 보이지?"

"응? 아아."

쓴맛이 입에 맞아서 세 마리째에 손을 뻗고 있는데 호로가 손을 철썩 때렸다.

"우리가 지나온 산과는 다른 곳에 전설의 연못이 있다는데 말이야."

"전설 말이지."

대충 맞장구를 치며 로렌스는 주인을 향해 정어리가 담겨 있던 접시를 흔들었다.

"거기 송어가 아주 진미라는데, 하필 올해는 가게에 한 마리도 없다는 거야."

"흐응."

송어라면 나뭇잎에 싸서 버섯과 버터를 듬뿍 올려 굽는 것도 괜찮겠네, 하고 로렌스는 온천장 주인답게 식사 메뉴를 떠올렸다.

"그 연못에서만 특별히 키우던 생선이라는데, 아무래도 전염병이 돌았던가 봐."

"연못 양식이군. 강의 활어조와는 달리 어렵긴 해. 뇨히라에서도 가끔 시도해 본 적이 있는데 잘 안 됐다나 봐."

"덕분에 청어 아니면 정어리뿐이잖아."

호로는 투덜거리면서도 로렌스가 확보해 준 정어리를 와작와작 먹어치웠다.

물론 통통한 송어가 맥주에는 더 잘 어울릴 터였다.

게다가 장사를 하는 입장에서는 또 안타까워지는 점이 있다.

"축제 기간에 맞춰서 열심히 키웠을 텐데, 딱한 일이야."

산속에 있는 양식 연못이라면 인근 주민들에게는 중요한 수입

원 중 하나였음이 분명하다. 이미 병이 돌아 버린 연못에 새로 물고기를 넣기도 꺼려질 테고, 아무튼 곤란한 상황이 이어지고 있을 게 뻔했다.

그런 생각을 하고 있는데 호로의 시선이 문득 무언가에 빨려 들어가듯 한 점을 향했다. 로렌스도 그쪽을 보자 자신들을 향해 손을 가볍게 흔드는 엘사가 있었다.

"무슨 볼일이지?"

호로의 말에 살짝 가시가 돋쳐 있는 이유는, 술자리에 엘사가 있으면 덤으로 잔소리가 딸려 오기 때문이다.

축제에 쓸 술을 선정한 후 결국 고주망태로 취해 버렸다는 이야기가 엘사의 귀에도 들어간 모양이다.

"당신에게 절제를 설교하는 것도 신의 사도인 제 역할이긴 합니다만."

엘사는 다소 어이없다는 투로 그렇게 말하면서도 시선은 로렌스를 향했다.

"볼일이 있는 건 로렌스 씨 쪽입니다. 부탁드릴 일이 있어서."

"저 말인가요?"

그때 마침 여관 주인이 구운 정어리를 추가로 가져왔다. 호로가 손을 뻗어 움켜쥔 것은 그 갓 구운 정어리, 그리고 로렌스의 뒷목이었다.

"이건 내 거야. 부려 먹고 싶다면 뭔가 대가가 필요하고."

연대기에도 적혀 버린 일이기에 로렌스는 항변하지 않았다. 머리부터 잡아먹히는 정어리처럼 몸을 움츠리고 어깨를 으쓱할 뿐.

"당신에게도 대가가 있을 겁니다."

"음?"

"맛있는 송어를 먹고 싶지 않나요?"

호랑이도 제 말하면 온다더니.

로렌스와 호로는 얼굴을 마주한 뒤, 엘사의 이야기를 듣기로 했다.

호로가 여관 창으로 바라본 산이라는 것은 라덴 주교령이라 불리는 땅이라고 했다.

엘사와 함께 저주받은 산의 수수께끼를 해결한 바런 주교령처럼 광대한 땅은 아니고, 작은 마을 하나를 다스리는 정도라고 했다. 그 주교령에 있는 산속 깊은 마을은 이 근처에서는 드물게도 민물고기 양식업을 하고 있었다. 통통하게 살찐 송어는 특히 평판이 좋았고, 더구나 살로니아 근처를 흐르는 강에서는 진흙 냄새가 나는 잉어밖에 잡히지 않았기에 인기 상품 중 하나였다. 그런데 몇 년 전부터 생선들이 병에 걸렸고, 올해는 특히 심해서 아예 전멸해 버렸다고 한다. 한동안은 연못물이 저절로 바뀌기를 기다리는 수밖에 없어서 송어가 살로니아의 식탁에 오르는 것은 한참이나 지난 후의 일이 될 듯했다.

그런 설명을 들으니 다음으로는 그들의 궁지를 장사 지식으로 구해 줄 수 없겠느냐, 하는 요청을 받으리라는 예측을 할 수 있었다.

하지만 주요 양식업이 사라졌는데 그것을 대신할 생업을 찾는다는 것은 상당히 어려운 이야기다. 그런 일을 쉽게 할 수 있다면 자신은 진작 커다란 상회의 주인이 되었을 테고… 라고 생각했지만, 교회로 향하는 도중 엘사에게 들은 이야기는 로렌스의 예상과 비슷하면서도 전혀 다른 이야기였다.

"돈을 빌릴 방법을 찾아 달라고요?"

마을 사람들로서는 주요 산업이 사라져서 곤란한 상황에 처한 입장이니 빚을 지는 것도 이해할 수 있는 선택지다.

"어디 상회를 좀 설득해 달라는 말씀일까요? 그것도 상당히…."

빚을 지게 될 경우 돈을 빌려주는 쪽도, 빌리는 쪽도 장기적인 관계가 된다. 훌쩍 들른 여행자가 함부로 세 치 혀를 놀리기는 조금 망설여지는 일이다. 심지어 살로니아는 바로 얼마 전까지 빚이 사슬처럼 복잡하게 뒤엉켜서 꼼짝도 못 하던 곳이었다.

그걸 이제 겨우 풀었는데, 하고 로렌스가 생각하고 있는데 엘사가 고개를 가로저었다.

"아뇨, 아닙니다. 상회에서는 이미 거절당했고, 남은 곳이 교회밖에 없다는 거예요."

"……."

바로 대꾸할 수 없었던 이유는, 엘사의 말이 의아하게 들렸기 때문이었다.

엘사는 말 그대로 임시이긴 하지만 사제직을 임명받은 사람이다. 심지어 이 도시의 소동을 해결하는 데 일익을 담당했으니, 사제라는 지위에 어울리지 않을 정도의 발언력을 갖고 있을 터였다.

곤란한 상황에 처한 사람들을 돕는 일이 신이 원하는 바라면, 엘사가 빌려주기를 바라기만 한다면 이곳 교회를 설득하는 일은 그리 어렵지 않을 터였다.

"아니면 마을 사람들이 돈을 갚을 수 있을지 어떨지 조사해 달라는 말씀이신가요?"

엘사는 늘 등을 곧게 펴고, 꽉 묶은 머리카락은 하루 온종일 바쁘게 일한 후에도 결코 흐트러지지 않는다.

그런 엘사가 다소 구부정한 자세로 말했다.

"아뇨, 그 점은 문제없습니다. 양식 자체의 상황이 이미 몇 년 전부터 좋지 않았고, 마을 사람들도 근면했기 때문에 지금은 사슴 사냥과 사슴 가죽으로 만들 수 있는 가죽끈 등으로 생활이 안정되어 있는 모양입니다. 이곳은 유통의 거점이니 자루 주둥이를 꽉 묶는 가죽끈은 아무리 많아도 모자라죠. 그러니 사실은 굳이 빚을 질 필요도 없다고 합니다. 즉….”

엘사가 로렌스를 바라보았다.

“저희는 당신에게 **교회가 그들에게 돈을 빌려줄 방법을 찾아 주기를 바라는** 겁니다.”

엘사의 불안해 보이는 얼굴은, 마치 외국어 문장을 열심히 구사한 직후의 소녀 같았다.

실제 자신의 말뜻이 상대에게 통했을지 확신이 없는 모양이었다.

“그러니까, 제 말은, 교회가….”

“아뇨, 알겠습니다. 괜찮습니다.”

그렇게 대답하자 엘사는 아직 하고 싶은 말이 남은 눈치였으나 얌전히 입을 다물었다.

그러나 말은 이해했지만, 의미를 알 수가 없었다.

“마을 놈들은 돈이 필요한 거지?”

침묵이 흐르고 있는데 호로가 말했다.

“그리고 당신들 교회에서는 마을 놈들에게 돈을 빌려주고 싶은 거지? 천칭은 균형이 맞는 것 같은데.”

호로의 표정이 귀찮아 보이는 것은 이 당연해 보이는 논리가 아무래도 당연하지 않은 것 같다는 사실을 느꼈기 때문이리라. 사정이 있다는 뜻이다.

엘사는 가슴속으로 말을 반추하듯 가슴에 손을 짚고 심호흡을 여러 차례 한 뒤 말했다.

"저는 마을 분들이 돈을 원하는 이유에 공감했습니다. 반드시 교회가 돈을 빌려드려야 한다고 생각합니다. 하지만."

하고 이쪽을 돌아보는 그 얼굴은 실로 미안해 보였다.

"하지만, 교회에서 돈을 빌려주는 행위는 그리 칭찬받을 만한 일이 아닙니다. 심지어 지금은 교회의 악페를 고치고자 하는 폭풍우가 밀어닥치는 한복판이죠."

엘사가 다소 미안한 표정을 짓는 건, 로렌스 일행을 책망할 생각은 없다는 의미일 터였다.

호로는 노골적으로 고개를 돌렸으나 그것은 콜과 뮤리가 교회를 뒤흔드는 바람에 세계 이곳저곳에서 먼지바람이 뭉게뭉게 솟아나고 있기 때문이었다.

악페가 가득 쌓인 교회를 청소하는 일 자체는 옳지만, 아무래도 세상일이란 마냥 옳고 깨끗한 생각만으로는 해결될 수 없는 측면이 많다. 청빈을 칭송하는 교회가 기부금으로 돈을 잔뜩 벌고 있다는 모순 등이 특히 그렇다.

그런 연유로 최근에는 교회의 돈에 관련된 이야기가 세간에서 유난히 공격받고 있어, 얼핏 문제없어 보이는 일조차 의심이 담긴 시선을 받곤 하는 모양이었다.

그리고 세상이 그렇게 되어 버린 원인이 콜과 뮤리의 존재에 있다는 사실은 딱 잘라 부정할 수도 없었다.

"하지만 만일 올바른 행위를 위한 일이라면 돈을 빌려주어도 문제가 안 되지 않을까요? 고리대금업이 아니라면 교회법에도 반하진 않을 텐데요."

질책받을 부분은 비싼 이자를 취하는 데 있을 뿐, 예컨대 '하룻밤 잠자리를 빌리면 은혜를 갚아야 한다'는 등의 이야기는 성서에도 쓰여 있다. 그렇다면 돈을 빌린 후 약간의 답례를 하는 일은 신께서도 허락하셨다고 신학적으로도 해석될 터였다.

"어디까지나 묵인일 뿐이죠. 혹시 그러다 비난의 대상이 되는 게 아닐까, 하고 이곳 주교님은 망설이고 계시는 겁니다."

그렇게 말하니 그것도 이해가 된다.

"특히 마을은 아주 곤궁한 처지도 아니니 더더욱 돈을 빌려주면 의심을 살 것이라고 말이지요."

"빌려줄 수 없는 이유는 그렇다 치고, 빌려주고 싶은 이유는 뭐지? 네 이야기를 듣자 하니 물고기를 키워 먹는 작자들은 돈이 궁하지 않은 모양인데?"

호로의 물음에 엘사가 그쪽을 돌아보았다.

그리고 문득 앞쪽으로 시선을 돌린 것은, 교회가 앞쪽에 보였기 때문에.

"아니면 당신들의 신선한 귀로 이야기를 듣고, 직접 판단해 주시겠습니까."

마을 사람들의 호소가 연극배우들처럼 그럴싸하다는 말일까.

게다가 엘사는 호로의 정체를 알 만큼 오래 알고 지낸 사이다.

"내 늑대 귀에 의지하려면 아주 차갑게 식힌 맥주가 필요한데 말이지."

호로의 귀는 인간의 거짓말을 구분할 수 있다.

엘사는 한숨을 내쉬며 어깨를 축 늘어뜨리고는 교회 쪽으로 걸어갔다.

살로니아 교회에 도착했을 무렵에는 하늘이 보랏빛으로 물들고 도시 곳곳에 횃불이 타오르고 있었다. 교회도 저녁 예배가 끝나고 문을 닫은 줄 알았는데, 교회 문은 활짝 열려 있고 여성 몇 명이 모여 있었다.

"아, 오셨어!"

풍채 좋은 여성이 로렌스 일행을 알아보고는 손가락으로 가리키며 외쳤다. 그러자 금세 교회 안에서 사람들이 우르르 몰려나왔다. 하나같이 땟국이 흐르는 지저분한 차림새라서 도시 사람들은 아닌 듯했다.

로렌스는 당황하고 호로는 의아한 표정으로 엘사를 바라보았다.

엘사는 헛기침을 한 뒤 목소리를 높였다.

"살로니아를 궁지에서 구해 주신 상인분을 모셔 왔습니다! 길을 비켜 주세요!"
"오오, 상인님!"
"당신이!"
"감사합니다, 감사합니다!"
마치 성자라도 나타난 양 몰려드는 마을 사람들을 엘사가 말 그대로 헤치면서 앞으로 나아갔다.
로렌스는 시장에서 서로 주먹질을 하며 상품을 사고팔던 시절이 떠올라 즐거워졌지만, 의외로 섬세한 호로는 당황하고 조금 겁먹은 눈치까지 보였다.
로렌스는 호로의 어깨를 감싸 안다시피 하며 엘사의 뒤를 따라 교회로 들어갔다.
안으로 들어가니 제단을 앞둔 회랑에는 예배용 긴 의자에 남자들이 제각각 앉아 있었다. '제각각'이라는 말은 단순한 비유가 아니어서 보리 계량을 하는 자도 있는가 하면 커다란 손도끼의 날을 갈고 있는 자도 있었다. 웃통을 벗어 옷을 수선하는 자도 있고, 심지어 염소까지 있었다.
"잠깐! 염소는 끌고 들어오지 말라고 했을 텐데요! 교회 뒤에 묶어 놓으세요!"
엘사에게 야단을 맞은, 염소를 꼭 닮은 남자가 다급히 염소 세 마리를 밖으로 데리고 나갔다.
엘사가 한숨을 내쉬고 있는데 안쪽 방으로 이어지는 복도에서 주교가 고개를 내밀었다.

"엘사 씨, 이쪽입니다."

손짓을 하는 것을 보고 로렌스는 엘사와 함께 그쪽으로 향했다. 그 뒤로 교회 앞에 모여 있던 사람들과 의자에 앉아 있던 사람들이 어슬렁어슬렁 따라왔다.

그렇게 넓은 홀인지 뭔지 앞에 도착하자 엘사가 뒤를 돌아보고 말했다.

"다른 분들은 여기서 기다려 주십시오."

단호한 말에 오리 떼 같던 사람들이 발걸음을 멈추었으나 불만스러운 듯 투덜거리는 모습은 그야말로 오리 같았다. 그때 홀쭉하고 키가 큰, 누가 봐도 빈틈없어 보이는 주교가 문을 열어 주었기에 로렌스 일행은 안으로 들어가고 엘사가 사람들을 가로막다시피 하며 문을 닫았다.

그제야 겨우 인파의 열기가 차단되어, 한숨을 내쉴 수 있었다.

"대체 이게 다 무슨 일이지?"

호로가 로렌스의 품속에서 악몽이라도 꾼 듯 중얼거리자, 홀에 놓여 있던 긴 테이블의 의자에서 일어서는 사람이 있었다.

"우리 마을 사람들이 무슨 민폐를…."

고지식한 생김새의 몸집 작은 백발 노인이었다. 이야기의 흐름을 통해 라덴 주교령의 촌장쯤 되는 사람이라고 예상할 수 있었다.

"괜찮습니다, 촌장님. 다들 예의 바르게 지내고 있으니까요."

교역으로 번성한 도시의 주교답게 그런 말을 가볍게 내뱉는다.

"마을 사람들을 받아들여 주셔서 감사합니다. 원래 이렇게 여럿이 올 생각은 아니었습니다만…."

"신경 쓰지 마십시오. 이곳은 신의 어린양이라면 누구나 자기 집처럼 드나들 수 있는 곳입니다."

그럴싸한 말을 늘어놓는 것이 주교의 역할이라면 실제로 성당을 청소하는 사람은 엘사다. 성당 내부에 염소를 끌고 들어온 일이 떠올랐는지 엘사가 두통을 꾹 참는 표정을 지었다.

"그런데 그분들은?"

"아, 이 두 분은 지난번에 말씀드렸던 살로니아를 궁지에서 구해 주신 상인분들입니다."

갑자기 화제로 끌려나온 로렌스가 다급히 상인용 미소를 지었다.

"오오, 그렇군요. 이것 참, 이것 참."

노인이 예의 바르게 고개를 숙이며 통성명을 했다.

"저는 수르트라고 합니다. 라덴 주교령의 작은 마을에서 촌장 노릇을 하고 있습니다."

"그래프트 로렌스입니다. 이쪽은 제 처인 호로입니다."

로렌스도 자기소개를 하자, 수르트는 외국에서 고향 지인을 우연히 만나기라도 한 듯 안도한 표정을 지었다.

"로렌스 님의 소문은 많이 들었습니다. 당신 같은 인물이 힘을 빌려주신다니, 무어라 감사를 드려야 좋을지 모르겠습니다. 정말 감사합니다."

도대체 얼마나 부풀려진 소문을 들었는지는 모르겠지만, 애매하게 웃으며 일단 고개를 끄덕였다.

"그래서, 제가 뭘 어떻게 도와드리면 좋을까요?"

수르트라는 촌장은 로렌스의 예상대로 송어 양식으로 유명한 마을의 촌장인 듯했다.

조금 전 엘사의 이야기에 따르면, 엘사를 비롯한 교회 측 입장은 그들에게 돈을 빌려주고 싶지만 현 세태 때문에 교회가 대금행위를 한다는 것은 어려운 일이다. 그래서 상인의 지혜에 의지하여 그들에게 돈을 빌려줄 수 있는 방법을 찾아보겠다는 이야기였다. 교회에 마을 사람들이 거의 총출동할 기세로 몰려들었던 데에는 그럴 만한 사정이 있는 모양이었다.

하지만 로렌스는 당초 양식업이 괴멸되는 바람에 마을 사람들의 생활이 어려워져서 돈을 빌리려 한다고 생각했는데 그것도 아니었던가 보다. 성당 내부에 있던 남자들도 차림새가 아주 깔끔하지는 않았으나 도시에서 사 온 것으로 보이는 음식이나 들고 있던 도구의 질이 괜찮아 보였다.

생활이 궁핍해진 것도 아닌데 마을 사람들은 돈을 빌려 대체 무엇을 하려는 것이며, 교회에서는 왜 그것을 지지하려 드는 것일까.

로렌스의 시선 너머에서 수르트가 자세를 반듯하게 고치더니 이렇게 말했다.

"라덴 님을 주교로 만들기 위한 돈을 빌리고 싶습니다."

로렌스의 머리에 제일 먼저 떠오른 말은 '성직매매'라는 단어였으나, 그때 주교가 끼어들었다.

"촌장님, 그 말씀에는 어폐가 있군요."

그리고 로렌스를 돌아보며 상인을 꼭 닮은 미소를 지었다.

"뭐, 일단 앉으시지요. 라덴 주교령을 둘러싼, 민감한 문제가 있답니다."

수상쩍게 돌려 말하는 것 같아 무심코 엘사를 쳐다보았다. 겸손하고 정직하며 잘못된 일을 용서하지 않는, 성직자의 귀감인 엘사다. 고위 성직록을 얻기 위해 돈을 준비하라니, 그야말로 한창 세간의 비판에 노출되어 있는 교회의 사악한 풍습이 아니냐고, 로렌스는 눈빛으로 물었다.

로렌스도 딱히 청렴결백하고 싶어서 그런 것은 아니고, 저도 모르게 위험한 다리를 건너게 되는 일은 사양하고 싶기 때문이었다.

그러자 로렌스의 시선을 받은 엘사는 뜻밖에도 다부진 태도로 그 눈빛을 받아넘겼다.

"이야기를 들어 주셨으면 합니다."

아무래도 엘사의 윤리관에 비추어 볼 때도 문제없는 이야기인 모양이었다.

수상하다는 표정을 짓고 있던 호로도 엘사의 성격을 잘 알고 있어서인지 뜻밖이라는 듯 눈을 깜박거렸다.

"…알겠습니다."

로렌스는 고개를 끄덕이고 말했다.

"그렇다면 들어 보겠습니다."

로렌스와 호로는 촌장이라 자칭한 수르트의 맞은편에 앉았다.

"저희 마을의 이름, '라덴 주교령'은 애당초 이 지방의 속칭인 셈입니다."

수르트는 우선 그렇게 말했다.

"산간지방인 데다 수확도 별로 나지 않는, 좁은 땅을 개척한 라덴 님은 정말이지 신의 가르침을 몸소 실천하시는 훌륭한 분이십니다. 저희를 이끌어 주시는, 마을 사람 모두의 아버지 같은 분이시죠. 그런 라덴 님의 위업을 기려, 이곳을 라덴 주교령이라 부르고 있습니다."

훌륭한 수염을 기른 술집 주인이 '아무개 경'이라 불리는 것과 같은 이야기다. 여행을 하다 보면 그런 속칭으로 불리는 땅이 가끔 있다.

"라덴 님은 정식 성직록을 받으셨습니까?"

그 물음에는 주교가 대답했다.

"이것은 살로니아에 남은 기록을 통해 드리는 말씀입니다만."

주교는 헛기침을 한 뒤, 묘한 전제를 먼저 제시했다.

"라덴 님은 대략 40년쯤 전일까요, 이 땅에 존재했다던 교회의 대리로서 현재의 땅을 당시 소유자였던 귀족에게서 기부받았다고 합니다. 그러니 성직록을 수여받은 성직자는 아니지요."

'이 땅에 존재했다던 교회'라고 돌려 말하는 것을 듣고 로렌스는 입가에 웃음이 나려는 것을 꾹 참았다. 번역하자면 라덴이라는 인물이 교회 관계자를 사칭하고 토지를 기부받았을 가능성이 있다는 이야기였다.

"하지만 라덴 님의 그 행위 덕분에 수많은 사람들이 구원을 받았습니다."

로렌스가 마음속으로 내뱉은 말에 대답이라도 하듯 주교가 말했다.

"40년 전이라 하면 이곳 살로니아조차 이교도와의 전쟁터였을 무렵의 일입니다. 연대기에도 남아 있지만 매우 큰 혼란이 있었다고 합니다. 그때 라덴 님이 나타나, 사람들이 살지 못했던 산속에 연못을 만들고 물고기를 키워 전화(戰火)에 놀란 사람들을 받아들여 주셨습니다. 강에 시체가 넘쳐 나 물고기를 잡을 수 없었을 때, 라덴 주교령의 생선 덕분에 굶주림을 면했다는 기술도 있습니다."

"그랬군요."

엘사가 왜 편을 들었는지 감이 오기 시작했다.

그때 수르트가 도저히 참지 못하겠다는 듯 끼어들었다.

"저희 집도 그 전쟁 때 불타 버렸습니다. 저는 아직 결혼한 지 얼마 안 된 풋내기였을 무렵이었고, 아내와 젖먹이 자식을 데리고 소문에만 의지해 라덴 님의 마을을 찾아왔어요. 불탄 옷소매에서 아직 연기가 풀풀 나다시피 하는 상태로 무척이나 지치고 피로한 채 마을에 도착했지요. 라덴 님은 짜고 있던 그물을 집어 던지고 우리를 맞아 주셨습니다. 그때 일은 지금도 선명하게 기억이 납니다. 그분은 신께서 보내 준 어르신이셨어요."

수르트는 가슴팍에 붙은 교회 문장을 움켜쥐고 기도하듯 그렇게 말했다.

로렌스는 그 모습에 천천히 숨을 들이마시고, 그것을 꿀꺽 삼켰다. 교회에 사람들이 밀려든 이유는 그들이 모두 비슷한 처지에서 라덴에게 구원받은 자들이었기 때문이리라. 심지어 라덴은 그만큼의 선행을 쌓았는데도 정식 성직자가 아닌 모양이니 마을 사람들로서는 그것이 꽤나 답답하게 느껴졌으리라는 사실이 차츰 이해가 되었다. 그들은 라덴에게 정당한 평가가 내려졌으면 하는 마음에 도저히 가만히 있을 수가 없어 살로니아까지 찾아왔던 것이다.

하지만 성직록을 취득하려면 뇌물이 반드시 필요하다… 주교가 되기 위한 자금을 빌리려 한다는 말을 들으니, 그런 식으로 사용하는 법 외의 다른 방법은 떠오르지가 않았다.

실제로 어떨까, 하고 주교를 돌아보니 '잘 알고 있습니다'라는 듯 상대가 고개를 끄덕였다.

"주교 직위 수여 이야기는 라덴 님의 신앙심 이야기를 들으신 교황청에서 직접 내려온 일입니다. 그러니 로렌스 씨가 걱정하시는 것 같은, 뇌물… 등의 문제는 아닙니다."

엘사를 보자 마찬가지로 말없이 고개를 끄덕이며 사제 자리를 나타내는 견대(肩帶)를 가리켰다. 엘사는 결혼을 했고 자식이 있는데도 사제가 될 수 있었다. 교회가 혁명의 기운에 휘말려 정신이 하나도 없는 상황이다 보니 어린애 손이라도 빌리고 싶은 마음에 엘사 같은 유능한 인물에게 직위를 내렸던 것이다.

라덴에게 눈독을 들인 일 역시 신앙으로 이름 높은 인물을 끌어들여 민심을 장악하고 싶은 마음에서 비롯되었으리라.

그렇다면 이해가 되지 않는 부분이 있었다.

"그럼 대체 돈을 어디다 쓰시려는 거죠?"

그 물음에 수르트가 커다란 한숨을 내쉬었다.

"라덴 님이 주교님이 되실 경우 교황청이라는 것이 있는 남쪽 나라까지 가셔야 하며, 심지어 1년은 걸리는 일이라는 설명을 들었습니다."

경비와 생활비? 라고 생각했으나 그 정도라면 마을 안에서 기부를 받아 충당할 수 있을 것 같다.

"라덴 님은 그 이야기를 들으시더니 그렇다면 주교 자리를 거절하겠다고 말씀하셨습니다. 1년 이상 마을을 비울 수는 없다면서 말이지요. 마을의 생선 양식업이 회복될 때까지는 마을을 내버려 둘 수 없다는 겁니다."

책임감의 현신 같은 인물이리라.

로렌스는 감탄하면서 고개를 끄덕이려다 문득 동작을 멈추었다.

"저어… 그, 마을에서는 생선뿐만 아니라 사슴 사냥과 그에 관련된 가공업도 잘되고 있다고 들었습니다만."

오히려 양식업이 없어도 어떻게든 살아갈 수 있지 않을까.

수르트는 로렌스를 보고는 슬픈 눈빛을 지었다.

"그 말씀이 맞습니다. 저희는 라덴 님께 늘 도움만 받았기에, 조금이라도 라덴 님의 부담을 줄여 드리고자 양식장에 병의 전조가 나타나기 전부터 열심히 어업을 대신할 돈벌이 방법을 찾고 있었죠. 그러다 보니 신의 가호가 있었는지 산 너머 바런 주교령에 녹음(綠陰)이 돌아온 덕분에 저희 마을에도 사슴이 많이 나타났습니다. 지금은 사슴고기와 모피, 그리고 가죽끈 가공으로 충분히 생활을 꾸려 나갈 수 있게 되었죠."

바런 주교령은 옛날 광산으로 개발되는 바람에 홀랑 벗겨진 민둥산이 되고 말았다.

하지만 다람쥐의 화신 타냐가 열심히 나무를 키우고 숲을 조성하여 푸른 자연이 다시 돌아왔다고 했다.

지역과 지역을 잇던 전직 행상인 로렌스는 지역끼리의 그런 연결고리가 유달리 반갑게 느껴졌다. 타냐에게도 알려 주어야 할 것 같아, 기억 속에 잘 남겨 두었다.

“그러니 이번 일은 그야말로 신께서 준비해 주신 일이라고 생각했습니다. 라덴 님께서 한동안 마을 일을 벗어나 쉬실 기회이기도 했고, 그분의 두터운 신앙심이 세상에 인정받아서 주교가 되신다고 하니 저희는 라덴 님께 이 제안을 권해 드렸지요. 하지만 저희가 부족한 탓인지, 생선 양식이 불안정한 상태에서 마을을 비울 수는 없다며 거절하신 겁니다.”

“그럼 양식업 부활에 필요한 자금이군요?”

수르트는 고개를 끄덕이지 않았으나, 부정하지도 않았다.

“저희가 원하는 것은 라덴 님이 안심하고 마을을 떠나실 수 있을 만큼의 금액입니다.”

“…….”

생선 양식업 부활은 어렵다고 생각하는 모양이었다. 오히려 연못의 성질상 한번 전염병이 돌면 눈 깜짝할 사이 전부 다 망치고 마는 양식에는 앞으로 너무 의지하지 않는 편이 좋겠다고 생각하는 느낌마저 들었다.

하지만 그들의 동기는 뼈저릴 정도로 이해가 되었다. 호로의 표정을 살필 필요도 없이, 그들은 진심으로 라덴을 생각하는 마음만으로 행동하고 있었다.

엘사가 힘을 빌려주는 것도 납득이 되고, 살로니아의 교회 입장으로서도 도와줄 이유가 있다.

그러는 한편 대체 어떤 명목으로 돈을 빌려주어야 좋을지 알 수가 없는 것 또한 사실이었다.

원래대로라면 도시의 상회에서 돈을 빌리는 게 가장 좋겠지만, 라덴이 진짜 주교가 되기 위한 돈이라고 하면 어떤 상회든 다 망설일 터였다.

교회를 바라보는 주위의 눈길이 하루하루 험악해져 가는 시국이라는 사실이, 우선 첫 번째.

게다가 마을 운영을 좌우할 수 있을 정도의 금액이라 하니 그 부분에서도 겁이 날 것이다.

권력자에게 돈을 빌려주는 것은 엄청난 용기가 필요한 일로 어떤 이유로 떼어먹힐지 모르는 것이다. 특히 교회 관계자라면 더욱 그러한데, '기부라고 하지 않았던가'라는 대꾸가 날아올 경우 거기서 끝장이다.

그런 연유로 돈을 빌릴 만한 곳이 교회밖에 남지 않았는데, 마을에 돈을 빌려준 직후 그 마을의 설립자가 주교가 되었다는 기록이 남으면 그것은 뇌물이자 부패한 돈이 아니냐는 지적을 피할 수가 없다.

누가 봐도 완벽한 유죄다.

"어떻습니까, 로렌스 씨. 저희 살로니아 교회에서는 라덴 주교령 여러분께 힘이 되어 드리고 싶습니다."

주교의 말이 날아왔다.

"여기 있는 엘사 사제에게 로렌스 씨의 힘을 빌릴 수 없을지 의논했더니, 부정한 행위만 개입되지 않는다면 협력을 받을 수 있을 거라고 하더군요."

그리고 엘사는 부정한 행위는 개입되지 않겠지만 문제는 있을 것이라고 보았다. 그것은 올바른 시선이었다.

"부정… 이라는 점 말입니다만, 요컨대 교회와 마을 사이에 직접적으로 돈을 빌린 기록이 남지만 않으면 된다는 말씀이시지요?"

"네, 왠지 나쁜 일처럼 들리지만…."

"아뇨, 아뇨. 자연스럽게 난다고 해서 수염이나 머리카락을 손질하지 않을 수는 없지 않습니까? 장부도 마찬가지죠."

엘사는 웃어도 좋을지 알 수가 없다는 듯 무척이나 난감한 표정을 지었으나 주교는 망설임 없이 활짝 웃었다.

"로렌스 씨, 그럼…."

"네. 확실한 제안을 드릴 수는 없지만 제 지식이라도 괜찮으시다면, 환거래 증서를 사용하면 될 것 같습니다."

"오오!"

주교는 환한 표정을 짓고, 수르트는 눈을 커다랗게 뜬 채 벌떡 일어섰다.

"저, 어디까지나 협력일 뿐입니다. 아직 방법을 떠올린 건 아니고요."

두 사람이 너무 기뻐하는 통에 로렌스가 다급히 못을 박았다.

돈의 흐름을 가지고는 거짓말을 하지 않고, 그러면서도 마을과 교회가 하나의 선으로 이어지지 않게끔 하는 법.

그럴 때 상인이 사용하는 방법은 여러 가지 있지만, 한 번 꼬아 줄 필요가 있어 보였다.

"네, 물론이지요. 하지만 온 도시에서 빚을 없애 주신 로렌스 씨라면 이번에도 분명 좋은 방법을 찾아내 주시리라 믿습니다."

주교의 마냥 희망적이기만 한 말에 로렌스의 미소가 얼어붙었다.

"마을 사람들에게 어서 이 소식을 전해야겠군요. 다들 걱정하며 기다리고 있을 테니까요."

수르트는 그렇게 말하더니 테이블 너머로 다가와 로렌스의 양손을 굳게 움켜쥐고, 옆에 있던 호로에게 고개를 숙였다. 하지만 로렌스는 그 모습에서 문득 불안감을 느꼈다. 받아들이겠다고 말은 했지만, 자신이 무심코 빠뜨린 무언가가 있는 느낌이 들었다.

돈을 빌려주는 방법은 불안하지 않다. 그런 기술적인 문제가 아니라, 더 근본적인….

그런 생각이 들었지만 무엇인지 알 수가 없었다. 로렌스는 답답한 기분으로, 수르트가 방을 나가는 모습을 눈으로 좇았다.

그리고 수르트가 문에 손을 짚은 그 순간이었다.

"음?"

옆에서 호로가 으르렁거리고, 뒤이어 문 쪽에서 뭔가 소란스러운 목소리가 들려왔다.

수르트도 의아한 듯 문에 귀를 대며 로렌스 일행 쪽을 돌아보았다.

하지만 수르트는 짚이는 데가 있는 듯했다.

"마을 사람들이 소란을 부리고 있는 모양입니다. 어서 가서 조용히 하라고…."

거기까지 말하던 순간이었다.

"기다리세요!"

"기다려 주십시오!"

그런 목소리가 들려왔다.

"제발 기다려 주십시오, 라덴 님!"

로렌스가 눈을 부릅뜸과 거의 동시에 문이 활짝 열렸다.

"라덴 님?!"

제일 먼저 소리를 지른 사람은 수르트였고, 그 순간 로렌스는 자신이 무엇을 빠뜨렸는지 알아차렸다. 라덴 주교령이라는 마을의 설립 과정과 현재 상황, 그리고 마을 사람들의 행동 동기, 라덴을 아끼고 존경하는 깊은 마음까지는 다 알 수 있었다.

하지만 화제에 오르지 않은 일이 있었다.

바로 여기 이 인물, 라덴 본인의 생각이었다.

"수르트! 왜 나를 마을에 놓아두고 이런 짓을!"

그 성량은 마치 산에 사는 곰 같았다. 라덴은 사색과 기도에 밤을 지새우는 은거노인이 아니었다. 입은 옷은 수도승 같은 복장이었지만 대머리에 얼굴 주름이 뚜렷하며 체격이 듬직하여 마치 인간이 된 거목 같았다. 그 인물이 얼마나 끈기 있게 일해 왔는지는, 오랜 세월 힘쓰는 일을 하며 살아온 사람만이 가질 수 있는 두터운 양손이 증명하고 있었다.

라덴은 신앙심 깊은 성직자라기보다는 의리 있고 인정을 우선시하는 직인 같았다.

그런 라덴이 분노를 내뿜고 싶기도 하고 울고 싶기도 한, 복잡한 표정으로 자신을 가로막으려 하는 마을 사람들을 뿌리치고 있었다.

"라덴 님, 여긴 어떻게…."

수르트가 그렇게 말하자 날뛰는 라덴의 겨드랑이 밑에서 한 소년이 고개를 빠끔 내밀었다.

"할아버지, 아니, 라덴 님을 빼고 이야기를 진행시키면 안 되잖아."

"봄! 네가 모셔 온 게냐!"

"라덴 님을 모시고 나가서 버섯을 따 오라니, 너무 수상하다는 생각이 들어서. 할아버지 말을 빌려 타고 왔어."

라덴을 안심시키기 위해 돈을 빌리겠다는 이야기를 애당초 당사자가 어떻게 생각하는지, 그것을 묻는 일을 잊고 있었다.

그리고 답은 명확했다.

"수르트, 분명 촌장은 너지만 아무리 그래도 들을 수 없는 명령이라는 게 있다!"

"라, 라덴 님! 명령이라뇨, 그럴 리가! 저희는 그저 라덴 님을 생각해서…."

"에잇, 약아빠진 말 따위는 그만 됐다! 수르트, 마을로 돌아가자! 연못을 돌봐야 하지 않겠느냐!"

"라덴 님, 들어 주십시오! 저희는 라덴 님과 마을을 생각해서 이곳에 찾아온 겁니다!"

마을 사람들이 라덴의 몸을 찍어 누르려 했지만 허리를 살짝 비틀고, 팔 하나만 치켜들어도 성인 남자가 고양이처럼 번쩍 들려 주위로 날아갔다.

수르트는 금방이라도 울음을 터뜨릴 듯한 얼굴이었고, 수르트 일행에게 반기를 들어 라덴을 살로니아로 데려온 듯한 봄이라는 소년도 라덴의 편에 가세했다.

세 치 혀를 잘 놀리던 주교도 이럴 때는 어쩔 줄 몰라 할 뿐이었고 호로는 느닷없이 벌어진 대소동에 웃음을 터뜨렸다.

대체 이게 다 무슨 일이야, 하고 한숨을 내쉬고 있을 때였다.

"그만들 해요!"

쾅, 하고 책상을 내리치는 소리가 들렸다.

사람들의 시선이 모인 직후 엘사가 눈썹을 치켜세우며 버럭 고함을 질렀다.

"이곳은 신이 계시는 교회입니다! 그 어떤 이유로든 소란을 피우는 일은 용서할 수 없습니다!"

목소리만으로도 앞머리가 흔들릴 정도의 그 박력은 평상시 아들 셋과 남편에게 고함을 지르며 살아온 어머니만이 내뿜을 수 있는 분위기인지도 모른다.

라덴도 수르트도, 물론 봄도 눈을 동그랗게 떴다. 다른 마을 사람들 모두 마찬가지였다.

"신께서 언제나 당신들을 지켜보고 계신다는 사실을 모릅니까! 창피한 줄 아십시오!"

채찍이 휘둘러진 듯한 야단을 맞은 남자들이 나란히 목을 움츠렸다.

조용해진 홀 안에서 호로가 목젖을 울리며 큭큭 웃었다.

로렌스는 한숨을 내쉬며 말했다.

"수르트 씨는 주교님과, 다른 마을 분들과 함께 별실로 가 주십시오."

수르트는 바로 무어라 대꾸하려 했지만 엘사가 허리에 양손을 짚고 노려보자 소년처럼 움츠러들었다.

"라덴 님과… 그리고, 봄이라는 소녀. 두 사람은 저와 함께 이곳에 남아 주십시오."

라덴과 봄은 할아버지와 손자만큼 나이 차이가 나 보였으나, 서로 얼굴을 마주 보는 모습은 마치 친구 사이 같았다.

"자, 여러분. 꾸물거리지 말고 어서 움직이세요!"

엘사의 한마디에 사람들은 양떼처럼 어슬렁어슬렁 이동하기 시작했다.

수르트는 아직 미련이 남은 얼굴로 라덴을 돌아보았으나, 라덴은 수르트가 그러는 것을 알면서도 돌아보지 않았다.

엘사는 소리를 지르는 바람에 목이 아프다는 핑계로, 술을 가져와 사람들에게 따라 주었다.

라덴은 커다란 몸을 좁은 의자에 쑤셔 넣다시피 앉아서 술잔만 내려다보며 입을 다물고 있었다.

"그래프트 로렌스라고 합니다."

로렌스가 우선 자기소개를 했다.

그러자 예상대로 라덴은 성실한 성품인 모양인지, 고개를 들었다.

"…라덴."

짧게 그 한마디만을 내뱉었다.

"흔히 듣기 어려운 이름인데, 혹시 가문 명인가요? 아니면…."

"라덴 님은 그냥 라덴 님이야."

봄이라는 소년이 끼어들었다.

"내 이름은 봄. 수르트는 우리 할아버지."

호로는 겁 없는 성격의 봄이 한눈에 마음에 든 모양으로 "나는 술 안 줘?" 하고 엘사에게 물었다가 야단맞는 모습을 보고 즐거워하며 웃고 있었다.

"그래서 로렌스 아저씨는 할아버지네 편이야?"

봄이 단도직입적으로 물었다.

할아버지이긴 하나, 어쨌든 촌장에게 반기를 들 정도의 배짱은 있어 보였다.

"아직까지는 누구 편이라고 할 수 없어."

"하지만 교회와 손을 잡고 할아버지가 시키는 대로 하려고 했던 거 아냐?"

"부탁을 받았으니 그러려고 했는데 아무래도 사정이 복잡해 보여서. 너희 쪽 이야기를 들어 보고 싶어. 그래서 수르트 씨 일행에게 물러나 달라고 부탁드렸고."

봄은 로렌스를 가만히 응시하다가 흥, 하면서 시선을 돌렸다.

"촌장은 교회에서 돈을 빌리려 하는 건가?"

라덴이 입을 열자, 로렌스는 그 물음에 고개를 끄덕였다.

"마을 전체의 의견이 아니었던 겁니까?"

"……."

라덴이 입을 다물고 봄이 입을 열었다.

"라덴 님이랑, 나처럼 라덴 님 편인 사람들 말고는 전부 거기에 찬성이야."

마을 분위기가 대충 이해가 되었다.

"할아버지네가 도시에 장사하러 간다면서 나랑 라덴 님을 산으로 쫓아내는 걸 보고 수상하다고 생각했어. 예상대로 마을에 돌아와 보니 어른들 대부분이 도시에 가 있는 거야."

"그래서 말을 타고?"

"그래. 라덴 님 혼자서는 말을 못 타시니까."

봄이 고삐를 쥐고 라덴이 그 뒤에 앉아 있는 모습은, 다소 기묘하긴 하지만 왠지 흐뭇한 느낌이기도 했다.

"돈을 빌리는 이야기는 없었던 것으로 해 주었으면 한다."

라덴이 말했다.

"마을은 지금까지 한 번도 빚을 진 적이 없었어. 앞으로도 빚은 필요치 않아."

"하지만 수르트 씨 말로는 당신이 마을 경영에 불안을 느끼고 있다고 하시더군요. 그 불안을 없애기 위해서 돈을 빌리고 싶다는 이야기였습니다."

"……."

라덴이 입을 다물었다.

"그 불안은 양식업이 잘되지 않는 데서 오는 겁니까?"

라덴은 부정도 긍정도 하지 않고 가만히 술잔만 바라보았다.

"나는 양식이 잘 안 된 이유가 가죽 무두질 때문이라고 생각해."

대화에 끼어든 봄은 짜증을 감추지 않았다.

"사슴가죽 가공을 그만두면 되잖아. 그러면 연못에 물고기를 풀어놓을 수가 있어. 마을도 원래대로 돌아올 거야."

가죽 무두질이 수질을 더럽힌다는 사실은 분명하다. 로렌스가 호로를 흘끔 쳐다본 이유는, 가죽 무두질이 원인인지 아닌지 조사하러 간다는 선택지도 있지 않을까여서였다.

하지만 라덴은 봄을 쳐다보더니 이렇게 말했다.

"가죽 무두질과는 아마 상관없을 거다. 촌장 측에서는 수원(水源)을 확실히 나눠서 관리하고 있으니."

"그치만…."

봄이 항변하려 했지만 라덴은 눈빛만으로 입을 다물게 했다.

"불안은 있지."

라덴은 로렌스를 돌아보았다.

“사슴 사냥은… 그래, 불안정해. 나는 마을에 양식업을 되돌려 놓고 싶다.”

투박한 말투는 마치 숲속 나무의 정령 같았다. 그러나 로렌스 옆에서는 진짜 숲의 정령이, 후드 밑에서 귀를 희미하게 움직이는 느낌이 들었다.

“게다가 나는 주교에 어울리지 않는다.”

“그럴까요?”

그렇게 말한 사람은 엘사였다.

“이야기를 들은 바로 당신은 세상에 넘쳐 나는 웬만한 성직자들보다 훨씬 성직자에 어울리는 것 같은데요.”

검은 것은 검다, 흰 것은 희다, 그렇게 잘라 말할 수 있는 엘사의 말에는 묘한 박력이 있었다.

라덴은 무슨 말을 하려 했지만 결국 망설이다 그만두었다.

엘사는 그런 라덴을 다소 안타까운 표정으로 쳐다본 뒤 말을 이었다.

“저는 요청을 받고 이곳저곳의 교회에서 장부 정리를 맡아 하고 있습니다. 대부분 교회의 주교님들은 경력은 훌륭하지만 제대로 성서를 읽지 않고, 돈도 엉망진창으로 쓰는 사람들이에요. 그런 사람들을 전부 몰아내고 진정으로 신앙심 있는 사람만이 주교가 되면 얼마나 좋을까, 하고 늘 생각했습니다.”

엘사의 말에 라덴은 쓴웃음을 지으며 눈을 감았다.

"당신은 분명 독실한 신앙심의 소유자겠지. 그것은 알 수 있다. 그런 당신에게서 그런 말을 들으니 내 삶의 방식이 아주 틀리지는 않았다는 위안이 되는군."

외모로만 봐서는 체력으로 모든 고난을 극복해 나갈 것만 같은 사람이지만, 신중하게 말을 고르는 모습은 진짜 성직자 같았다.

"저는 진심입니다."

엘사의 말에 라덴이 눈을 뜨고, 도망치듯 봄을 쳐다보았다.

"아무래도 다들 나를 너무 과대평가하는 것 같아."

"라덴 님."

봄이 못마땅한 표정으로 부르자 라덴이 한숨을 내쉬었다.

"로렌스 공이라고 했던가. 나는 라덴, 그냥 라덴이다. 고향은 젊은 시절, 그야말로 여기 있는 봄 또래의 나이에 버렸지. 벌써 한 40년은 지난 일이야. 내 본명을 아는 자는, 아마 이 세상에 더 이상 남아 있지 않을 것이다."

오랜 세월 야외에서 힘쓰는 일을 하면 피부의 형태가 독특하게 변한다. 땀과 먼지, 그리고 태양으로 무두질된 특수한 가죽 가공품처럼. 라덴의 대머리와 양손이 실로 그러했고, 라덴은 자신의 양손을 내려다보며 말했다.

"내 고향은 라데리의 한촌이었다. 라데리라고 하면 알겠지?"

라덴이 내뱉은 나라 이름에 로렌스는 저도 모르게 숨을 들이

켰다.

"알고 있습니다… 만, 설마, 그렇게 먼 곳에서?"

옆에 앉은 호로가 고개를 갸웃하며 올려다보았다.

"저기, 그… 예전에, 얼음에 벌꿀과 레몬을 끼얹어서 먹는다는 귀족 이야기를 했잖아? 1년 내내 여름인, 작열의 사막 나라. 그 곳이 라데리야."

"하하, 그런 전설의 과자 이야기가 분명 있기는 있었지."

라데리에 가려면 살로니아에서는 일단 서쪽을 향해 바다로 나가서 배를 타야만 한다.

육로라면 여정이 반 정도밖에 걸리지 않겠지만 대신 중간의 험준한 산맥을 넘기 위해 목숨을 거는 여행을 해야 한다.

그리고 어느 쪽이든 최소 3개월, 자칫하면 반년은 걸리리라.

그렇게 하여 대륙의 남쪽 끝까지 가서, 보석을 녹인 듯한 빛깔의 따뜻한 바다가 나오면 거기서 또 배를 타고 섬 여러 군데를 거쳐 반대편 대륙으로 건너간다.

그 정도로 먼 땅으로, 로렌스도 이름 정도밖에 들어 본 적 없는 곳이었다.

"라데리… 그래서 라덴입니까?"

하기야 이 근방을 아무리 찾아보아도 라데리 출신을 마주칠 일은 거의 없었으리라. 본명을 본명이라고 알아줄 사람을 만날 가능성이 없기에 고향의 이름을 자신의 몸에 둘렀던 것이다.

그런 심경은, 로렌스 또한 여행자였기에 어렴풋이 알 수 있었다.

"우리 마을은 불면 날아갈 정도의 한촌이었지. 심지어 따뜻한 바다는 온통 상어투성이여서 고기잡이도 제대로 할 수가 없었다. 우리 마을은… 이쪽 말로는 뭐라고 하더라, 아무튼 바다의 보물을 찾아서 생계를 꾸려 나갔지. 하지만 쉽게 캘 수가 없고, 수확은 1년에 한 번 있을까 말까였어. 해적이나 다름없는 신세였지."

바다에서 캘 수 있는 보물이라 하면 폭풍우가 몰아친 후 백사장에 올라와 있는 호박(琥珀) 등이 유명하지만, 만일 라덴이 해적이었다면 꽤나 유명한 패거리를 이끌었으리라는 생각이 든다.

"그러다 한 번도 수확이 없었던 해가 3년이나 이어지는 바람에 마을은 붕괴되고 말았다. 그때 나는 천애고아였기에 바다 끝을 보고 싶다는 마음으로 무역선 노잡이가 되어 배에 탔지. 바다의 보석을 찾는 일로 완력에는 자신이 있었기 때문에 아낌을 받았어."

배에서 노를 젓는 일은 형벌에 이용되는 중노동이다. 라덴의 체격은 아마 그때 길러졌으리라.

"배에서 배로 건너다니다 보니 어느샌가 추운 땅까지 와 있더군. 그때는 교회와 북방 이교도들의 전쟁이 한창 벌어지는 중이어서 어느 배에든 이상에 불타는 성직자가 타고 있었다. 내가 신의 가르침을 처음 접한 것은 그때였다."

"이 지역에 찾아온 것도 그 즈음의 일이었습니까?"

"응? 아, 그랬다. 스승님… 이라고 불러도 좋을까, 그분을 따라 전장을 찾아가는 중이었지. 하지만 옛날에는 이 근방도 너무나 심각한 상태여서 나는 그 이상 앞으로 나아가지 못했어. 내가 가려고 하던 곳에서 도망쳐 온 사람들을 저버릴 수가 없었기에."

라덴 스스로도 붕괴된 마을 밖으로 나온 경험이 있었기에 더더욱 저버릴 수가 없었으리라.

"스승님은 헤어지면서 내게 전별 선물로 지금 마을의 토지와 관련된 특권을 입수해 주셨다. 설교를 하면 작은 새조차 듣고 반할 정도의 인물이니 쉬운 일이었을 거야."

토지 취득을 라덴 자신이 한 것이 아니었다는 사실에 약간 마음이 놓였다.

"나는 그곳에 뼈를 묻기로, 고향을 잃은 사람들의 고향으로 만들어 주기로 결정했다. 나의 전부를 이곳에 바치기로 맹세하고, 낙엽이 가득 쌓인 물웅덩이를 파헤쳐 저수지를 만들었다."

"왜 하필 저수지였는데?"

호로는 자기도 모르는 사이 질문이 나온 모양이었다.

하지만 왜 갑자기 생선 양식업을 하기로 결심했는지는 로렌스도 궁금한 부분이었다.

라덴은 호로의 물음에 조금 수줍어했다.

"성서의 한 구절에서, 내가 제일 먼저 떠올린 이야기가 그 부분이었다. 신이 굶주린 민중에게 빵 하나와 물고기 한 마리를 건넸다. 인간은 그 빵을 두 조각으로 쪼개 한 조각을 옆 사람에게, 그리고 또 다른 인간이 물고기를 반으로 갈라 한 토막을 옆 사람에게 주었지. 그리하여 빵 하나와 물고기 하나가 굶주린 천 명의 배를 불려 주었다는 설화다."

빵과 물고기는 이웃을 사랑하라는 교훈의 비유였지만, 라덴은 그 이야기를 문자 그대로 실행에 옮겼던 것이다.

"그 지역에 전쟁에서 도망쳐 온 사람이 한 명, 또 한 명 도착했고, 마침내 소문을 들은 사람들이 몰려왔다. 저수지에서 물고기를 돌보는 일과 저수지를 확장시키는 일이라면 여자와 아이들도 할 수 있으니, 사람들이 하나가 되어 열심히 일해 매년 차고 넘칠 정도의 물고기를 수확할 수 있었다. 내가 어린 시절에는 꿈도 꾸지 못했을 정도의 양이었지."

"우리 송어는 진짜 끝내줘! 로렌스 씨네도 먹어 봤어?"

봄의 물음에는 고개를 가로젓는 수밖에 없었다.

"우리는 올해 여기 처음 왔어. 없다는 얘길 듣고 실망했지."

"아…."

진심으로 안타까워하는 봄을 보고 라덴이 미소를 지은 뒤 이야기를 이어 갔다.

"그 후로 여러 일이 있었으나, 눈 깜짝할 사이 40년이 지났다. 말 그대로 살던 곳이 불타는 바람에 쫓겨나 우리 마을에 도착한 수르트가 안고 있던 젖먹이 아이가 어른이 되어 자식을 낳고, 그 녀석이 벌써 이렇게 자랄 정도의 시간이지."

라덴의 시선을 받은 봄이 쑥스러운 듯 입술을 뒤틀었다.

"나는 신의 가르침에 따라 살아왔다. 하지만 주교가 될 생각은 없어. 나는 그 마을을 지키고, 그 마을에서 죽을 생각이다. 바라건대…."

라덴은 마치 천국을 우러러보듯, 천장을 바라보았다.

"내 몸을 연못가에 묻고, 거기서 자란 나무 그늘이 통통하게 살찐 송어들을 불러 모으는, 그런 마을이길 원할 뿐."

시선을 내린 라덴이 조용히 말했다.

"내 바람은 그것뿐이다."

늙었어도 결코 힘을 잃지 않은 라덴의 목소리에서는, 오히려 노년에 접어든 자의 슬픔이 더한층 짙게 배어 나왔다.

옆에서 호로가 고개를 숙이며 무릎 위로 주먹을 꽉 쥐었다. 표표해 보이지만 그 누구보다 이런 이야기에 약한, 상냥한 마음의 소유자다.

"그럼 이 교회에서 마을 사람들이 놀고먹으며 살 수 있을 정도의 돈을 빌려준다 해도요?"

농담 같은 말투로 묻자 라덴이 지친 듯 웃었다.

"나는 교황청 따위 가지 않을 것이다. 그 마을을 떠날 필요는 없어."

호로의 후드 밑에서 또다시 귀가 움직인 느낌이 들었다. 쥐어짜낸 듯한 라덴의 소망에 감동을 받은 걸까.

로렌스는 호로를 바라보며 말했다.

"알겠습니다."

라덴은 로렌스를 가만히 응시하다 말없이 고개를 숙였다.

라덴 주교령 사람들은 숙박할 곳도 미리 정하지 않고 마을로 밀려온 모양이었기에 결국 주교의 판단으로 교회에서 묵게 되었다. 그 부분은 신의 자비를 베푸는 교회다운 판단이라고 표현하고 싶지만 아마 주교가 자잘한 부분을 크게 신경 쓰는 성격이 아니라 대충 결정한 듯했다. 성실한 성격에, 결국 이 소동의 뒤처리를 맡게 된 엘사는 지긋지긋한 표정이었다.

"어쩌다 이렇게 이상한 상황이 되어 버렸을까요…."

로렌스 일행을 배웅할 때 입에 담은 말에도 실제 감정이 깃들어 있었다.

"아뇨, 막상 이야기가 진행되고 나서 문제가 발각되는 것보다는 낫죠."

완고한 라덴과, 그런 라덴을 너무 존경한 나머지 졸속한 행동에 나서고 만 수르트 및 마을 사람들.

논리적인 이야기가 아니니 이렇다 할 정답은 없지만, 몇 년 후 그냥 재미있는 이야기가 될 만한 결말이 나면 좋겠다고 로렌스도 생각했다.

"내일 다시 이야기를 들으러 오겠습니다."

"잘 부탁드립니다. 저는 주교님이 술을 가지고 나오지 않는지 감시하겠습니다."

나쁜 사람은 아니겠지만 사려 깊은 주교님이라고 하기도 어려운 듯한 건, 얼마 전 빚 문제가 벌어졌을 때 잘 하는 거라 생각하고 상인을 감옥에 가둬 버린 경위를 봐도 명백하다.

"그럼 안녕히 주무세요."

"좋은 밤 되시길."

엘사는 지친 듯 말한 뒤 다소 구부정한 자세로 교회 안으로 돌아갔다.

그 여운이 사라진 뒤 로렌스는 어디, 하고 옆의 호로를 돌아보았다.

"넌 어차피 여관으로 돌아가도 바로 자진 않을 거지?"

어젯밤엔 축제에 쓸 보리 증류주 선정을 하느라 실컷 퍼마시고 곤드레만드레 취했다.

당연히 아침에도 못 일어나고, 점심때까지 계속 신음만 하다 해가 기울 때쯤 겨우 상태가 진정된 것이다. 식사도 안주용 정어리와 수프 조금이 전부였다. 그리고 마을은 큰 시장의 마무리와 축제 준비가 겹쳐, 분명 연중 가장 번화한 시기이리라.

지금도 법석대는 인파는 오히려 낮보다 더 많아서 술을 마시고 소란을 피우는 사람들로 가득했다.

"음. 기름진 고기가 먹고 싶어."

"그래, 그래."

말씀을 받들어, 가까운 술집으로 들어갔다.

호로가 뼈 붙은 양갈비를 뜯는 모습을 바라보며 로렌스는 가볍게 맥주를 마셨다.

농산물이 한곳에 모이는 커다란 가을 시장이기에, 마을 직인들의 맥주 양조뿐만 아니라 본인 소유의 양조 냄비와 비전(秘傳)의 양조 비결을 지참해서 찾아온 다양한 지역 직인들이 솜씨를 발휘하는 모양이었다. 로렌스가 마시는 술도 과일나무의 목재를 이용해 훈제한 보리로 빚었는지 과일의 향이 난다.

내버려 두면 호로가 한 통을 다 마실 정도로 술술 넘어가는 맛이었다.

"너는 어느 쪽 편을 들어야 한다고 생각해?"

"음?"

양고기 기름을 맥주로 씻어 내던 호로가 코 밑에 하얀 수염을 만든 채 이쪽을 바라보았다.

“이치를 따진다면 상인답게 천칭 눈금이나 가만히 들여다보는 편이 좋겠지.”

하지만 수르트와 라덴의 이야기는 도무지 이치로 해결할 수가 없어 보인다.

“아니면 차라리 손을 대지 말아야 할까?”

외부인이 좋은 의도로 개입했다가 오히려 문제를 악화시키는 경우도 있다.

바로 얼마 전의 빚 문제는 사정상 외부인이 해결하기 쉬웠던 데 불과하다.

하지만 그들 사이에는 거의 손에 잡힐 정도로 명확한 문제가 있고, 심지어 그들 스스로는 해결할 수 있을 것 같지가 않다.

“당신이 도와주고 싶은 이유가 뭔데?”

호로는 다 빨아먹은 양 뼈를 한 손에 들고, 정신없이 식사를 운반하는 술집 아가씨를 향해 흔들어 댔다.

“아까우니까.”

“아까워?”

곁들여 나왔던 볶은 콩을 와작와작 씹어 먹던 호로가 뜻밖이라는 표정을 지었다.

“시장에서 전혀 모르는 상인이 최고급 양고기를 팔고 있어. 하지만 그 상인은 자기가 파는 고기가 얼마나 질이 좋은지 몰라서,

잡탕죽이나 파는 노점에 싼값으로 팔려고 해."

"그런 멍청이가 있나! 좋은 양고기는 향초를 살짝 올려서 빵 굽는 가마 같은 데 찬찬히 구워 먹어야 제맛이지. 푹푹 삶는 건 맛없는 고기를 맛있게 먹는 방법이고!"

"거 봐, 끼어들고 싶어지잖아?"

로렌스의 말에 호로는 고개를 끄덕였다.

"그거랑 비슷한 이야기라고?"

"그야 그렇지. 라덴은 수상한 방법으로 손에 넣은 토지를 개척해서 훌륭한 마을을 만들었어. 그렇게 '주교님'이라는 별명까지 얻었지만 사실은 진짜 주교가 아냐. 그런데 어느 날 갑자기 교황청에서 직접 주교로 임명해 주겠다고 제안했잖아. 왜 그걸 거절하려는 걸까?"

주교는 어마어마한 고위직이다. 본래는 자유학예라 불리는 학문을 공부하고, 그보다 상위의 교회법학을 배운 다음 교회에서 봉사하며 우선 부사제부터 시작해 한 걸음씩 출세의 계단을 밟아야만 겨우 도달할 수 있는 장소다.

심지어 단순한 신앙심만으로는 불가능하며 빈틈없는 처세술과 정치적 싸움, 거기에 아주 넉넉한 '마음'을 상사에게 건네지 않으면 그 어느 관문도 돌파할 수 없다.

그 모든 단계를 날려 버리고 한 번에 주교가 될 수 있다는데 그 제안을 거절하다니, 누가 들어도 아깝다는 말밖에 나오지 않으리라.

"흥미가 없을 뿐인지도 모르지. 콜이도 성서에는 환장을 하지만 교회에서 잘난 척할 성격은 아니잖아?"

"호불호의 영역을 넘어선 것 같거든. 주교가 되면 당연히 지금 그 마을도 진짜 주교령이 돼. 그 현실적인 이익은, 마을을 아끼는 사람이라면 잘 알고 있을 텐데 말이지…."

"흠."

호로는 이야기의 흐름을 파악하지 못했는지, 아니면 자리에서 보이는 주방의 아궁이에서 지금 막 양고기 덩어리가 나왔기 때문인지 반응이 둔했다.

"이곳 주교님이 설명해 주셨지만, 라덴 주교령은 존재하지 않는 교회의 대리로서 토지 권리를 갖고 있어. 만일 원래 소유자인 귀족의 후예 같은 사람이 나타나 사기라고 주장하기라도 하면 대항할 방법이 없다고."

"그건… 그래, 그럴 수도 있겠네."

"하지만 진짜 주교가 다스리는 주교령이라면 그런 곤란에 처했을 때 교회조직이 편을 들어 줄 거야. 귀족 측에서도 어지간히 작정하고 덤비지 않는 이상 토지를 되찾긴 어렵겠지. 그건 주위 토지 소유자들과 싸울 때도 똑같고."

로렌스가 그 말을 끝냈을 무렵 리본으로 빨강머리를 묶은, 활기차 보이는 술집 아가씨가 갓 구운 양고기를 테이블에 쿵 올려

놓았다.

호로는 겸사겸사 술도 추가로 시킨 뒤 들고 있던 나이프로 고기에 선을 그었다.

"여기까지가 내 거야."

호로는 영토분쟁이 얼마나 골치 아픈지를 실제로 표시해서 보여 주었다.

"게다가 마을이 앞으로 경제적인 문제에 처했을 때도, 살로니아의 교회가 도와주기 쉬워져. 같은 교회끼리라면 별로 대단한 이유 없이도 돈을 융통해 준다 한들 문제가 되지 않을 테니까."

"그것도 알겠어. 내가 아직 당신의 일개 길동무였을 때는 당신 돈으로 밥을 얻어먹는 것만도 너무나 마음이 불편한 일이었으니까. 아내 입장이 되고 나서야 겨우 심적 부담이 어느 정도 줄었지."

"……."

로렌스가 말없이 얼어붙은 미소를 지으며 바라보자 호로는 얄미울 만큼 귀여운 얼굴로 웃었다. 그러더니 기쁘게 고기를 잘라서는 물어뜯었다.

"뭐, 라덴 씨가 주교가 되면 그런 여러 가지 특전이 따라온다는 거야. 라덴 씨는 앞으로, 만에 하나의 일이 생긴다 해도 마을 걱정을 많이 덜 수 있을 테고."

호로는 연골까지 와드득와드득 씹어 먹으며 입을 닦지도 않고 말했다.

"불이익도 따라오는 것 아냐?"

역시 현랑이다.

"있지. 교회조직에 소속되면, 예컨대 라덴 씨의 뒤를 잇는 누군가는 촌장과는 별도의 마을 지배자가 돼."

"흠. 골치 아픈 녀석이 올지도 모른다고 생각할 수 있겠군."

"라덴 씨는 그걸 걱정하고 있는 걸까."

온갖 정성을 기울여 키운 마을인데, 그곳에 외부인이 쳐들어와 자기 것인 양 행세한다면 기분 좋을 리 없으리라.

로렌스는 그렇게 생각하며 호로가 잘라서 나눠 놓은 양고기 토막 중 작은 쪽을 더욱 작게 잘라서 입에 넣었다. 꼭꼭 씹으니 달콤한 기름이 입안 가득 퍼졌다.

"그러고 보니, 라덴 씨 이야기를 듣다가 중간에 뭐 눈치챈 게 있는 모양이던데."

로렌스가 말하자 등을 굽히고 뼈 붙은 양고기를 뜯고 있던 호로가 그 자세 그대로 로렌스를 흘끗 올려다보았다.

"별로 대단한 건 아니야. 그 녀석은, 사슴 사냥이 불안정하니까 마을에 생선 양식업을 되돌려 놓고 싶다고 했잖아?"

"그게 거짓말이라고?"

호로는 가냘픈 어깨를 으쓱하며 고기를 다 뜯어먹은 뼈를 가만히 들여다보다, 아직 들러붙어 있는 힘줄 같은 고기 부분에 송곳니를 꽂았다.

"당신들끼리 얘기할 때도 사슴이 잘 잡힌다고 했잖아. 그 멍청이는 사슴 사냥이 마음에 안 드는 거지."

호로의 말투에는 어딘가 모르게 거리를 두는 느낌이 있었다. 거기서 느껴지는 것은 무언가를 감추고 싶다는 정도까지는 아니지만, 최소한 핵심을 건드리기는 싫다는 분위기였다.

그게 무엇일까, 하고 생각하다 보니 문득 기억 속에 라덴의 말이 떠올랐다.

"라덴 씨가 산속에 연못을 만든 이유는 돈벌이가 되기 때문이 아니라, 잃어버린 고향을 떠올리기 위해서였던 걸까."

본인은 처음 외운 성서의 한 구절에 이끌려 만들었다고 했지만 아무리 그래도 연못을 만든다는 행위는 다소 부자연스럽다.

로렌스의 말에 호로는 바로 대답하지 않고, 아득아득 소리를 내며 뼈를 깨물어 먹은 뒤 한숨을 내쉬며 내려놓았다.

"인간의 마음 따위는 몰라."

무책임한 듯도 했지만, 로렌스는 호로의 그런 마음도 이해가 되었다.

호로는 옛날 요이츠라는 땅에서 친구들과 함께 살아가고 있었으나 어느 날 갑자기 변덕스럽게 고향을 떠났다. 바로 돌아갈 생각이었으나 이곳저곳을 방랑하던 끝에 우연히 파슬로에라는 마을에서 보리의 풍작을 관장하게 되었다. 거기서 알게 된 어느 마을 사람과 약속을 했다면서, 성실한 호로는 몇 백 년 동안이나 그 역할을 맡았다고 한다. 그러는 사이 시간이 흘러 호로는 고향으로 돌아가는 길을 잊어버렸고 옛 친구들도 시간의 흐름 속에서 사라졌다. 호로의 늑대 울음소리에 답하는 자는 이제 없다.

그런 호로 앞에, 잃어버린 고향을 재현하려 한다는 이야기가 나타난다면.

평소에는 구멍을 파고 묻어 놓았던 해결할 수 없는 문제가 고개를 내밀게 된다.

하지만 호로가 거리를 두고 싶어 하는 마음은 이해해도 로렌스는 여전히 전혀 다른 부분을 이해할 수가 없었다.

"하지만 그 얘기는 주교가 되기 싫어하는 이유와 딱히 연관이 없어 보이는데…."

대체 어떻게 된 걸까.

로렌스는 한 손에 맥주를 들고 생각에 잠겼으나, 사고가 통 정리되질 않았다. 라덴이 주교 되기를 거부하는 일은 단적으로 말해 불합리하다. 그 때문에 동분서주하는 수르트를 질책하고, 교회에서 그렇게까지 큰 소동을 피운 이유는 어디에도 없는 것만 같았다.

라덴이 주교가 되기를 거부하는 이유는 다른 데 있는 게 아닐까.

로렌스는 이런저런 생각을 하다가, 문득 고기를 사이에 둔 맞은편에서 호로가 왠지 모르게 지긋지긋하다는 표정으로 자신을 바라보고 있다는 사실을 알아차렸다.

"응? 뭐, 뭐야? 왜 그래?"

얼굴에 뭐가 묻기라도 했나 싶어 놀라서 얼굴을 문지르고, 다음으로는 호로가 좋아하는 기름기가 잔뜩 붙은 쪽이 자신의 몫으로 넘어왔나 싶어 양고기를 쳐다보았다.

호로는 그런 로렌스의 반응에 한숨을 내쉬었다.

그러고는 뭔가 몹시도 망설이는 기색을 보이더니 입을 열었다.

"당신, 내가 생각하기에는…."

호로가 그다음 말을 이으려는데 커다란 목소리가 끼어들었다.

"오오, 로렌스 님 아니십니까!"

움찔하며 돌아보니 대머리에 훌륭한 흰 수염, 그리고 통통하게 살쪄서 툭 튀어나온 배, 그야말로 그림에 그린 듯한 노상인 라우드였다. 라우드는 살로니아의 빚 소동 때 맨 처음 로렌스 일행에게 증서를 떠넘겼던 상회 주인이다.

그 소동 이후 로렌스를 무슨 장사의 영웅 같은 것으로 취급하고 있다.

"사모님도, 오늘 밤도 무척 아름다우시고."

호로는 칭찬을 받으면 솔직하게 기뻐하는 성격이지만, 지금 막 무슨 말을 하려다 가로막힌 참이라 그런지 다소 애매한 웃음을 지었다.

"그나저나 들었습니다. 교회에 라덴 주교령 사람들이 떼로 쳐들어왔고, 거기에 로렌스 님이 불려 갔다고요? 라덴 님이 진짜 주교가 될지도 모른다는 이야기인 거죠?"

이미 수르트가 상회마다 돌아다니며 이야기를 다 퍼뜨렸다고 하니 모두 알고 있을 터였다.

"예, 도시의 상회에서는 돈 빌려주기를 거절했다… 라고 하더군요."

로렌스가 장난스럽게 웃은 이유는, 그야말로 라우드가 그 거절한 상회 쪽 사람이기 때문이다. 라우드는 그 의미심장한 말에 술을 가득 따른 커다란 잔을 든 채 어깨를 으쓱했다.

"다소의 기부금이라면 또 모를까…. 금액도 크고, 최근 풍조도 있고. 그리고 왜, 예컨대 라덴 님이 진짜 주교님이 되셨을 경우 그다음 대로 넘어갔을 때가 문제니까. 돈을 떼어먹힐 가능성이 없지 않아서."

로렌스도 고려했던 부분이고, 상인이라면 누구나 비슷한 사례 한두 번은 알고 있으리라.

"하지만 그곳이 진짜 주교령이 된다면 그 또한 좋은 이야기라고, 저희끼리 내부에서는 얘기했죠. 그런데 마침 로렌스 님이 보여서 어떻게 돌아가고 있나 궁금해서."

"기대에 부응할 수 있을 것 같지는 않지만…."

라우드는 술을 마신 뒤 동정하듯 웃었다.

"라덴 님 본인이 그리 내키지 않는 눈치라니, 뭐."

그 부분도 알고 있었던 모양이다.

"이유가 뭐라고 생각하십니까?"

로렌스가 묻자 라우드는 술 때문에 눈꼬리가 붉어진 눈을 끔벅거린 뒤 대답했다.

"으음… 그건 우리도 의아하게 생각하던 참일세. 상식적으로 생각하면 주교가 된다는 건 시골 처녀가 어느 날 갑자기 왕자님 눈에 드는 일이나 마찬가지이니 말이지. 여러 가지 고생스러운 일은 있겠지만, 왕자비 자리가 준비되어 있다면 일단은 받아들이지 않겠나?"

로렌스는 저도 모르게 웃음을 터뜨렸지만 비유로서는 틀리지 않았다는 느낌이 든다.

"뭐, 주교님이 되려면 한동안은 마을을 떠나야 하겠지. 아무래도 생선 양식업이 잘 풀리지 않는다는 이유 때문이기도 할 거야. 촌장님이나 마을 사람들은 사슴 사냥과 가공에 바쁘니 양식업을 부활시킬 사람은 자기 자신밖에 없다고 생각해서가 아닐까?"

수르트는 돈을 빌려 양식업을 부활시키고 싶으냐는 질문을 받았을 때 말을 흐렸다.

사슴 사냥 쪽이 잘 풀리고 있는데 어려운 양식업에 자금과 노력을 투자하는 것은 옳지 않다고 생각하는 모양이었다.

"게다가 그 연못은 라덴 님이 고향의 이상 속 바다를 재현하고 싶어서 만든 거라면서?"

"그 얘기, 역시 그렇군요?"

자신들의 추측에 불과한 이야기였기에 로렌스는 라우드의 말에 냅다 달려들었다.

"그야 그렇겠지. 원래 쓸 만한 연못이 있었다면 몰라도 일부러 구멍을 파고 만들었으니 말일세. 눈물 나는 이야기 아닌가. 촌장도 마을 사람들도 아무리 돈벌이가 안 되는 얘기라고 해도, 좀 도와주면 좋을 텐데."

라우드는 다소 불만스러운 듯 그렇게 말했지만 "그 기름기 넉넉한 송어가 진짜 맛있거든."이라고 중얼거리는 것을 보니 그쪽이 본심인 모양이었다.

하지만 그 연못과 생선 양식업이 이상적인 고향을 재현하려 하는 시도라 해도, 이야기의 앞뒤가 안 맞는 느낌이 든다.

"한때는 꿈이 이루어지긴 했잖아요?"

"음?"

라우드가 되물었다.

"살로니아의 연대기에도 남아 있는 모양이지만, 한때는 생선이 차고 넘칠 정도로 잡혀서 살로니아의 기근도 구했다던데요."

"아, 아아. 내가 코흘리개 어린애였을 때의 얘기지. 기억하네. 세상에서 제일 맛있는 송어였어."

그렇다면 라덴이 계속해서 집착하는 이유는 무엇일까.

"혹시나 해서 여쭙겠는데, 마을 사람들이 연못 자체를 메워 버릴지도 모른다는 이야기라도 있습니까?"

집을 비운 사이 자신이 꿍쳐 놓은 비상금이 잘 있을지 걱정하는 건 밖에 일하러 나가는 남자들의 공통된 고민이다.

게다가 라우드는 그 가능성을 듣더니 커다란 웃음을 터뜨렸다.

"핫핫하, 그런 바보 같은 일이 있겠나! 애당초 주교님이 양식을 포기하시면 그 연못물은 사슴 가죽 무두질에 쓸 수도 있을 텐데. 오히려 마을 사람들은 라덴 님이 만들어 내신 연못을, 마을을 두 번이나 구해 준 기적의 샘이라고 찬양하면서 신앙심만 더욱 깊이 다질 걸세!"

듣고 보니 맞는 말이었다. 라덴의 이상 속 고향의 바다와는 달라지겠지만 마을 사람들을 위해 연못이 이용되리라는 사실은 틀림이 없었다.

단순히 1년쯤 마을을 벗어나 주교가 되기 위한 수속을 밟는 것뿐이다. 게다가 라우드의 말투로 미루어 볼 때 수르트를 비롯한 마을 사람들이 라덴이 없는 틈을 타 연못을 가죽 무두질 작업장으로 바꿔 버리는 장면도 쉽게 상상할 수가 없었다.

그렇다면 주교가 되어 마을로 돌아온 다음 다시 생선 양식업 재기를 시도할 수도 있을 터.

로렌스가 끙끙거리고 있는데 라우드가 갑자기 얼굴을 들이밀고 술 냄새가 나는 숨을 내쉬며 장난스럽게 말했다.

"우린 말이지, 어쩌면 라덴 님이 제2의 꿈을 실현하기 직전일지도 모른다는 이야기를 하고 있네."

"네?"

"왜, 라덴 님의 고향 마을에서는 바다 바닥에서 보석을 캔다는 이야기가 있었잖아."

"있었죠. …네?! 아니, 설마!"

산에서 구덩이를 파 만든 연못에서 보석을 채취하다니, 그런 말도 안 되는 일이 있을까 생각하고 있는데 라우드가 어깨를 떨며 웃었다.

"핫핫하, 술자리 농담일세. 하지만 그렇지 않으면 대체 뭐란 말인가?"

"아니, 알 수 없는 건 바로 그 지점인데요."

"후후후. 도시 상인들 중에서도 이미 몇 명이 같은 내용으로 의논을 하러 왔다네. 다들 같은 의문에 부닥쳤지. 하지만 이번에는 저 로렌스 씨가 있지 않느냐고 다들 이야기하고 있어."

그렇구나, 하고 로렌스는 납득했다.

"이번에는 잘될지 어떨지 내기를 하셨군요?"

말을 건 이유는, 그 내기에서 우위를 선점하기 위한 정보수집.

라우드는 장난기가 가득한 동작으로 한쪽 눈을 끔벅했다.

"그런데 그 보물이란 게 대체 뭘까요? 저는 안타깝게도 짚이는 데가 없습니다."

"응?"

"북쪽 바다라면 폭풍우가 친 후 해변에서 호박(琥珀)을 주울 수가 있지요. 또는… 진주일까요?"

하지만 호박은 알이 굵은 것을 찾기 힘들 뿐이지 자잘한 것들은 거의 확실하게 채집할 수 있다. 진주도 웬만해서는 손에 넣기 힘들지만 애당초 조개의 부산물이기 때문에 3년이나 수확을 못 해서 마을이 파탄 지경에 이르렀다는 이야기와는 앞뒤가 맞지 않는다. 조개가 잘 잡히지 않는다면 그럴 수도 있겠지만, 그런 느낌의 이야기는 아니었다.

"호박도 진주도 아닐세. 뭐라고 했더라… 이 근처에서는 흔히 들을 수 있는 말이 아니어서. 그러니까…."

라우드는 대머리를 탁 치며 눈을 커다랗게 떴다.

"그래, 그래! 산호!"

"산호?"

"먼 옛날, 신기한 세공품을 팔던 행상인이 귀족 손님에게 팔려고 가져온 걸 본 적이 있네. 예쁜 빨간색이었는데 꼭 보석 같았지. 은세공품에 끼워져 있어서 구슬 모양이기는 했지만 원래는 바다에 사는 나무 같은 것이라더군."

바다에 사는 나무. 그러고 보니 얼핏 귀를 스친 지식 중에서,

그런 인상이 있었다.

로렌스는 그 생김새를 쉽게 상상할 수 없었지만 세상은 워낙 넓으니 바닷속에서 보석 나무가 자라는 일도 있으리라.

"깊은 바닷속에서만 자라는데 잠수로는 도저히 채취할 수가 없다고 들었네. 그래서 교회의 문장 같은 쇠막대기를 엮어서 갈고리 모양 발톱 같은 것을 만들지. 거기에 밧줄을 묶어서 바닷속으로 첨벙. 그리고 끌어올렸다가 다시 첨벙. 정신이 아득해질 정도로 오로지 행운에만 의존하는 작업이야. 심지어 그 소위 '나무'의 줄기가 깎아서 구슬로 만들 정도로 굵어야 하니 더더욱 그렇지. 완전히 운에 기대야 하네."

"그렇군요…."

로렌스는 아직도 세상에 자신이 모르는 일이 있었다는 사실에 감탄했지만 라우드는 지친 듯 미소를 지었다.

"설마 그런 걸 연못으로 재현하려 하다니…."

"그래도 꿈이 있지 않나?"

그건 그렇다.

"뭐, 결국 이유는 아무도 모르는 상태일세. 라덴 님도 양식업 말고 다른 이유는 말씀 안 하시고."

그렇다면 자신이 가서 물어봐 봤자 소용없겠다고 로렌스는 생각했다.

"어쨌든 만일 라덴 님이 주교가 되시겠다고 한다면 나한테도 알려 달라고. 가까워질 계기라도 마련할 겸, 기부 정도는 하고 싶으니까."

장사할 생각이 넘쳐 나는 웃음을 지으며 라우드는 자기 자리로 돌아갔다.

그 커다란 덩치와 숨 막히는 분위기가 사라지자 안도하는 한편, 가슴속에 남은 것은 공허함과 피로감에 가까웠다.

"으음… 점점 더 아리송해지는데…."

로렌스는 팔짱을 끼고 한숨 섞인 목소리로 중얼거렸다.

라덴 본인이 싫어한다면 굳이 강요할 생각은 없지만 외부에서 보기에는 그냥 놓치기가 너무나도 아까운 이야기로 보이니 말이다. 물론 로렌스도 라우드와 마찬가지로 이 일에 힘을 보태면 아는 주교가 한 명 늘어날지 모른다는 사심이 있었다.

하지만 그런 동기와는 전혀 달리, 수르트를 비롯한 마을 사람들의 행동이 다소 억지에 가깝다는 부분은 로렌스도 충분히 공감이 된다.

마을 사람들은 진심으로 라덴에게 감사하고 있다. 그렇기 때문에 이번에는 자신들이 은혜를 갚을 차례라고 생각하고 있으리라.

특히 라덴은 교회의 가르침에 자극을 받아 이 땅을 찾아왔다고 한다. 그렇다면 진짜 성직자가 되고 싶다는 희망도 당연히 있을 테고, 이 또한 신이 내려 주신 기회라고 생각할 것이다.

다만 '지금까지 사람들을 이끌던 나이든 인물과 그 인물을 걱정하는 주위 사람들'이라는 구도는 사실 뇨히라의 온천장에서도 흔히 볼 수 있는 광경이었다.

부모자식 2대 귀족인데 부친은 치아도 거의 다 빠진 노령이지만 '젊은 놈들한테 아직은 지지 않는다'는 말이 입버릇인 경우가 많다. 아들도 얼굴에 주름이 생기기 시작한 나이인데 아버지가 자꾸 말을 타고 영지를 순찰하거나 복잡한 영지재판에 연일 밤샘으로 참석한다고 투덜댄다.

아들은 이제 제발 좀 쉬시라고 해도 도통 말을 듣지 않는 아버지가 휴식을 취할 수 있도록, 거의 질질 끌다시피 뇨히라로 데려오곤 한다.

그럴 때, 아버지 역시 대체로는 자신이 은퇴해야 한다는 사실을 머리로는 알고 있다.

"라덴 씨도 주교가 되어야 한다는 걸 머리로는 알고 있는 것 같은데…."

로렌스가 그렇게 중얼거린 것과, 맞은편 자리에서 호로가 맥주잔을 든 채 고개를 숙인 것은 거의 동시였다.

"어이, 괜찮아?"

라우드가 다가왔을 때부터 유난히 조용하다 싶었는데 안색이 다소 나빴다. 뺨은 상당히 붉은데 그 외에는 묘하게 하얗다. 맥주 두세 잔이니 양으로는 그리 많지 않지만 아직 숙취가 다 가시지 않았는지도 모른다.

양고기는 아직 많이 남았지만 애당초 고기가 남아 있다는 것 자체가 컨디션이 좋지 않다는 증거다. 포장해 달라고 해서 숙소로 돌아가는 편이 좋을 듯했다.

"호로, 가자."

눈을 감고 꾸벅꾸벅 조는 호로의 손에서 맥주잔을 빼앗아 들고, 빨강머리 술집 아가씨에게 술값을 건넨 뒤 호로를 짊어지고서 양고기 꾸러미를 받아 들었다.

호로를 업은 채로 숙소에 돌아가는 일이 벌써 몇 번째인가 싶어 어이가 없지만 호로도 아마 이렇게 해 주리라는 사실을 알고 있으니 자꾸 방심하는 모양이다.

게다가 때때로 연기가 아닐까 의심이 될 때도 있지만, 물론 모르는 척한다.

손님의 요망에 부응하는 것이 상인의 기쁨이니 말이다.

공주님이 온 힘을 다해 어리광을 피운다면, 자신 역시 온 힘을 다해 그 어리광을 받아 줄 뿐이다.

"춥긴 춥네."

술집 밖으로 나오니 완전히 가을 밤 공기였다. 호로의 몸에 모포라도 덮어 주는 편이 좋지 않을까 생각했지만 아무리 그래도 그건 너무 과보호가 아닐까 싶어 쓴웃음이 났다.

등 뒤에서 주르륵 미끄러지려 하는 호로를 들쳐 업고, 로렌스는 숙소를 향해 한 걸음 한 걸음 걸어갔다.

"이 녀석… 해가 갈수록 무거워지는 느낌이 든단 말이야…."

외모는 달라지지 않는데 신기한 일이라고 생각했지만, 문득 그게 아닐지도 모른다는 사실을 깨달았다. 호로가 무거워지는 것이 아니라 자신의 허리와 다리가 쇠약해져 가는 것인지도 모른다고.

이렇게 호로를 업어 침상으로 옮겨다 주는 것도 언젠가는 먼 옛날의 추억이 되리라.

제멋대로 구는 호로의 행동을 자신이 매번 받아 주는 이유는 호로의 시점에서 보았을 때의 상황을 자꾸 상상하기 때문일 것이라고 로렌스는 생각하고 있었다.

호로는 영원히 외모가 달라지지 않고, 자신만이 늙고 추해진다. 호로는 뒤에 남겨지는 입장이고, 그때를 상상하면 로렌스는 아무리 호로의 응석을 받아 주어도 모자라다는 생각이 든다.

자신은 호로를 영원히 지켜 줄 수 없다. '죽음이 두 사람을 갈라놓을 때까지'라는 결혼 맹세를 했지만, 당연히 로렌스가 먼저 떠날 것이 뻔하다.

여관 앞에 펼쳐져 있는 노천 술집 손님들의 가벼운 놀림을 받고 쓴웃음을 지으며 방으로 들어갔다. 여관 주인도 이젠 아무 말 없이 먼저 문을 열어 주고, 또 만에 하나를 대비하여 통까지 준비해 주었다.

고개를 절레절레 저으며 호로를 침대에 내려 주려 하는데 호로가 눈을 뜬 모양이었다.

자기 발을 뻗어서 내리더니 쿵, 하고 엉덩방아를 찧으며 침대에 걸터앉았다.

"익숙한 광경이군."

로렌스가 웃자 호로는 몸을 웅크리고 으으, 하고 힘없이 신음했다.

"속이 안 좋아?"

안색은 많이 괜찮아졌지만 혹시나 해서 묻자 호로는 고개를 가로저었다. 물론 주정뱅이가 괜찮지 않다고 대답한 적은 없으니 신용할 수는 없지만, 호로는 고개만 가로젓는 것이 아니었다.

손을 뻗어 로렌스의 소맷자락을 잡고, 옆에 앉아 달라고 칭얼대기 시작했다.

"알았어, 알았어."

약해진 상태의 호로는 평소보다 앳되어 보인다. 나이를 먹으면 먹을수록 어린애 같아진다는 말은 워낙 자주 듣는 이야기다. 로렌스가 호로의 오른편에 걸터앉자 호로는 로렌스의 어깨에 턱을 얹고 말했다.

"술이 통 안 깨서 죽겠어…."

몸이 안 좋다는 이야기를 자기 입으로 하는 것을 보니 많이 진정이 된 모양이다.

호로의 등에 왼손을 얹고, 오른손으로는 호로의 손을 잡았다.

"중간에 라우드 씨가 온 후부터 그랬구나. 쓸쓸했어?"

놀리듯 말하자 로렌스에게 잡혀 있던 손에 힘이 꽉 들어갔다.

"미안해."

로렌스는 그렇게 말하며 호로의 귀 뿌리 부분에 입을 맞추었다.

호로의 꼬리는 비싼 향유를 발라 손질하기 때문에 말 그대로 꽃처럼 달콤한 향기가 나지만, 귀 쪽에서도 또 다른 달콤함이 느껴진다. 짙은 호로 냄새다.

자꾸 맡으면 싫어하기 때문에 적당히 물러서자 호로가 갑자기 말했다.

"'쓸쓸했다'에 가까웠을지도 모르겠네."

"……."

로렌스는 조금 놀라, 얼굴에 저도 모르게 걱정스러운 미소가 떠올랐다.

"아니, 쓸쓸했어. 그래서 술이 영 안 깨는 거야."

호로 쪽에서 먼저 귀 뿌리 부분을 로렌스의 뺨에 비벼 댔다.

호로의 약한 모습을 보고 무어라 말해야 좋을지 알 수가 없었던 로렌스의 머릿속이 겨우 현실을 따라잡았다.

"…그러고 보니 라우드 씨가 오기 직전에 뭔가 하고 싶은 말이 있는 눈치였는데.”

라덴 일에서 뭔가 마음에 걸리는 부분이 있었을까. 생각해 보면 그때부터 호로의 표정이 밝지 못했다. 로렌스가 정답을 알려 달라는 듯 호로에게 잡혀 있던 손을 가볍게 흔들자, 호로의 작은 손이 힘없이 마주 흔들었다.

“이것저것 생각이 너무 많은 당신이… 멍청이라는 사실을 알아차렸거든.”

“응?”

로렌스가 묻자 호로가 잡고 있던 손에 가볍게 손톱을 세웠다.

“당신은 멍청이야. 나를 깜짝 놀라게 만들 정도로 총명하면서. 정답은 바로 눈앞에 있는데.”

마치 수수께끼 풀이 같았지만 호로는 이어서 말했다.

“어쩌면 멍청이인 건 나일지도 모르지. 귀랑 코가 너무 좋은 탓에 눈이 나쁘다는 사실을 몰랐던 것처럼.”

뇨히라에 있을 때 그런 이야기가 있었다. 호로가 아무리 시간이 지나도 글자를 잘 쓰지 못하는 이유는 사실 눈이 나빠서인 것 같다고 말이다. 유리를 갈아서 만든, 글자를 확대시켜 주는 안경을 건네자 들여다보고는 깜짝 놀랐다.

그럼, 그 이야기를 부연하면?

로렌스는 찬찬히 생각해 본 뒤 대답했다.

“…내가 한쪽으로 치우친 방향으로만 생각하고 있다는 말이야?"

이치로만 따져 보면 라덴의 행동은 이해가 되지 않는다. 주교로 발탁되는 일은 그야말로 시골 처녀가 왕자에게 시집가는 정도의 기적인데 그것을 거부하다니. 심지어 아무리 생각해 봐도 라덴이 주교가 되면 마을의 기반은 미래까지 탄탄하게 안정될 텐데.

만일 라덴이 그 무엇보다 마을을 소중히 아낀다면 설령 자신에게 어떤 불이익이 있다 하더라도 그것을 감수하고 주교가 되는 길을 선택해야 한다는 생각마저 든다.

그렇다면 라덴을 속박하는 것은 이치가 아닌 무언가다.

자신은 이치를 따지는 이야기라면, 장사 쪽 이야기라면 일가견이 있다.

하지만 로렌스가 호로를 이기지 못하는 부분은 더 질척질척하고 미묘한 인간 사정과 관련된 쪽이었다.

"나는 그 거목 같은 녀석에 대해 계속 생각하고 있었어."

곰도 바위도 아닌 거목.

하기야 라덴은 거목 같은 남자이긴 하다.

"왜 그 고집불통이 주변 사람들의 배려를 받아들이지 않는 걸까 하고."

호로도 거기서부터 생각이 시작된 모양이었다. 즉, 적어도 수르트를 비롯한 마을 사람들은 진심으로 라덴을 염려하고 있다.

하지만 출발점이 같을 뿐 호로는 로렌스와 전혀 다른 방향을 보고 있었던 듯했다.

"나는… 배가 불렀군, 하는 생각에 내심 짜증이 났지."

로렌스가 퍼뜩 놀란 이유는, 호로의 마음을 이해하지 못해서가 아니었다.

밟으면 안 되는 부분을 밟았다는 느낌이 들어서였다.

"…그 말은…."

로렌스는 저도 모르게 말을 흐렸으나 호로는 눈을 감고 웃었다.

"그래. 파슬로에 마을 이야기야. 내가 오랜 세월 살았던 마을."

호로는 옛날이야기라도 하듯 어딘가 모르게 졸린 목소리로 말했다.

"그리고, 내가 쫓겨난 마을."

로렌스는 숨을 삼키듯 크게 들이마셨다.

파슬로에 마을은 로렌스 입장에서는 호로와 처음 만난 곳이지만, 호로 입장에서는 소중한 무언가를 잃어버린 마을이기도 했다.

"나는 그렇게 아끼던 마을 사람들에게서 쫓겨난 몸이지. 그런 내 입장에서 보면 그 거목은 무슨 배부른 소리를 하면서 한탄하는 건지, 하는 생각이 들었어."

농담처럼 말하고 있지만 반 정도는 진심이리라.

등 뒤의 꼬리가 살짝 부풀어 있었다.

"하지만 그놈의 괴로움 또한 거짓은 아닌 것 같았지. 망설이고 괴로워하고 있었어. 목숨을 걸고 지킨 자들이 자길 진심으로 걱정하고 있는데, 대체 왜? 하고 나는 생각했어. 앞뒤가 맞지 않아. 그렇기 때문에…."

호로는 로렌스에게 기대고 있던 몸을 일으켰다.

"나는 상상했던 거야. 그 거목이 된 기분으로."

"라덴 씨가 된 기분?"

호로는 고개를 끄덕이더니 쓴웃음 같기도 하고, 저린 발을 누가 건드린 것 같기도 한 표정을 지었다.

"그 라덴이라는 놈은 자기가 마을에서 쫓겨날지도 모른다고 생각하는 게 아닐까?"

"어… 뭐? 쫓겨나?"

너무나도 영문을 알 수 없는 말이었기에 그만 되묻고 말았다.

"쫓겨난다… 는 것과는 다를지도 모르지. 하지만, 비슷한 거야."

도저히 모르겠다.

수르트를 비롯한 마을 사람들의 걱정은 진심이었고, 사람들이 라덴을 쫓아낼 음모를 짜내고 있었다면 호로의 귀가 그것을 알아차리지 못했을 리가 없다.

무슨 말인가 싶어 쳐다보니 호로는 어이가 없다는 듯 웃었다.

"생각 좀 해 봐. 자신의 모든 것을 걸고 만든 양식 연못이잖아? 거기 살던 물고기들이 다 죽어 버렸다고."

"하, 하지만 마을 사람들은 지금까지 라덴이 해 준 일에 감사하고 있었잖아. 사슴을 이용해서 다른 돈벌이 수단을 찾아낸 것도 라덴에게 더 이상 부담을 주지 않기 위해서였던 것 아냐?"

"응, 맞아. 하지만 만약 내가 그놈이었다면…."

호로는 나무창 밖으로 밤하늘을 올려다보다 로렌스를 돌아보았다.

그리고 박치기라도 하듯 로렌스의 가슴에 이마를 들이밀었다.

"쓸쓸했을 거야."

"쓸쓸…해?"

호로는 로렌스에게 얼굴을 보여 주지 않은 채 고개를 끄덕였다.

"파슬로에 마을 놈들도 인간의 지혜와 힘으로 보리 풍작을 불러올 방법을 고안해 냈지. 그래서 내가 없어도 풍년이 되게 할 수 있었어. 나는 원래 마을의 보리가 잘 여물게 해 달라는 부탁을 받고 거기 있었던 거니까, 누가 풍작을 불러오든 상관없어야 했지. 누가 풍작을 불러오든 풍작이 되기만 하면 기뻐해야 하는 거였잖아."

"……."

목소리에서 호로가 금방이라도 울음을 터뜨릴 것 같다는 느낌이 전해져, 로렌스도 괴로워졌다.

하지만 로렌스가 울고 싶었던 데에는 다른 이유도 있었다.

호로가 하고 싶은 말이 보이자, 자신이 얼마나 경솔했는지 확실히 느껴져 난처해지고 말았기 때문이었다.

"그 거목네 마을 연못도 그래. 이유 중 하나로 고향 재현이라는 꿈같은 이야기가 들어 있는 건 이상하지 않아. 하지만 제일 큰 이유는 사람들을 배부르게 해 주기 위해서였잖아."

호로는 코를 훌쩍이며, 자신이 현랑 호로로서 파슬로에 마을을 지키던 시절을 떠올리는 듯한 표정으로 말했다.

"사람들을 웃게 만들고 싶어서였잖아. 새 가족에게 새로운 삶의 터전을 선사해 주고 싶었던 거잖아. 그렇다면 방법 같은 건 아무래도 상관없잖아. 이치를 따지자면 그렇지만…."

'이치를 따진다'는 말을 할 때만은, 호로는 고개를 숙인 채 또렷하게 웃고 있었다.

그것은 파슬로에 마을에서 몹시 상처 입었던 자신을 멍청이라며 비웃는, 스스로에게 상처를 주는 웃음으로 보이기도 했다.

호로는 파슬로에 마을에서 시간의 흐름과 함께 잊히며, 심지어 오래된 시절의 악습을 상징하는 취급을 받으면서 그 커다란 늑대의 덩치가 꺼져 버리지 않을까 싶을 정도로 상처를 받았다.

애당초 고향으로 돌아가고 싶어 했으니 뒷발로 모래를 끼얹으며 뛰쳐나가기에는 딱 좋은 상황이었는데도, 그러지 못했다.

이치를 따지는 문제가 아니었기에.

미련이나 추억은 그렇게 무 자르듯 자를 수 있는 게 아니다.

"내 마음속에 다른 누군가가 있는 기분이야. 그건 분명 그 거목도 마찬가지겠지. 태도는 거칠지만 지혜는 꽤 있는 자로 보이더라고. 그 백발 **촌장**의 말도, 마음도 전부 알고 있을 거야. 그런데 마음이 통 말을 듣지 않는… 그런 것 아닐까?"

수르트와 봄을 비롯한 마을 사람들뿐만 아니라 살로니아의 주교, 그리고 엘사까지도 라덴을 몹시 칭찬하고 걱정했다. 사슴 이야기도 애당초 따지고 보면 라덴의 과로 때문에 시작된 이야기였다. 모두가 라덴을 배려해 주고 있었다.

하지만 당사자 입장에서는 어떨까.

자신이 마을 사람들을 위해 만든 양식 연못에서 물고기가 사라졌는데도 마을 사람들은 자기들의 힘으로 돈을 벌 방법을 찾아내고 말았다. 양식을 부활시키려 동분서주하는 것은 자신뿐이고, 심지어 마을 사람들은 한동안 마을 일을 잊고 1년쯤 먼 곳에 가서 주교가 되어 달라는 제안까지 한다.

그렇다면 라덴의 귀에는 이렇게 들려도 이상하지 않다.

주교가 되어 줘. 지금의 당신이 도움이 될 수 있는 방법은, 그것밖에 없으니까.

아무리 떨쳐내도 계속 들러붙는 깊은 밤의 어둠처럼 라덴 입장에서는 그 말이 도무지 머릿속에서 떠나지 않았으리라.

"게다가 그놈은 무릎이 불편했잖아. 분명 사슴 사냥에도 참가

하지 못할 거야."

"아."

그 말에는 진심으로 놀랐다.

"뭐야, 몰랐어?"

고개를 들고 코를 훌쩍이는 호로의 질문에 로렌스는 멍청함을 드러내듯 고개를 끄덕였다.

"마을 사람들이 붙잡고 늘어지는데도 뿌리쳤잖아?"

"왼쪽 다리만으로 버텼어. 혼자서는 말을 탈 수 없다는 것도, 타고 내릴 때 위험하기 때문이겠지."

호로는 자신의 손으로 눈꼬리를 훔쳤다.

그런 호로의 모습을 멍하니 보면서 로렌스는 라덴을 떠올렸다. 지금도 덩치가 크고 기운이 세니, 젊었을 때는 그야말로 힘이 넘쳤으리라는 사실을 쉽게 상상할 수 있었다.

로렌스조차도, 예컨대 술에 잔뜩 취한 호로를 업을 때 자신의 몸이 노쇠했다는 사실을 느끼고 무척이나 쓸쓸해진 기분으로 늙음을 실감하곤 한다.

그렇다면 지금까지의 인생을 튼튼한 몸으로 개척해 온 사람이라면 그 충격은 더욱 크리라.

무릎이 아파 작업에 지장이 가는 가운데 양식하던 물고기가 전멸하고 말았다. 무릎 탓도 있어서인지 양식 부흥이 마음처럼 잘되지 않는다. 게다가 마치 결정타처럼, 마을 사람들이 가볍게 해내는 사슴 사냥에도 참가할 수 없는 상황까지 벌어진다면 대체 어떤 심경일까.

제발 앉아 계시라는 말을 듣고 있는 라덴의 모습은, 상상해 보니 너무나 안타깝게 느껴졌다.

생선 양식에 집착하는 이유는 고향의 바다 때문이 아니다.

라덴은 손바닥에서 흘러내리는 물을 필사적으로 움켜쥐려 하고 있었던 것이다.

옛날 자신이 마을 중심에 있었을 때, 하늘을 지탱하는 거목이었던 때의 기억을.

그런데 지금은 자신의 신념을 지탱해 주던 무릎마저도 말을 듣지 않는다.

그리고 앞으로도 육체는 계속 늙어 갈 것이다. 마을에서의 역할도 줄어들겠지.

라덴은 시간의 급류에 휘말린 채 빠져 죽어가고 있었다.

"자신이 있을 곳이 사라진다는 건 무서운 일이야."

호로는 넓은 세상에 홀로 남겨지는 공포를 알고 있다. 아무도 자신을 필요로 하지 않는 상황이 얼마나 잔혹한지도 알고 있다.

그런 호로가, 로렌스를 바라보았다.

우는 줄 알았는데 웃고 있었다.

"계속 똑같은 말로 이치만 따지는 당신을, 나는 멍청이라고 부르는 거야."

호로는 다시 한번 웃으면서 코를 훌쩍거렸다.

"원래는 나도 교회에서 바로 알아차렸어야 했어. 하지만 그러지 못했어. 왜냐하면."

호로는 수줍은 미소를 지으며 말했다.

"당신이 내가 있을 곳을 주어서. 응석을 받아 주고, 그런 슬픈 일을 다 잊게 해 주어서야. 따뜻한 물이 넘쳐흐르는, 실로 편안한 곳을."

티끌 한 점 없는 미소인 만큼 로렌스는 공연히 더 가슴이 죄어드는 기분이었다.

자신이 호로에게 정말 많은 일을 해 주었다는 실감이 났다.

하지만 그조차도 호로의 고독을 영원히 치유해 줄 수는 없다.

이 시간을 멈추어 달라고 마음속으로 빌며 로렌스는 호로의 가냘픈 몸을 꼭 껴안았다.

그리고 로렌스의 입에서 튀어나온 것은… 얄미운 말이었다.

"게다가 술도 밥도 따라오니 불평할 데가 없겠지."

호로가 늑대 귀를 빳빳이 세우며 품속에서 버둥거렸다.

"멍청이! 나는 진지하게…."

"그래서야."

화를 내는 호로를 껴안은 채 마음속의 심란함을 간신히 가라앉혔다.

그리고 호로를 품에서 풀어 준 후 콧등을 꼬집었다. 최선을 다

해 장난스러운 웃음을 지으면서.

"네 마음을 정면으로 전부 받아 줬다가는 지금 당장 네게 한 푼도 남기지 않고 다 털어 주고 싶어지거든. 그러면 1년 후에 마실 술값이 사라지잖아?"

호로의 마음은 거대한 술통을 닮았다. 조금씩 나누어서 마시지 않으면 금세 과음하는 바람에 흠뻑 취해, 머리부터 그 술통 속으로 빠져 버리고 만다.

"엘사 씨한테서 가계(家計)의 소중함을 막 배운 참이잖아."

그 이름을 꺼내자 호로는 재미있을 만큼 노골적으로 불쾌한 표정을 지었다.

"애당초 요 며칠간 너무 과음하지 않았어?"

호로는 결국 입술을 삐죽 내밀었다.

"돈은 안 썼거든."

하기야 도시의 곤경을 해결해 준 보답이라면서 술집에 가면 여기저기서 술을 사 주었다. 그래도 과음했다는 자각은 있는지 침대에 다리를 올리고 무릎을 끌어모아 앉은 호로가 고개를 홱 돌렸다.

로렌스는 한숨 섞인 웃음을 지으며 말했다.

"네가 취해서 뻗으면 그동안 내가 쓸쓸하다고."

호로는 넋이 나간 표정으로 입을 벌리고 로렌스를 응시했다.

그러더니 굳어져 있던 얼굴이 풀어지면서, 기쁨을 꾹 눌러 참

듯 한쪽 입꼬리가 자꾸 올라가려 했다.

"…멍청이."

"그럼, 멍청이고말고."

"나 참, 이래서는 당신…."

"아무리 시간이 지나도 영원히 귀여운 소년이지."

호로는 얼간이라고 말할 게 뻔하기 때문에 자신이 먼저 앞질러 말했다.

선수를 빼앗긴 호로는 분한 듯, 하지만 기쁜 듯 웃었다.

"이치로 따질 수는 없는 문제야."

자신이 얼간이인 것도 그렇지만, 이것은 라덴 이야기다.

이치로 따지면 수르트 쪽 주장이 맞다.

하지만 이치로 따져서는 도저히 감당할 수 없는 감정이, 라덴에게는 있다.

"응. 문제는 그놈의 불안이지. 그 거목은 진짜 거목이 아니야."

그것은 호로의 진정한 모습이 고개를 빼고 올려다봐야 할 정도로 거대한 늑대이며 사람 따위는 눈 깜짝할 사이 집어삼킬 수 있다 해도, 호로의 마음까지 두툼한 모피로 덮여 있지는 않은 것과 똑같다.

그들의 마음이 엇갈리게 내버려 두는 일은 파슬로에 마을에 호로를 홀로 남겨 두고 오는 일이나 마찬가지다.

"하지만 그럼 어떻게 해야 할까?"

로렌스가 혼잣말처럼 중얼거리자 호로가 로렌스의 뺨을 살며시 어루만졌다.

"당신이 준비해 준 뇨히라의 온천탕에서 수없이 봤잖아."

"뇨히라에서… 아아, 대를 물려주는 귀족들 말이군."

부모와 자식, 2대가 찾아오는 귀족들 이야기. 권력에 얽매여 벗어나지 못하는 자들을 보고 참 난감한 사람들이네, 하고 생각한 적도 있었다.

하지만 그것이 자신이 있을 곳을 잃는다는 공포에 전율하는 모습이었다고 생각하면 이제는 어느 정도 친절하게 대해 줄 수 있을 것 같은 기분이었다.

"대를 물려받는 의식을 할 때는 일단 입에 침이 마르도록 공적을 칭찬하는 게 정석이었지."

"감사의 말은 아무리 퍼부어도 지나침이 없으니까. 이치에 맞아."

그런 거였구나, 하고 로렌스는 새삼스럽게 배웠다. 뇨히라에 있을 때에는 깊이 생각해 본 적이 없었다.

"그럼 라덴 씨의 공적은?"

물을 것까지도 없이, 아무것도 없던 산간 지방에 연못을 파고 물고기를 키워 사람들의 배를 불려 준 일.

하지만 그렇다면, 정말로 감사를 표하고 싶다면 마을 전체가 양식 재개에 적극적으로 협력하고 온 힘을 쏟아부어야 한다. 자원과 노동력에 한계가 없다면 그래도 상관없겠지만 마을 사람들은 사슴 사냥 작업을 겨우 안정시킨 참이었다.

그것을 내팽개치고 불안정한 양식업으로 돌아가는 것은 위험이 너무 큰일이다.

뭔가 하나 더, 다른 방법으로 감사를 표할 수는 없을까.

라덴이 여태껏 공들인 모든 것들을 빛나게 해 줄, 무언가가.

"그 거목은 자기가 태어난 고향 바다에서 보석을 채취했다고 했지. 왜, 뮤리가 좋아하는 음유시인 이야기 중에 그런 결말이 있는 얘기가 있지 않았어?"

"그거 말이야? 연못의 물고기는 마을 사람들에게 틀림없는 보석이었네. 경사로세, 경사로세… 같은 연출?"

"…그렇게 듣고 보니 정말 빈약한 얘기 같네."

로렌스는 신음하다 문득 테이블 위에 성전의 초역(抄譯)이 놓여 있는 것을 발견했다.

"그러고 보니 라덴 씨는 성서의 한 구절이 떠올라서 산속에 연못을 팠다고 했지?"

"물고기를 늘리는 얘기였던가."

기왕이면 짐승 고기가 나을 텐데, 하고 호로는 무성의하게 덧붙였지만 로렌스는 손을 살짝 뻗어서 초역을 집어 들었다. 성전을 통째로 번역한 것이 아니라 자주 볼 수 있는 설화를 뽑아서 번역한 책자였다. 그것은 콜이 양파를 씹어 졸음을 쫓으면서 매일 열심히 공부하여 쌓아 올린 성과다.

팔락팔락 넘겨 보니 로렌스도 아는 비유 이야기가 몇 가지 있었고, 물고기 이야기도 당연히 실려 있었다. 그리고 음식과 관련된 이야기가 반응이 좋은지 비슷한 설화가 여러 개 수록되어 있었다.

세속어로 쓰여 있으니 이토록 쉽게 읽을 수 있구나, 하고 새삼 놀랐다. 고생해서 교회문자를 배운 게 바보처럼 느껴질 정도였다.

그리고 페이지를 넘기던 중 로렌스는 눈에 띈 한 구절에 마음을 빼앗겼다.

"그러고 보니 당신, 바다의 보석 하면… 응? 왜 그래?"

호로가 의아한 표정으로 이쪽을 쳐다보았다.

로렌스가 들고 있던 책자로 시선을 돌린 호로는 눈을 가늘게 뜨고 글자를 읽더니 금세 꼬리를 부풀렸다.

"호오, 호오!"

"이거, 어때?"

호로에게 묻자, 호로는 로렌스가 놀랄 정도로 기뻐했다.

"나도 지금 막 그걸 알아챈 참이야. 마치 당신이 그 문장을 발견해 주길 기다렸던 것 같아."

"그래? 뭔데?"

'이심전심'이라는 말이 있다.

뜸을 들이듯 입을 다문 호로가 송곳니를 드러내며 히죽 웃더니 말했다.

"산호야. 바다의 나무라고 했잖아?"

"응. 그게 왜?"

"그럼, 마을 녀석들이 사냥하고 있는 게 뭐지?"

"그건… 아아!"

사슴.

머리 위에 나무 같은 뿔이 자라는, 숲의 주민.

"그리고 당신이 왜, 그 냄새 나는 가루를 팔아치운 얘기를 하다가 그랬잖아."

뇨히라에서 채취되는 유황 가루는 더운물에 녹이면 온천 기분을 낼 수 있는 신기한 물건이다.

도시 사람들 사이에서는 가루가 잘 팔렸고, 축제 기분에 들뜬 그들은 이런 말도 했다.

구멍이라도 파서 온천을 만들지 않겠느냐고.

"마을 사람들이 지금까지 살아올 수 있었던 건 그 거목 덕분이지. 사슴 사냥으로 시선을 돌린 건 누군가의 혜안이라 해도, 그때까지 녀석들의 배를 채워 주고 있었던 건 틀림없이 그 거목의 생선이야."

"그러니까 연못 속에 사슴뿔을 꽂아 놓으란 말이지. 그럴싸한데."

당신이 만든 연못은 정말로 보석으로 가득하다. 산호처럼, 고향 마을에서는 결국 손에 넣지 못했던 물건이 아니라 현실 속에서 손에 넣을 수 있는 보물로.

“그리고 마무리가 이거지.”

호로가 성전을 가리켰다.

거기에는 신이 미래의 성자에게 신앙을 내려 주는, 유명한 장면이 묘사되어 있었다.

“라덴 씨가 주교가 되어 주지 않으면 의미가 없지. 하지만 이거라면 가능할 거야.”

수르트를 비롯한 마을 사람들과 라덴은, 지금은 바라보는 방향이 서로 다르지만 그것은 그들이 본래 바라던 바가 아니다. 그들은 더 먼 곳까지, 더욱 아름다운 미래를 향해 함께 걸어가고 싶을 것이다.

로렌스와 호로가 둘이서 뇨히라에 도착했던 것처럼. 앞으로도 즐거운 하루하루를 보내리라는 것처럼.

“마을 사람들은 라덴 씨에게 감사를 표하고 있고, 라덴 씨가 새로운 역할을 짊어져 주길 바랄 거야.”

“그리고 겸사겸사 그것도 있지.”

호로는 눈물이 완전히 말라 버린 얼굴로 웃었다.

“조만간 맛있는 송어를 먹을 수 있을지도 모른다는 것.”

로렌스는 호로의 식탐에 웃으면서 “그럴 수도 있겠네.” 하고 대답했다.

로렌스와 호로는 하나의 결론에 도달했으나 그것은 어디까지나 추측에 불과하다.

라덴의 마음을 확인하지 않고 이야기를 진행하면 또 어디서 꼬일지 모른다.

그래서 다음 날 아침부터 교회를 찾아가 엘사와 의논했다. 이대로는 죽도 밥도 되지 않을 상황이었기에, 엘사도 그렇게 한번 해 보자며 찬성해 주었다.

그런 연유로 라덴의 본심을 확인하기로 했는데, 라덴이 머물고 있는 방 앞에서 호로가 로렌스를 막았다.

"내가 다녀오는 게 좋을 거야."

"으응?"

"소년의 섬세한 마음 이야기잖아. 그런 건 나처럼 사랑스러운 상대에게 털어놓기가 더 쉬울걸."

오히려 어이가 없다는 듯이 말한다.

로렌스가 불만스러워하고 있는데 뒤에서 엘사가 어깨를 두드렸다.

"그냥 맡기죠."

"……."

엘사가 그렇게 말하니 고분고분 따르는 수밖에 없다.

이번에는 그 모습을 보고 호로가 다소 불만스러운 표정을 지었으나 흥, 하고 코웃음을 치고는 마음을 바꿔 라덴의 방으로 들어갔다.

"괜찮을까요…."

라덴을 화나게 만들지는 않을까, 하고 로렌스가 불안해 하자 엘사는 어깨를 으쓱했다.

"호로 씨는 이런 땐 야무진 분이니까요."

그런데 어째서 평소에는 그렇게 게으를까, 하고 엘사는 어이없어했다.

그 후로 두 사람은 기다렸으나 그리 오랜 시간이 걸리지는 않았다.

금세 호로가 방에서 나와 의기양양하게 히죽 웃었다.

"자, 다음은 촌장이야."

이야기가 잘 풀렸다는 뜻일까. 라덴의 상태가 궁금했다.

문 안쪽을 들여다보자 호로가 뺨을 꼬집었다.

"당신이 그런 식으로 구니까 눈치 없다는 소리를 듣는 거야."

가만히 내버려 두라는 뜻이다. 로렌스는 뺨을 문지르면서, 최근 하도 게으르게 굴어서 자꾸 잊곤 하는데 역시 현랑은 다르구나, 하고 호로를 다시 보았다.

그리고 수르트에게 제안하는 자리에는 로렌스도 동석했고,

살로니아의 주교와 엘사도 있었다.

수르트는 설명을 듣더니 눈을 커다랗게 뜨며 놀랐고, 얼굴이 새파래져서는 숨 쉬는 것조차 잊어버리고 말았다.

우선 라덴이 그렇게 마음이 약해져 있었던 것을 몰랐던 자신의 어리석음 때문에.

그리고 또 하나는, 자신은 라덴을 위하는 마음에 휴식을 권했는데 오히려 라덴을 마을에서 소외시키는 것처럼 보였을 줄은 상상도 못 했기 때문에.

그것은 수르트가 둔했다기보다는 그만큼 진심으로 라덴을 따랐기 때문이리라. 마을의 다른 사람들도 모두 비슷한 상태였고, 무엇보다 자신들의 감사가 오해를 받았다는 사실에 대부분 절망했다.

그때 로렌스가 라덴에게 감사를 표현하기 위한 행사를 설명하자, 사람들은 10년 만에 비가 내린 사막의 주민 같은 표정을 지었다.

라덴의 마음을 알게 된 마을 사람들은 이제 주교 문제 따위는 제쳐 두고, 감사의 마음을 표현하는 일을 최우선으로 삼았다.

마을 연못에서 계획을 실행하자는 안도 나왔지만 사람이 자꾸 첨벙첨벙 드나들면서 사슴뿔을 심어 놓는 행위는 양식의 가능성을 조금이라도 고려한다면 바람직하지 못한 일이며, 이런 행사는 더 사람이 많은 곳에서 요란하게 벌여야 한다는 호로의 주장에 따라 살로니아의 거리에서 열기로 했다.

게다가 실제로 라우드처럼 라덴 덕분에 굶주림을 면한 세대가 도시에 많이 살고 있다. 로렌스가 라우드에게 이 이야기를 가져가자, 금세 구멍 팔 인원을 준비하는 일을 맡아 주었다.

그리고 로렌스는 그 안에 상인으로서의 교활함과 온천장 주인으로서의 꿍꿍이를 담았다.

"즉석에서 판 연못을 온천으로 만들라고?"

유황 가루를 팔 생각이군, 하고 라우드도 물론 금세 알아차리고 그런 눈빛으로 로렌스를 쳐다보았다.

"라덴 씨는 무릎이 불편하시지 않습니까? 온천 치료가 왜 고령자들에게 인기가 있는지 아십니까?"

그 물음에 라우드는 눈을 껌벅거렸다.

"효과가 좋아서 그런 것 아닌가? 나도 이야기를 들었네. 만병통치약이라고."

"실제 겪어 본 느낌으로는 너무 과장된 이야기이긴 합니다만, 그래도 확실하게 효과를 실감한 적이 있습니다."

상인은 본래 호기심이 왕성하다. 라우드는 흥미진진한 표정으로 몸을 내밀었다.

"뜨거운 물 속에서는 몸이 둥둥 뜨지 않습니까? 그래서 젊었을 때처럼 몸을 자유롭게 움직일 수가 있는 겁니다."

라우드는 감탄하는 표정으로 고개를 끄덕였다.

"그렇다면 뭐, 라덴 님도 꼭 한번 체험해 보셨으면 하는 마음이 있기는… 하지만."

그때 라우드가 헛기침을 하며 말했다.

"구멍을 파서 온천을 만들고 축제 한복판에 행사를 연다면 당연히 다방면으로 사전교섭을 할 필요가 있네. 유황 가루를 대량으로 구입하도록 추천할 테니, 중개료는 이 정도면 어떻겠나?"

라우드는 허리띠 속에서 주판을 꺼내 알을 튕겼다.

로렌스는 알을 몇 개 되돌려 놓고 미소를 지었다.

"으음… 뭐, 어쩔 수 없지. 그러면 내 쪽에서는 즉석 온천에 어울릴 만한 술을 들여놔야겠군."

로렌스는 라우드와 악수를 하고 계약을 맺었다. 그 모습을 지켜보던 호로와 눈이 마주치자, 호로는 어이가 없다는 듯 어깨를 으쓱했다.

산호처럼 보이도록 꾸밀 사슴뿔은 봄이 말을 타고 마을로 가지러 갔다. 겸사겸사 마을 사람들 전원에게 도시로 나오라고 전달하는 역할도 맡았다.

그리고 로렌스는 온천장 주인이라는 이유로 강 가까이 판 구멍에 벽돌을 까는 등의 준비 작업에 동원되어, 작업하느라 바빴다. 호로는 조금 떨어진 곳에 돗자리를 깔고 앉아 느긋하게 술을 마시며 구경하다가 가끔 펜을 들고 좋아하는 일기장에 그날 있었던 일을 적곤 했다.

이틀째부터는 라덴도 나타나 일을 돕고 싶어 하는 바람에 마을 사람들이 만류하는 장면이 펼쳐졌다. 원래 몸을 움직이지 않으면 답답해지는 성격인 모양이었다. 로렌스는 그런 라덴에게 망치로 구멍 바닥을 단단하게 만드는 작업을 부탁했다. 이거라면 무릎을 보호하면서도 일할 수 있었고, 라덴도 훌륭한 성과를 보여 주었다.

그리하여 큰 시장이 드디어 끝나고, 축제로 옮겨 가는 날이 되었다.

살로니아의 주교가 진행 역할을 맡고, 살로니아뿐만 아니라 근린에 사는 사람들의 식탁에 그 끔찍한 청어 외의 식재료를 계속 제공해 준 공로자를 칭송한다는 명목의 작은 축제가 열렸다.

땅을 파 만든 연못에 끓인 강물을 붓고, 로렌스의 유황 가루를 넉넉히 넣었다.

그런 연못 앞에서 우선 마을 아이들이 각자 역할을 맡아, 라덴이 라데리라는 먼 나라에서 이 땅으로 찾아오게 된 경위를 연기했다. 봄은 라덴이 살로니아의 땅을 밟기까지의 역할을 담당했다.

그리고 이야기는 현재의 라덴으로 이어졌다.

쑥스럽고 민망한지 얼굴이 시뻘게진 채, 뚱하게 입을 다문 라덴 앞에 수르트가 무릎을 꿇었다.

"자, 라덴 님. 이쪽으로."

그리고 교회의 문장을 엮어 만든 갈고리를 건넸다.

"당신의 신앙으로, 연못 속에서 보석을 건져 올려 주십시오."

라덴은 금방이라도 버럭 소리를 지를 듯한 표정을 지었으나 그것은 눈물을 꾹 참느라 얼굴에 힘을 너무 많이 주어서였다. 라덴은 수르트의 손에서 고분고분 교회의 문장으로 만든 갈고리를 받아 들고 일어섰다.

무릎이 불편하다는 사실을 전혀 알아볼 수 없을 정도로 힘찬 동작이었다.

하지만 라덴은 앞으로 나서기 전, 수르트를 보며 말했다.

"무릎이 아프다. 어깨를 내밀어, 내 지팡이가 되어 주지 않겠나?"

수르트가 눈을 커다랗게 뜨며 고개를 끄덕이고, 마을 사람들도 자신의 어깨에 기대 달라며 물밀듯 몰려들었다.

그리고 라덴은 사람들에게 둘러싸인 채 갈고리를 더운물 속에 넣었다. 옛날, 고향 바다에서는 매일 아침부터 밤까지 이 일을 반복했지만 무려 3년에 걸쳐서 단 한 번도 산호를 건지지 못했다고 한다.

하지만 이 따뜻한 물속에는 수많은 사슴뿔이 잠겨 있다.

라덴이 마지막 여로에서 지켜 냈던 많은 사람들이 살아가고 있다는 증거다.

"오오, 신의 증거를 보라!"

살로니아의 주교가 이럴 때는 확실히 주교답게 늠름하게 목소리를 높이는 가운데 연못 기슭으로 사슴뿔이 끌어올려졌다. 우레와 같은 환성과 박수가 울려 퍼지고 교회 종까지 울렸다. 라덴은 감개무량한 얼굴로 마을 사람들에게 감사 인사를 하려 했다.

하지만 그러기엔 아직 이르다.

"라덴 님."

그렇게 말하며 나타난 사람은 축제 한복판에서도 굳은 표정을 풀지 않는, 신의 종복 중의 종복 엘사였다.

"받으십시오."

엘사가 공손하게 건넨 물건은 콜이 번역한 성전의 세속어 번역 초역으로, 어떤 페이지가 펼쳐져 있었다.

"이건…."

당황하는 라덴 앞에 봄이 나타났다.

어깨에는 묘한 것을 걸치고 있었다.

"라덴 님! 이것도!"

봄이 난폭하게 건넨 것은 그물이었다. 양식에 사용되던 어망 말이다.

성전 책자와 어망을 들고 라덴은 어쩔 줄 몰라 했다.

그때 살로니아의 주교가 천연덕스러운 얼굴로 다가와서는 말했다.

"경건한 신의 종 라덴이여. 성전에 따라 그대에게 신의 말씀을 고하노라."

라덴은 크게 숨을 들이마시며 주교의 말을 기다렸다.

"그대는 물고기 잡는 그물을 내려놓고, 앞으로는 사람을 잡는 어부가 되는… 것이 어떠한가?"

신의 가르침을 널리 퍼뜨린 전설적인 성자에게 신이 내려 주었다고들 하는 말이었다.

성전에서는 명령조였지만 라덴에게 명령하기는 좀 어려운 일이었고, 무엇보다 살로니아의 주교 같은 인물에게는 실로 그런 말투가 잘 어울렸다.

주교의 말에 라덴은 기침하듯 웃더니 허리를 숙이고 성전 책자와 어망을 품에 안았다.

"신께서… 이끄시는 대로."

마른침을 삼키며 지켜보던, 수르트를 비롯한 마을 사람들이 금세 환호성을 질렀다.

그리고 모두 함께 라덴의 커다란 몸집을 들어 올렸다.

사태를 눈치챈 엘사가 라덴에게서 성전 책자를 재빨리 받아 들었다.

라덴은 눈을 가리고 웃으며 사람들에게 몸을 맡겼다.

"자, 전설의 온천마을, 뇨히라의 물입니다!"

사람들이 물속으로 라덴을 첨벙 던지자 물보라가 치솟았다.

이러면 이제, 눈물을 흘려도 아무도 모른다.

이어서 악사들이 악기를 연주하기 시작하고 술과 식사가 나왔다.

기쁨에 들떠 물속에서 서로 마주 보고 웃는 마을 사람들과 조심스럽게 물에 발을 담그며 즐기는 여성들을 보고 로렌스가 나잇값도 못 한 채 눈물을 글썽이고 있는데, 누군가 팔을 두드렸다.

"당신, 술하고 음식이 부족해."

벌써부터 양고기 꼬치구이를 물어뜯고 있던 호로가 오른손을 내밀었다.

로렌스는 어깨를 으쓱하며 그 오른손을 잡았다.

호로는 공주처럼 새침한 표정을 지은 채 로렌스와 손을 잡고 그 옆에 섰다.

그곳은 호로가 늘 있는 위치이자, 호로가 시간의 흐름 속에서 한때나마 쉴 수 있는 소중한 장소다.

호로는 자기가 좋아하는 그 자리에서 로렌스를 올려다보며 이렇게 말했다.

"당신도 나를 위해 돈을 많이 낚는 어부가 되는 게 어때?"

로렌스는 무어라 대꾸하려다 그만두고는, 웃음을 터뜨린 뒤 천천히 한숨 섞인 목소리로 대답했다.

"알았어, 알았어. 원하는 대로 할게."

호로는 로렌스를 올려다보며 송곳니를 드러내고 씩 웃었다.

살로니아의 거리는 한발 앞선 축제 분위기로 들떠 있다.

시끌벅적한 거리에 사람들이 분주히 드나드는 가운데 어린 아내에게 쩔쩔매는 전직 행상인이 하나 섞여 있었다는 이야기가 연대기에 쓰여 있었다나, 안 쓰여 있었다나.

늑대와 결실의 여름

막간. 이것은 아직 콜과 뮤리가 여행을 떠나기 전, 온천장에서 벌어진 이야기.

◇◇

온천마을 뇨히라라 하면 주로 겨울에 찾아오는 곳이지만, 여름은 또 여름대로 인기가 있다.

깊은 산속에 위치해 있기 때문에 애초에 기후가 서늘하며, 뜨거운 물에 몸을 담갔다 겨울 동안 빙실(氷室)에 저장해 두었던 눈으로 차갑게 보관한 맥주와 포도주를 마실 수 있다는 것은 죄 많은 애주가들에게 도무지 뿌리칠 수 없는 유혹이다. 하지만 겨울에 비하면 사람이 붐비지 않고, 약사와 무희들도 여름에는 각자의 구역에서 일하느라 바빠 모습을 보이지 않는다. 덕분에 뇨히라의 여름은 그럭저럭 손님이 있고 적절히 시끌벅적한, 아주 좋은 계절이 된다.

온천장 '늑대와 향신료'도 묵고 있는 손님들이 줄줄이 낚시를 하러 나간 바람에 아침부터 조용했다.

"크하암~…."

커다랗게 하품을 한 당사자는, 낚시 나가는 손님들을 내보내자마자 난로 앞에 좋아하는 깔개를 깔고 얇은 모포를 어깨에 걸친 채 개처럼 웅크리고 있는 호로였다. 평소에는 보는 눈이 있기 때문에 답답하게 감추고 지내던 늑대의 꼬리를, 무척이나 기분이 좋은 듯 파닥파닥 흔들면서 고요한 숨소리를 내며 잠이 들어 있었다. 난로 속에서 곱게 재를 뒤집어쓴 석탄이 부드러운 온기를 머금고, 서늘한 여름의 뇨히라에는 절묘한 편안함이 감돌았다. 물론 호로의 곁에는 눈을 떴을 때 마실 술이 놓여 있다.

매일 게으른 생활을 즐기는 데 여념이 없는 호로를 보며 온천장 주인인 로렌스는 그만 웃고 말았다. 그리고 활짝 열린 나무 창으로 밖을 내다보며, 자잘한 업무는 내일 해도 되겠지, 하고 생각을 고쳐먹었다. 호로를 따라 이 평화로운 시간을 즐겨야겠다고.

그렇게 생각하고 호로 곁에 앉아, 아름다운 황갈색 머리카락과 함께 늑대 귀를 손가락으로 빗어 주자 호로는 조금 귀찮다는 듯 눈을 뜨더니 로렌스의 무릎에 머리를 얹었다.

그리고 호로의 꼬리가 다시 한번 만족스러운 듯 흔들렸다.

이런 시간이 영원히 이어지면 좋을 텐데.

그렇게 생각한 직후였다.

여관 문이 요란하게 열리는 동시에 소녀의 기운찬 목소리가 주위에 울려 퍼졌다.

"큰일이야! 큰일! 엄청난 얘길 듣고 왔어!"

그러더니 우당탕탕 발소리가 울리며 바닥이 흔들리고, 소녀가 더욱 큰 목소리로 외쳤다.

"오라버니~! 어디 있어~! 오~라~버~니~!"

목소리의 주인은 딸 뮤리였다. 바로 얼마 전 성장을 축하하며 예쁘게 치장하여 친한 사람들 앞에서 선보인 참이었는데, 여전히 저 말괄량이 기질은 버리지 못했다.

"…왜 저러는 거야, 저 멍청이는…."

외모는 딸 뮤리와 똑같이 생겼지만 나이는 수백 살은 된 호로가 불쾌한 표정으로 중얼거렸다.

"엄청난 이야기를 듣고 왔다는데, 또 무슨 장난이라도 꾸미는 건가?"

"하지만 콜이를 부르던데."

로렌스와 호로가 만나서 여행하던 중 알게 된 소년 콜은, 이제 완전히 온천장의 기둥을 떠받치는 중요한 요원이자 뮤리의 오라버니로서 사랑받는 진짜 가족이 되어 있었다.

"장난을 치려는 거라면, 콜 녀석을 부르는 건 이상하긴 하지…."

그나저나 왜 저렇게 당황한 걸까, 하고 로렌스가 불길한 예감에 미간을 찌푸리고 있는데 호로가 드러누운 채로 게으르게 술에 손을 뻗었다.

그러더니 갑자기 늑대 귀를 세우고는 싫다는 듯 한숨을 내쉬었다. 그 이유는 금세 판명되었다.

"어머님! 아버님! 어디 있어~!"

야단맞고 나온 뮤리가 자신들을 부르는 일은 드물었기에, 이거 골치 아픈 일인가 본데, 하고 호로가 무거운 한숨을 내쉬었다.

정오가 되기 전 로렌스는 소시지를 채운 자루와 냄비, 그리고 커다란 마 자루를 접어서 등에 짊어지고 묶었다. 옆에 서 있는 콜은 빵을 채운 자루와, 기묘하게도 성서를 옆구리에 끼고 있었다.

"다녀오세요. 선물 기대할게요."

오늘 아침 낚시 손님을 내보낼 때와 마찬가지로 취사장을 담당하는 한나가 로렌스 일행을 배웅했다.

그런 한나에게 기운차게 대답하고 손을 흔들며 달려 나가는 딸 뮤리. 그 뒤를 쫓아가는, 귀찮은 표정을 지으면서도 나름대로는 즐거워 보이는 호로. 또 그 뒤로는 짐을 짊어진 두 남자가 따른다.

"콜… 모처럼 휴일인데 미안하다…."

"아뇨, 로렌스 씨야말로."

서로 그런 말을 주고받았으나, 상황이 이렇게 된 것은 당연히 뮤리 때문이다.

"산에 악마가 나와?"

눈을 번들번들 빛내며 은빛 늑대 귀와 꼬리를 잔뜩 부풀린 뮤리는 어디서 그런 이야기를 듣고 온 모양이었다. 아무래도 사람이 잘 들어가지 않는 산속으로 모험을 떠났던 마을 아이가 얼굴이 새파래진 채 돌아왔다는 듯했다.

"산은 어머님 영역이잖아? 악마가 있다면 퇴치해야지!"

모험담을 아주 좋아하는 뮤리는 그렇게 말하며 주워 온 나뭇가지를 마구 휘둘러 댔다. 로렌스와 콜은 얼굴을 마주 보고, 그 나이 또래의 소녀로서 몸가짐을 조심해야 한다는 평소의 설교를 늘어놓으려 하는데 뜻밖에도 호로가 끼어들었다.

"얼마 전 비가 내리지 않았어? 산속에 버섯이 많이 났겠는데."

온천장에서 가장 발언력이 센 사람은 주인 로렌스가 아니라, 로렌스를 깔아뭉개는 아내 호로였다.

그런 연유로 일가족은 버섯 따기에 나서게 된 것이다.

"오라버니! 아버님! 빨리 와~!"

길도 아닌 산길을 뮤리가 거의 날듯이 달려갔다. 호로도 익숙한지 날개처럼 가벼운 발걸음이었다. 역시 늑대 모녀라고 해야겠지만, 로렌스와 콜은 평범한 인간인 데다 짐까지 짊어지고 있다.

숨을 헐떡이며 쫓아가는 것만으로도 벅차, 산속에서 금세 방향을 잃고 말았다.

"저 녀석들 기분을 상하게 만들었다가는… 평생 산속에서 살아야 할 수도 있겠는데…."

"하하하…."

마른 웃음을 짓는 콜에게 로렌스가 말했다.

"그나저나 악마란 건 대체 뭐지?"

뮤리가 여관으로 돌아오자마자 콜을 부른 데에는 그럴 만한 이유가 있는 모양이었다. 콜은 교회법학을 배우던 시기가 있고, 지금도 성직자가 되겠다는 꿈을 안고서 공부를 이어 가고 있다.

그런 콜이기에 악마퇴치의 적임자라고 뮤리는 생각한 듯했다.

"뭘까요…. 한밤중에 담력시험을 하다가 사슴이나 토끼를 보고 착각할 수도 있지 않을까요?"

"으음… 아, 표식이다. 마을 애들이 새겨 놓았나 본데."

산에 들어오는 어른들이 사용하는 길은 어느 정도 안전이 확보된 산길이지만 개구쟁이 아이들의 모험심은 길 없는 길 너머로 펼쳐지곤 한다.

"이 근처는 사냥 때도 잘 안 오죠."

"너무 멀지 않아야 할 텐데…."

로렌스는 짐을 고쳐 메고, 자유로운 늑대들의 꼬리를 쫓아갔다.

그렇게 한동안 나아가다 보니 대조적인 털 색깔을 지닌 꼬리들이 겨우 움직임을 멈추었다.

"휴우… 이 근처인가?"

"응, 아마도."

아무리 짐을 짊어지지 않았다고는 해도 뮤리는 땀 한 방울 흘리지 않았다. 냅다 술을 조르는 호로를 위해 가죽 주머니를 꺼내 주면서 로렌스가 물었다.

"악마란 게 대체 뭐지? 곰 같은 건가?"

"으응? 악마는 악마야! 애당초 곰을 잘못 볼 리가 없잖아."

하기야 마을 아이들이 동물을 착각한다는 건 말도 안 된다. 그렇다면 악마 같은 차림새를 한 은둔자인가. 사람 사는 마을에서 멀리 떨어진 산속에는 가끔 속세와 인연을 끊은 자가 섞여 있다.

"무슨 인기척 같은 게 느껴져?"

가죽 주머니에 든 포도주를 마시던 호로에게 묻자, 두 귀가 바짝 섰다.

"있으면 저 멍청이도 알아차렸겠지."

입꼬리에 묻은 포도주를 로렌스의 옷으로 닦고 호로가 크게 기지개를 켰다.

"흠. 그나저나 좋은 장소이긴 하네. 온천에서 그리 멀리 나오지 않아도 아직 좋은 곳이 꽤 남아 있나 봐."

산에 들어오는 볼일은 짐승 사냥이나 식재료 채집, 둘 중 하나이며 그것이 가능한 장소는 한정적이다.

"그럼 마을 아이들은 뭘 본 거야?"

로렌스의 물음에 호로는 대답하지 않고, 가죽 주머니를 로렌스에게 떠넘기더니 딸 뮤리의 뒤를 따라갔다. 모험에 완전히 들떠 선두를 나아가는 뮤리의 뒤에서 로렌스와 콜은 호로의 지시에 따라 찾아낸 버섯과 나무딸기를 따느라 바빴다.

냄비를 들고 온 이유도, 점심 식사 메뉴를 버섯전골로 하고 싶다는 온천장 여왕님의 명령 때문이었다.

그럼 전골을 먹고 싶은 사람이 짐을 들어야 하는 것 아닌가… 하는 정론을 내뱉는다면, 아마 로렌스 혼자만 산에 남겨지고 말 것이다. 그런 가운데 문득 뮤리가 멈춰 선 것이 보였다. 아무래도 상당히 커다란 나무와 마주친 모양이었다. 전신이 이끼로 뒤덮이고, 뿌리 부분에는 커다란 곰 한 마리가 충분히 살 수 있을 정도의 동굴이 나 있는 늙은 거목이었다.

"이거 굉장한데."

멍하니 나무를 올려다보는 뮤리 옆에서 호로가 말했다.

"이 근처에서 밥 먹자."

숲의 나무 그늘에서 올려다보니 실제로 태양이 가장 높은 위치를 꽤나 지나친 상태였다. 빨리 끝내지 않으면 집에 돌아갈 무렵 해가 지고 말 것이다.

로렌스와 콜이 짐을 내리자 뮤리가 정신이 퍼뜩 든 듯 뒤를 돌아보았다.

"왜~? 아직 악마는 찾지도 못했는데?!"

"마을 아이들이 한 말이잖니? 그냥 널 놀린 것 아닐까?"

로렌스의 말에 뮤리는 토라진 얼굴로 뺨을 부풀렸다.

"알았다, 알았어. 밥 다 먹고 아버지랑 같이 찾아보자."

"에이…."

뮤리는 지금 당장이라도 모험을 재개하고 싶은지 부루퉁한 얼굴로 입을 삐죽거렸다. 슬슬 시집갈 일을 염두에 두어야 하는 나이인데도 아직 어린애나 다름없는 그 모습에 로렌스는 어이가 없으면서도 어째서인지 마음이 놓이기도 했다.

딸의 성장이 기쁜 한편 자신의 품에서 벗어난다는 쓸쓸함에 사로잡히곤 하는 요즘이었기에, 로렌스는 뮤리의 손을 잡고 "자, 먼저 밥부터 먹자." 하고 말을 걸었다.

뮤리는 떨떠름한 얼굴로 로렌스의 말을 따르려다가 갑자기 엉뚱한 방향을 쳐다보았다.

"……."

아니, 정확히 말하면 뮤리의 늑대 귀와 코가 아주 조금 움직였다.

먹이를 포착하고 겨냥하는 젊은 늑대. 그런 상태의 뮤리는 깜짝 놀랄 정도로 늠름하고 아름다웠다.

그렇게 호로에게는 없는 젊음의 반짝임으로 가득한 뮤리는 거목을 빙 돌아 갑자기 달려 나갔다.

"뮤리?!"

로렌스가 다급히 뒤쫓아 거목 뿌리를 빙 도니 눈앞에 뮤리가 서 있었다.

그리고 로렌스를 닮은 은빛 털이 난 꼬리를, 한 번도 본 적 없을 만큼 요란하게 거꾸로 세우고 있었다.

“이익….”

“어?”

우두커니 선 뮤리와, 무슨 일인가 싶어 쫓아오는 콜의 발소리.

그 순간 거목이 찢어지지 않을까 싶을 정도의 비명이 울려 퍼졌다.

“으아아아아아아아악!”

뮤리는 꼬리털이 다 빠져 버릴 정도의 비명을 지르며 발걸음을 돌려 뛰쳐나갔다.

뭔가 말도 안 되는 것을 발견한 모양이었다.

하지만 어쨌거나 사랑하는 딸아이다. 시집갈 나이가 다 되어서인지 어딘가 모르게 서먹서먹했던 딸을 받아 안으려 양팔을 벌린 로렌스, 그 겨드랑이 밑으로 뮤리가 빠져나가 내달렸다.

“오라버니이~!”

“뭐죠? 왜 그래요?”

“오라버니, 오라버니! 악마! 악마야!”

로렌스의 뒤에서 콜에게 덥석 안긴 뮤리가 눈물 섞인 목소리로 고함을 질렀다.

콜은 뮤리를 받아 안고, 겁에 질린 뮤리를 달래고 있었다.

아름다운 남매애라고 보아야겠지만 로렌스는 벌린 팔을 어찌 해야 좋을지 알 수가 없어 당황스러웠다. 게다가 이젠 곤란한 상황에 처했을 때 의지하는 게 아버지가 아니구나, 하는 부분도.

낙담하고 있는데 와삭와삭 낙엽 밟는 소리가 들려왔다.

밑에서 심술궂게 웃으며 올려다보는 얼굴은, 호로였다.

"멍청이."

히죽 웃더니 어정쩡하게 벌린 로렌스의 팔을 잡고 몸을 붙였다.

그러고는 뭐든 다 꿰뚫어 보는 현랑 호로는 로렌스의 팔을 당기며 걷기 시작했다. 그곳은 방금 전 뮤리가 우두커니 서 있던 장소였는데… 그때 문득, 로렌스가 움찔하며 걸음을 멈추었다.

지면에서 악마가 기어 나오고 있었다.

"어, 엇…."

어지간한 로렌스도 동요하여 하마터면 넘어질 뻔했다. 지면에서 솟구친 그것은 시퍼런 시체의 손이었고, 그것도 마치 괴물처럼 손톱이 길고 뾰족하며 음침한 손가락이었기 때문이다.

"이, 이건, 자, 잠깐."

설마 진짜 산속에서 악마가 나올 줄은 생각도 하지 못했다. 로렌스가 숨을 들이켜는 옆에서, 호로는 로렌스의 팔을 놓고 쪼그려 앉아 악마의 손가락으로 손을 뻗었다.

그리고 살짝 힘주어 밀어내자 뚝 부러졌다.

"멍청이. 버섯이야."

"…뭐?!"

넋이 나가 버린 로렌스 옆에서 호로가 어깨를 떨며 웃었다.

"큭큭큭… 버섯을 보고 주저앉을 뻔한 거야?"

호로는 심술궂게 웃으며 손을 털고 일어섰다.

"뭐, 하지만 나도 옛날에 숲에서 보고 사람이 묻혀 있나 싶어 파 본 기억이 있지."

"…그, 그래?"

"죽은 자의 손가락과 똑같이 생겼으니까. 생각해 보니 그 이름 그대로 불렸던 것 같네."

호로가 건드리는 바람에 손가락이 하나 부러지기는 했지만, 지금 봐도 그것은 시퍼런 악마의 손으로밖에 보이지 않는다.

"뭐, 이렇게 깔끔하게 사람 손 모양으로 생긴 건 제법 드물겠지만."

위로하려는 건지 호로는 그렇게 말했지만, 로렌스는 문득 깨달았다.

"너, 처음부터 알고 있었어?"

"글쎄."

호로는 어깨를 으쓱하더니 뒤를 돌아보고는 로렌스의 손을 잡고 걷기 시작했다.

"자아, 자. 밥이나 먹자. 아직 인간이 들어오지 않은 곳이니 큼직한 버섯을 얼마든지 딸 수 있을 거야. 밥 먹고, 한나 줄 버섯을 잔뜩 따자고. 초절임에 소금절임, 말린 버섯까지 전부 기대되네."

잔뜩 들뜬 호로의 모습이 어이가 없기도 하고, 동시에 웃음도 났다.

그것은 어쩌면 이미 샅샅이 다 알고 있는 줄 알았던 이 세상에 아직도 이렇게 신기한 일이 남아 있었다는, 기쁨의 놀라움이었는지도 모른다.

그나저나.

문득 로렌스는 생각했다. 냄비 옆에서, 뮤리를 무릎에 앉힌 채 재주 좋게 식사 준비를 하고 있는 콜을 보니 목젖 깊은 곳이 절로 울렸다. 콜에게 매달리는 뮤리가, 지나치게 콜을 따르는 건 아닐까.

왠지 통 진정되지 않는 초조함에 갉아먹히고 있는데 호로가 소맷자락을 잡아당겼다.

"왜 그래?"

호로를 앞에 두고 뮤리 때문에 심란해 하고 있으면, 또 멍청이라고 놀림을 받을 것이다.

아버지로서 남편으로서 위엄 있는 태도를 유지해야 한다.

"아니, 아무것도 아냐."

"흐음?"

현랑은 뭐든 다 꿰뚫어 보는 듯한 미소를 지으면서도, 그 이상 집적거리지는 않았다.

일행은 불을 피워 냄비에 버섯을 잔뜩 삶았고, 돌아오는 길에도 많은 버섯을 땄다.

뇨히라는 여름의 계절.

서늘한 바람이 햇볕을 누그러뜨려 주는, 좋은 계절이었다.

늑대와 향신료

늑대와 옛 사냥개의 한숨

옛날에는 농사짓는 마을이 드문드문 있는 게 전부였던 들판에 어느 날 갑자기 신이 보낸 성인의 초막이 만들어졌다. 신의 사랑에 굶주렸던 백성들이 초막을 찾아왔고, 차츰 사람들끼리의 교류가 생겨났고, 상인들도 이끌려 왔다. 어느 틈엔가 아무것도 없던 들판에 초막을 중심으로 한 시장이 서고, 덩달아 도시가 생겨났다.

대략적으로 그런 창건신화를 가진 살로니아였지만 그 진실은 정체가 수상한 인물이 언변만으로 눌러앉아 살다가, 시간의 흐름에 따라 발전하여 도시로서의 체제를 갖추게 되었을 거라는 이야기가 아는 행상인의 주장이었다. 그 이야기를 들은 여사제 엘사는 제법 그럴싸하다고 생각하면서 번화한 살로니아의 거리를 벌꿀 빛깔의 눈동자로 둘러보았다.

엘사는 본래 살로니아에서 상당히 먼 마을에 살았으나 지금은 그곳에 가족을 남겨 두고 각지의 교회를 돌고 있다. 어느 교회든 세월의 흐름에 농락당한 상태라 체제를 재건하는 데에 무척 고생하고 있기 때문에 엘사처럼 실무능력이 뛰어난 인물을 필요로 한다. 엘사는 교회를 위한 일이라는 생각에 요청을 받는 대로 이동하다가 이런 곳까지 오게 되었으니, 당연히 신앙심이 두터운 편이라 할 수 있다.

하지만 살로니아 창건신화의 이면 이야기를 듣고도 냉정을 유지할 수 있는 건, 이 세상에는 오히려 '진짜'가 적다는 사실을 알고 있기 때문이다.

그런 연유로 살로니아의 교회를 이끄는 주교가 통 못 미더운 인물이라는 사실을 알고도 놀라지 않았고, 또 돈 문제를 둘러싸고 한바탕 실랑이를 벌이는 꼴을 목격하고도 작은 한숨밖에 나오지 않았다.

"뭐냐, 칙칙하게."

살로니아의 거리는 큰 시장을 마무리 짓는 축제로 한창 분위기가 달아오르는 도중이었지만, 그 가운데 홀로 고요한 골목에 있는 선술집 처마 밑에서 엘사가 점심을 먹고 있는데 귀에 익은 목소리가 들려 고개를 들었다.

"우연이네요."

엘사의 말에 대답도 하지 않고, 앉아도 되는지 확인조차 없이 맞은편에 앉아 익숙한 태도로 가게 주인에게 주문을 하는 그 상대는 황갈색 머리카락이 선명한, 앳된 나이의 소녀였다.

하지만 외모와 달리 묘하게 세상 물정에 익숙한 분위기인 이유는 그 소녀 같은 생김새가 본모습이 아니고 사실은 몇 백 년이나 산 늑대의 화신이기 때문이지만, 엘사는 이 호로를 볼 때마다 늑대란 존재의 인상이 자신의 안에서 바뀌어 가는 것을 실감했다.

그것이 좋은 쪽인지 나쁜 쪽인지는 모르겠지만, 어떤 식으로 변화하고 있는지 이 늑대의 화신이 들으면 분명 화를 내리라는 사실을 엘사는 알고 있었다.

"네가 이런 볼품없는 곳에 있다니 뜻밖인데."

주인이 가져다준 포도주, 그리고 고기와 채소를 잔뜩 넣고 푹 끓인 잡탕 그릇을 받아 들며 호로가 말했다.

"바로 그 잡탕이 맛있거든요. 게다가 조용하고."

"그러고 보니 넌 잘난 체하는 교회 앞잡이가 아니라 작은 마을의 꼬마 계집애였지."

아이가 셋이나 있는데 아직도 꼬마 계집애라고 불리는 건 오히려 멋쩍은 일이었으나 몇 백 살은 먹은 늑대의 화신 입장에서는, 처음 만났던 십수 년 전도 바로 얼마 전 같은 감각이리라.

엘사는 그런 생각을 하면서 맥주를 입에 댔다.

"심지어 낮부터 술이라니, 팔자도 좋군."

"신께서도 일주일에 한 번은 쉬셨습니다. 저는 해야 할 일을 하고 있는 겁니다."

평소 과음과 게으른 생활로 엘사에게 툭하면 지적을 받는 호로가 재미없다는 듯 얼굴을 찌푸리며, 너무 익어서 딱딱해진 닭고기를 송곳니를 드러내면서 연골째 우적우적 씹어 먹었다.

"저야말로 의외인데요. 로렌스 씨랑 같이 계시지 않다니."

보리의 풍작을 관장하는 이 늑대의 화신은 대체 어떤 신의 이끄심인지 다소 얼빠진 데가 있는 행상인 남자와 부부가 되었다. 두 사람이 맺어지는 데 조금이나마 공헌한 바가 있는 엘사 입장에서는 부부 사이가 양호한 건 반가운 일이지만, 솔직히 좋아도 너무 좋아 숨이 막힐 정도다.

혹시 사이가 너무 좋은 나머지 또 싸웠나 하고 있는데, 젊은 외모에 어울리지 않게 노회한 동작으로 어깨를 으쓱한 호로가 포도주를 마시며 대답했다.

"그 멍청이는 동네 인기인이라 아침부터 어디 가고 없어."

두건 속에 감춰진 늑대 귀가 불쾌하다는 듯 흔들렸다.

의외로 낯가림이 있고, 그런 데다 외로움까지 타는 이 늑대는 혼자 거리를 어슬렁거릴 바에야 잔소리 많고 불편한 지인과 한 식탁에 앉는 편이 낫겠다고 생각한 모양이었다.

"하긴, 큰 사건을 연이어 해결하시긴 했죠."

처음에는 이곳 살로니아 사람들을 괴롭히던, 복잡하고 막대한 빚 문제였다. 큰 시장에서 거래를 하려고 찾아왔던 상인들이 줄줄이 빌린 돈을 갚지 못하는 상황에 처해 있었는데 은화 한 닢 쓰지 않고 그 많은 빚을 다 없앴으니 그야말로 마법이라 할 수 있으리라.

그것만으로도 마을 연대기에 이름을 남기기에 충분한데 옛날에 살로니아의 기근을 구해 준 적 있는 양식 연못의 개척자를 둘러싼 문제까지 해결하고 최종적으로 광장에 구덩이를 파서 바다에 비유한 연못을 만들어 성대한 연극까지 한바탕 치렀다.

지금은 거기에 따뜻한 물을 붓고 뇨히라에서 가져왔다는 온천 가루를 넣어, 어른들은 발을 담그고 아이들은 뛰어드는 등 큰 시장의 활기에 꽃을 더해 주고 있었다.

단 그 모든 문제를 해결한 로렌스의 곁에는 언제나 호로가 있었다. 묘한 박력과 호쾌하게 술 마시는 태도, 게다가 위대한 상인 그래프트 로렌스 님의 고삐를 잡고 있는 어린 아내로 인식된 호로의 인기 또한 꽤나 높지만.

"로렌스 씨뿐만 아니라 당신도 술자리에 자주 초대받지 않나요?"

얼마 전에는 큰 시장을 마무리하는 축제에 올릴 술 선정을 맡아 대낮부터 얼근하게 취하기도 했다.

지금은 술 상대가 없어 곤란할 일은 없고, 수많은 주당들의 초대를 거절할 이유도 없을 것이라 생각했는데 엘사의 맞은편에 앉은 호로는 고개를 돌리고 지친 표정을 지었다.

"그런 게 즐거운 것도 다 처음뿐이지."

"…사람들이 자꾸 찾는 바람에 지쳤나 보군요."

거만한 것 같지만 외로움을 많이 타고, 그렇다고 너무 떠받들어 주는 것도 싫어한다. 이 이교도의 신에게는 그런 골치 아픈 구석이 있지만 그것이야말로 신이라 불리는 자들의 성격인지도 모른다.

엘사는 미지근해진 맥주를 마시려다 잔이 거의 비었다는 사실을 알아차렸다.

점심도 다 먹었으니 슬슬 교회로 돌아갈까.

그렇게 생각했지만 눈앞에서는 호로가 음울한 얼굴로 포도주를 홀짝홀짝 마시고 있고, 닭고기를 와작와작 씹어 대기만 할 뿐 잡탕도 전혀 줄어들지 않는다.

게다가 뭔가 불안한 듯 몸을 웅크리고 있으니 엘사도 눈치를 챌 수밖에 없다.

엘사의 입에서 한숨이 흘러나온 이유는 이 현랑인지 뭔지가 처음 만났을 때와 전혀 달라지지 않은 것에 대한 어이없음과, 옛날과 똑같은 그 모습에 어째서인지 안도감이 느껴져서였다.

"주인장, 포도주 추가요!"

가게 안쪽을 향해 빈 잔을 들어 올리며 주문하자 맞은편 자리에서 호로가 눈을 동그랗게 떴다.

"그냥 한가할 뿐이라면 당신은 여관에서 뒹굴며 낮잠이나 자고 있겠죠. 제게 뭔가 하고 싶은 말이 있는 것 아닌가요?"

몇 백 년을 살아왔고 현랑이라고까지 불리는 호로지만 여기서는 목을 움츠리며 입을 다물어 버린다. 그 모습을 보고, 정말이지 우리 집 애들하고 똑같다고 엘사가 마음속으로 중얼거리자 마치 그 말이 들리기라도 한 듯 호로가 엘사를 쳐다보았다.

"…안 웃을 거야?"

엘사는 임시직이라고는 하나 여사제다.

"남의 고민을 비웃는 자는 신의 종복으로서 실격입니다."

호로는 그래도 한순간 시선을 피하며 남은 포도주를 훌쩍 들이켜더니, 엘사에게 지지 않겠다는 듯 한 잔을 더 주문했다.

한때는 수많은 마을 사람들이 그 앞에 무릎을 꿇고, 신탁이나 은혜로운 말씀 등을 들으려 애썼겠지만 포도주를 한 손에 들고 구부정한 자세로 이야기하는 호로의 모습은 지나치게 나이를 먹어 버리는 바람에 오히려 어린애로 돌아가고 만 마을 장로의 모습 그 자체였다.

"그 멍청이는 나에 대해 아무것도 몰라."

뻔한 대사까지 똑같네, 하고 엘사는 묘하게 감탄하며 이야기를 재촉했다.

"그게 무슨 뜻인가요?"

"그 녀석이 무슨 골치 아픈 일로 불려 갔다는 건 알겠지?"

"골치 아픈 일?"

지금 로렌스는 살로니아 최고의 유명인이며, 로렌스에게 맡기면 무슨 일이든 다 해결해 준다는 평판이 돌고 있다. 상인들끼리의 반목이나 부부싸움 중재에까지 끌려다니는 모양이던데, 이번에는 그중 무엇일까 하고 엘사는 머리를 굴렸다.

"너희 쪽과도 관계가 있는 얘기라고 들었어."

"아, 네에."

바로 짚이는 데가 있었다.

"도시 관세를 정하는 회합 말인가요?"

"잘은 모르겠지만, 그 녀석과 똑같은 도시 상인들이 서로 날을 세우고서 부딪치고 있다던데."

"그런 것 같네요."

가벼운 대답에 울컥했는지 호로가 미간에 주름을 잡았다.

하지만 엘사 또한 한숨을 내쉬자 호로는 의아한 표정을 지었다.

"저도 그 문제 때문에 교회에 있기 싫거든요. 정말이지 어처구니없는 이야기라서."

그래서 일부러 이런 곳까지 점심을 먹으러 나왔던 것인데, 문득 엘사의 귀에 마치 모직물을 펄럭펄럭 흔드는 듯한 소리가 들려왔다.

"호오, 호오."

조금 전까지 생기 없는 표정을 짓고 있던 호로는 남의 곤란한 얼굴을 보고 금세 기운이 난 모양이었다. 즐거운 듯 옷 속에서 꼬리를 파닥파닥 흔들어 대는 모습을 보니 정말이지 성격 한번 좋다고 생각하면서도, 허심탄회한 호로의 그런 부분이 엘사는 싫지 않았다.

"도시 집회소에서 지금 이야기하는 화제가 바로 이 도시에 유입된 수많은 상품들의 관세 문제거든요. 이 포도주를 싸게 마실 수 있을지 비싸게 마실 수 있을지를 결정하는 작업이라고 하면 이해하기 쉽겠죠?"

호로는 들고 있던 잔을 보더니 그 이야기를 통째로 마시듯 포도주를 꿀꺽꿀꺽 들이켰다.

"포도주를 싸게 수입하고 싶은 포도주 상인이 있는가 하면, 장사에서의 경쟁상대인 포도주에 높은 관세를 매기고 싶어 하는 맥주 상인도 있다는 거죠."

"흐음."

"그런 이해관계의 조정 역할을 맡는 사람은 마을에 따라 다양하지만, 이 마을에서는 대체로 교회가 맡아서 하고 있습니다."

마을의 창건신화에 성인이 한 명 있기 때문이라는 것도 그 이유겠지만, 사실은 교회가 마을 관세를 통해 커다란 이익을 올리고 있는 이해관계자 중 하나이기 때문이다.

"그러고 보니 이곳 교회 주인은 실로 뻔뻔한 자더군. 술자리 동무로는 즐겁지만, 너는 싫어할 것 같았어."

"나쁜 사람은 아니라고 생각하지만 아무래도 너무 약삭빠른 데가 있어서…."

본래 엘사가 도우미로 불려 온 곳은 바런 주교령이라 불리는 땅에 있는 성당이었다. 그곳에서 로렌스와 호로와 재회하고, 도움을 받아 성당 재산을 고가로 파는 데 성공했다. 그 이야기를 들은 살로니아의 주교가 살로니아의 골치 아픈 문제도 그럴싸한 구실을 붙여 엘사에게 떠넘겼다. 일을 하는 것 자체는 엘사도 그리 힘들지 않았지만 왠지 모르게 석연찮은 부분이 있었다. 심지어 그것이 청빈과 절제를 내세워야 할 교회가 돈을 버는 길과 맞닿아 있다면 더욱 그렇다.

엘사가 저도 모르게 불평을 내뱉었다는 사실을 문득 깨닫고 헛기침을 하자, 눈앞의 호로가 즐거운 듯 이를 드러내며 웃었다.

"에헴. 아무튼 회의에서는 돈을 둘러싼 이해관계가 노골적으로 드러나기 때문에 하나같이 자기들의 주장을 내세우는 데 여념이 없습니다. 거기서 절대적인 발언권을 지닌 로렌스 씨가 떠받들어지는… 그런 상황인 거죠."

그 말을 들은 호로가 불쾌한 표정을 짓는 건, 자신을 상대해 주지 않아 쓸쓸하기 때문일까. 하지만 그게 전부라면 본인에게 그렇게 말하면 되지 않을까 싶었으나 이 두 사람은 옛날부터 자신의 본심을 상대에게 전하지 않은 채 멋대로 끙끙 앓곤 한다는 사실을 엘사는 잘 알고 있었다.

서로 닮은 부부라는 생각도 들지만 가까운 사람 입장도 좀 고려해 줬으면 좋겠다고 엘사는 마음속으로 중얼거렸다.

"멍청이가 마을에서 중요한 역할을 맡고 있다는 건 나도 알아. 게다가 날 혼자 내버려 두는 죗값은 톡톡히 치르고 있지."

작은 가슴을 한껏 펴며 자랑스럽게 말하는 호로에게, 엘사는 그냥 고개만 끄덕이며 알았다고 대답했다.

"하지만 애당초 그런 일에 고개를 들이민 것 자체가 문제야."

"그런가요? 마을 사람들의 머리를 아프게 하던 일인 건 사실이고, 언젠가는 해결했어야 할 일인데요. 로렌스 씨 같은 외부인이라면 오히려 마을의 이해관계 정리에 딱 맞는 인물이겠죠. 로렌스 씨는 자신의 책임을 아주 훌륭히 다하셨고, 마을 안에서 활약하면 당신도 콧대가 높아지지 않겠어요?"

"그건 그렇다만…."

호로가 말을 흐리자 엘사는 한숨 섞인 목소리로 말했다.

"애당초 로렌스 씨는 당신에게 멋진 모습을 보여 주고 싶어서 그렇게 행동한 거라고 생각하는데요."

바런 주교령의 성당에서 재회한 후로 엘사가 본 것만 해도 로렌스의 호로에 대한 헌신은 정말이지 어이가 없을 정도였고, 10년 만에 나섰다는 여행 곳곳에서도 꽤나 의욕 넘치는 면모가 엿보였다.

그리고 이 제멋대로인 데다 소녀 같은 부분도 있는 늑대는 그런 모습을 좋아할 텐데, 하고 엘사가 생각하고 있는데 호로가 한층 더 커다란 한숨을 내쉬었다.

"연달아 세 번째야. 트림이 나올 정도라고."

어린아이들에게 시달린 끝에 축 늘어지고 만, 마을에 눌러앉아 사는 늙은 개 같았다.

호로가 무엇 때문에 저렇게 지쳤는지는 엘사도 이해가 되었으나 그래도 결론은 뻔해 보였다.

"그렇게 말하면 되잖아요."

갓 시집온 어린 아내도 아닐 텐데, 하고 딱 잘라 말하자 호로는 몸을 웅크리고 싫은 표정으로 포도주를 홀짝홀짝 마셨다.

"나도 그렇게 할 수만 있다면 고생 안 하지. 그 멍청이를 부추긴 건, 그… 어떤 의미에선 나니까…."

원래 모습으로 돌아가면 거대한 군대조차 개미새끼처럼 물리칠 수 있는 늑대인데 고작 행상인 한 명 때문에 저렇게 꼬리를 말고 있으니 재미있는 노릇이다. 엘사는 그렇게 생각하면서, 이 늑대가 또 어떤 함정에 자기 발로 빠졌는지 조금 흥미를 느꼈다.

"부추겼다뇨?"

호로는 웅크리고 있던 허리를 펴기는 했으나 엉뚱한 방향을 보더니 목을 재빨리 움츠리고, 몇 번째인지 모를 한숨과 함께 말했다.

"나는 네 도움을 받아, 그 녀석과 결혼했어."

엘사는 저도 모르게 눈을 커다랗게 떴다. 호로가 갑자기 무슨 말을 하나 싶기도 했지만, 심지어 감사까지 받을 줄은 몰라 깜짝 놀랐기 때문이었다.

"그 표정은 뭐야…. 네가 등을 밀어 준 덕분에 우리가 부부가

eXtreme novel

『늑대와 향신료』 23권 수량 한정 특별부록

KADOKAWA CORPORATION

NOT FOR SALE

될 수 있었다는 것 정도는 나도 알고 있어."

엘사가 호로와 한 짐마차에 탔을 때 호로가 내내 불편한 표정을 짓고 있었던 이유는 아무래도 큰 빚을 졌다는 인식이 있었기 때문인 듯했다.

"아무튼 그 녀석과 부부가 되었지. 나는 실로 행복해. 바보가 될 정도로."

"그건… 그렇군요. 솔직히 말해 로렌스 씨가 너무 응석을 받아주고 있긴 해요."

몇 백 년을 살아온 늑대는 뻔뻔하게 대꾸했다.

"좋아서 하는 일이야."

"암요, 그렇고말고요."

부부가 된 지 십수 년이 흘렀는데도 처음 만났을 때보다 더욱 사이가 좋다.

엘사는 그 자랑을 한 귀로 흘려들으며 포도주를 마셨다.

"하지만 내가 그 손을 잡았다는 건, 그 녀석이 나아가고 싶어 하던 길에서 끌고 나왔다는 말도 되지 않겠어?"

"뭐… 그렇죠."

굳이 따지자면 위태로운 데가 있는 로렌스 씨를 그 이상 내버려 둘 수가 없었다고 표현하는 게 더 옳지 않을까, 하고 엘사는 생각했으나 호로 나름대로 마음에 걸리는 점이 있었던 모양이다.

"당신은 그게 잘못이었다고 생각하나요?"

“…그 녀석 앞에는, 온 세상을 한 손에 거머쥐는 대상인이 될 수 있을지도 모르는 길이 열려 있었어. 하지만 이제 소동은 지긋지긋하다고, 내가 그 녀석의 손을 잡고 끌어낸 거야.”

엘사와는 생활권이 별로 겹치지 않았기에 얼핏 소문으로만 들은 정도였지만, 북쪽 땅에서 절대적인 권력을 지닌 대상회를 위기에서 구해 주고서 그리로 들어오라는 제의를 받았다는 이야기는 알고 있었다.

실제로 그 이야기를 받아들여, 로렌스의 재능과 호로의 지혜를 발휘하며 살았다면 지금쯤 어느 도시에서 큰 부자가 되어 떵떵거리며 지내고 있을 가능성도 충분했다.

하지만 저 로렌스가 도시의 명사로서 수많은 사람들 위에 군림하는 모습도 엘사는 왠지 쉽게 상상할 수가 없었다. 뇨히라 온천장의 주인 정도가 딱 알맞게 느껴지지만, 로렌스를 무척이나 좋아하는 호로는 그렇게 생각하지 않을지도 모른다.

정말이지 사랑은 눈을 멀게 한다는 말은 참 잘 만든 말이라며 어깨를 으쓱하고 있는데 호로가 말했다.

“그래서… 무심코 그 말을 내뱉어 버렸다.”

“…….”

그게 무슨 어리석은 짓이람, 하는 생각이 얼굴에 다 드러나 버린 모양이었다. 호로는 씁쓸해 보이는 얼굴로 으르렁거리며 송곳니를 드러냈다.

엘사는 한숨과 헛기침을 한꺼번에 해치운 후 호로를 응시하며 말했다.

"로렌스 씨는 당신과 함께하는 삶이 그 무엇보다 가치 있다고 생각해서 당신의 바람을 받아들였을 텐데요. 그 결단을 후회하고 있다고는, 도저히 보이지 않습니다."

"나도 알아!"

호로가 언성을 높이자 작은 새가 깜짝 놀라 포르르 날아올랐다.

그리고 호로는 다시 한번 "나도 알아." 하고 끔찍하다는 듯 중얼거린 뒤 머리를 부둥켜안았다.

"오랜만에 여행을 나오니 긴장이 풀린 모양이야…. 게다가 짐마차 위에서, 한밤중 여관에서 생각할 시간이 산더미처럼 있었던 터라…. 그리고 무엇보다."

호로가 테이블을 내려다보며 말했다.

"낯선 난롯불에 비친 그 녀석은 나와 함께 보낸 시간만큼 나이를 먹었더라고. 익숙한 온천에서는 미처 몰랐는데."

호로의 모습은 엘사가 처음 만났던 소녀 그대로였고, 분명 엘사가 지팡이를 짚고 걸어 다닐 나이가 되어도 마찬가지일 것이다. 호로에게 10년이나 20년 정도는 아주 잠깐 들렀다 가는 길에 불과하다.

하지만 로렌스는 그렇지 않다.

처음 만났을 때와 같은 감각으로 여행하다 보니 문득 어느 사소한 순간, 혹은 장작 타는 불빛에 비친 옆얼굴에서 감출 수 없는 노쇠가 보였으리라.

엘사는 호로가 종이와 펜을 들고 다니며 하루하루 있었던 일을 기록한다는 사실을 알고 있었다.

사정없이 흐르는 시간의 방류를 조금이라도 자신의 곁에 묶어 두려는 듯한 그 행위.

엘사는 더 이상 호로를 보며 웃지도, 어이없어하지도 못하고 테이블 위의 작은 손 위로 자신의 손을 살며시 겹쳤다.

"…나는 그 녀석에게서 너무나 커다란 무언가를 빼앗아 버린 게 아닐까, 하는 생각이 든 거지."

호로는 겹쳐진 손을 가만히 내려다보더니 자조하듯 웃으며 손을 뺐다.

"그러고 있는데, 너희 산을 팔 때 찾아갔던 데바우라는 상회가 있지. 그게 또 눈이 빙빙 돌 정도로 커다란 곳이었어. 시끌벅적하고, 활기가 넘치고, 번쩍번쩍하더라고. 이런 세계를 그 녀석에게서 빼앗았다고 생각하니… 왠지 갑자기 무서워진 거야."

엘사 자신도 테레오라는 작은 마을에서 태어났기 때문에 호로가 받은 충격을 어느 정도 상상할 수 있었다. 거대한 도시의 거대한 대성당을 보고, 단 한 번도 품은 적 없었던 출세욕이 충동적으로 느껴져 놀란 적도 있었다.

하지만 그것은 실제가 되었을지도 모르는 꿈의 잔해일 뿐이고, 막상 손에 넣으면 대부분의 반짝임은 잃어버릴 테고, 지금과는 다른 길을 걷게 되면 지금까지 걸어온 길에서 얻었던 것과 같은 아름다운 무언가를 다시 얻을 수 있으리라는 보장도 없다.

이 인생이라는 여로는 결코 다시 시작할 수 없는 잔혹한 길이다. 옛날의 그 판단이 과연 옳았을까, 그런 생각을 하며 발밑으로 이어지는 길을 계속 걸어가는 수밖에 없다.

긴 삶을 살아가는 호로라면 어느 정도의 체념과 함께 그 사실을 받아들였겠지만, 그것이 사랑하는 반려의 이야기가 되니 냉정하게 생각할 수 없었던 모양이다.

하지만 아무리 생각해도 로렌스가 이 인생을 후회하고 있다고는 요만큼도 느껴지지 않으니 그 부분에서는 자신감을 가지라는 발언을 한다면, 다른 누구보다 로렌스 본인에게 실례가 되는 행동일 거라고 엘사는 생각했다. 그렇게나 사랑받고 있으니 최선을 다해, 확신을 갖고, 상대방도 행복할 것이라고 믿는 것은 기막힐 정도로 사랑받고 있는 본인의 책임일 테니 말이다.

엘사는 성직자로서 고향 마을에서 부부 간의 싸움을 중재했다. 그러므로 이런 이야기는 거의 천 번은 들었다. 남들의 몇 십 배는 살아온 당신이 왜 그렇게 한심한 함정에 빠졌냐는 잔소리가 목구멍으로 솟아날 것 같았지만, 호로도 자신의 경솔함을 충분히 반성하는 모양이었다.

심지어 호로에게는 호로 특유의 사정이 있다.

기묘한 두 사람을 부부의 인연으로 인도한 당사자로서, 엘사는 호로가 뒤로 뺀 손을 억지로 잡고 격려하듯 꽉 움켜쥔 뒤 놓았다.

"사정은 알았습니다."

도시 안에서는 호로가 로렌스의 고삐를 쥐고 있다고들 하고, 얼핏 보기에는 언제나 로렌스가 제멋대로 구는 호로에게 휘둘리는 듯 보이지만 로렌스 곁에서 떨어지지 못하는 것은 오히려 호로다.

그렇다고 로렌스가 완벽한 왕자님인가 하면, 또 그렇지는 않은 게 세상사다.

"절묘한 단맛이 나는 벌꿀주에 설탕을 사정없이 들이부은 것 같은 상황이군요."

엘사의 말에 호로는 지긋지긋하다는 표정이었다.

"그래, 딱 그 말이 맞아. 심지어 한층 더 기쁜 표정으로 거대한 설탕 항아리를 들고 오려 하는 상태야. 애당초 내 실언은, 지난번의 그 골치 아픈 빚 소동으로 충분히 충족됐는데 말이야. 그 멍청이는 모든 빚을 다 없애 버렸지. 그만큼의 마법을 쓸 수 있다면 대상인이 되는 것도 쉬운 일 아니겠어?"

조금 어린애 같은 데가 있기는 하지만 호로의 불안을 없애 주는 데에는 충분하고도 남은 사건이었을 테고, 소녀 같은 취향인 호로의 기쁨은 결코 작지 않았으리라.

하지만, 엘사는 생각한다. 그 로렌스를 보고 무심코 양을 연상하게 되는 이유는 호인 같은 모습보다 정도를 모른달까, 눈치 없고 둔한 구석이 있기 때문이라고.

“거기서 재미를 본 로렌스 씨가, 이번에는 관세 문제를 보기 좋게 해결해서 당신에게 성과를 보여 주려 하는 거란 말인가요?”

엘사의 말에 호로는 길고 커다란 한숨을 내쉬었다.

“…바로 그거야.”

사랑하는 아내를 위해 몇 번이든 가리지 않고 멋진 모습을 보이고 싶어 하는 남자의 마음도 이해는 된다.

신의 종복인 엘사로서는 부부의 사이가 좋은 건 바람직한 일이라고 여기며, 그럴 때마다 매번 칭찬해 주는 것이 좋은 아내의 소임이 아닐까 생각했지만 그것은 어디까지나 이론적인 이야기일 뿐이다.

엘사 또한 가정이 있다. 반려로 삼은 상대는, 사람은 한없이 좋지만 다소 둔한 데가 있는 남자다.

테레오 마을에서의 하루하루를 떠올리니 남편 에반이 만일 같은 행동을 한다면, 하고 상상하는 건 매우 쉬웠다. 처음에는 분명 기쁘겠지만 두 번째에는 웃으면서도 표정이 굳어질 테고, 그나마 참을 수 있는 건 세 번째까지이리라.

“그래도 그것뿐이라면 다행이지.”

"또 뭐가 있나요?"

"여기서 너희 교회가 나오는 거야. 아무래도 살살 구슬리는 말에 그 녀석이 홀랑 넘어간 것 같단 말이야."

교회의 감언이설에 넘어갔다면 누가 주동한 일인지는 금세 알 수 있었다.

"주교님이신가요?"

"음. 그 주교인지 뭔지 하는 작자가 그 녀석의 협력을 얻으려고 묘한 보상을 약속했다는 거야. 그래서."

호로는 포도주를 마시려다가 잔이 비었는지 지저분한 소리를 내며 쭉쭉 빨기만 하고는, 엘사를 멍한 눈으로 쳐다보았다.

"그 멍청이가, 귀족이 되는 것도 나쁘지 않겠다는 소리를 늘어놓기 시작한 거지."

남자는 몇 살이 되어도 어린애. 천진난만한 꿈을 꾸며 웃는 로렌스의 모습이 엘사의 눈앞에 떠오르고, 아이들과 한 덩어리가 되어 소란을 피우다 자신에게 야단을 맞는 에반의 얼굴과 겹쳐졌다.

"그 멍청이는 우리 딸 뮤리가 집을 나간 후로 예전의 몽상가 기질이 다시 고개를 들었어. 나는 그냥 구실일 뿐이 아닐까, 하는 생각까지 들 정도로."

"아…."

고향 마을에서도 그런 고민을 상담한 적이 있었다. 육아가 끝났나 싶었더니 이번에는 집에 있는 제일 큰 녀석이 어린애 같은 소리를 하기 시작했다고, 마을 여자들이 한숨을 쉬곤 했다.

남자들은 몇 살이 되어도 아직 젊은 청년 시절과 똑같다고 생각하는 모양이다. 물론 그런 긍정적인 모습에 끌려서 결혼했을 수도 있겠지만 이제 나이를 먹을 만큼 먹었으니 정신 차리고 똑바로 살아 줬으면 하는 마음도 있다.

"그리고 의기양양하게 절벽을 향해 걸어가는 게 양들의 특기잖아?"

하기야 이런 이야기를 동네 술친구들한테 털어놓을 수는 없었을 테고, 당사자 로렌스에게도 악의가 있는 건 아니니 호로 입장에서도 강경하게 화를 내지는 못했으리라.

분명 호로는 이것저것 고민한 끝에 우연을 가장하고 이 뒷골목 술집을 찾아온 것이다.

성격도 삶의 방식도 정반대지만 엘사가 호로를 미워할 수 없는 이유가 바로 이런 부분이기도 하고, 비슷한 남편과 가정을 가진 동지로서 그냥 두고 볼 수도 없었다.

게다가 아무래도 그 기분파 주교가 한몫 거든 모양이니 성직자로서 간과할 수 없는 일이었다. 이 이상 교회의 평판을 떨어뜨릴 수는 없으니 말이다.

"술을 추가로 주문해야겠네요."

엘사는 그렇게 말하며 포도주를 두 잔 시켰다.

호로의 이야기는 두서가 없어 통 정리가 되지 않았으나, 엘사 자신의 지식과 맞춰 정리해 보면 대강 이렇다.

우선 큰 시장 때문에 많은 상인들이 모여든 지금, 오랜 쟁점이었던 여러 문제들에 대해 이야기를 나누자는 자리가 마련되었고 거기서 관세 이야기가 나왔다.

포도주 상인과 맥주 상인이 영원한 숙적이라면 맥주 상인은 빵가게 조합과는 원료가 되는 보리를 두고 쟁탈전을 벌이는 숙적이며, 빵가게는 전통적으로 정육점과 사이가 나쁘기 때문에 누군가의 주장을 듣다 보면 또 다른 누군가의 분노를 사게 된다.

적의 적은 동지라는 이론을 이용하거나, 또 이해를 두고 크게 대립하지 않는 사람들끼리 한패가 되는 식으로 자신들의 주장을 통과시키는 것이 정석이지만 붉게 염색한 외투를 걸친 이 지역 영주가 일방적으로 판단을 내릴 때도 있고, 신의 의지에 따라 제비뽑기로 결정하기도 하고, 또는 대표들끼리 무기명 투표를 하는 경우도 있다.

살로니아에서는 교회 주교가 중재를 맡고 있으나 다름 아닌 교회 스스로가 마을의 권익 면에서 다대한 이해관계를 갖고 있기 때문에 지분이 있는 참가자들은 교회의 말을 잘 듣지 않는다. 그래서 쌍방 진영 모두가 어느 날 갑자기 마을에 나타난, 커다란 발언권을 갖고 있지만 딱히 얽매인 데는 없는 로렌스를 내세우면서 각자 보상을 약속했다고 한다.

특히 높은 관세 때문에 고통을 받던 목재 상인들은 관세를 낮추기 위해 로렌스를 열심히 회유했지만, 정작 교회가 그 관세로 이득을 취하고 있었기 때문에 저 경망스러운 주교는 로렌스에게 말도 안 되는 약속을 하여 자기편으로 끌어들이려 했다.

그것이 바로 살로니아 근교의 토지와 영주권을 사지 않겠느냐, 즉 귀족이 되지 않겠느냐는 제의였다.

“너는 일처리가 빠르군.”

로렌스와 관련된 회의 상황을 호로에게서 대충 들은 후, 엘사는 자세한 사정을 조사하기 위해 일단 호로와 헤어져 단독행동을 취했다. 그리고 날이 저물 무렵, 이번에는 마을 광장에 인접한 술집에서 다시 만났다. 거리는 해가 지고 난 후에도 활기를 더했고, 가게에 다 들어오지 못하는 손님들을 받기 위해 처마 밑에 긴 테이블과 긴 의자가 몇 개 놓여 있었다. 거기서는 여행자 차림을 한 사람들과 근처 농촌에서 온 사람들, 그리고 물론 이 마을 사람들까지 뒤섞여 연중 몇 번 안 되는 난리법석을 만끽하고 있었다.

그러던 그들은 엘사의 모습을 발견하자 갑자기 자세를 반듯하게 고치고는 목소리를 낮췄다. 엘사는 시치미 뚝 떼고 미소를 지은 뒤, 호로에게 조사한 내용을 보고했다.

"당신은 그 후 계속 술만 마셨나요?"

엘사가 찾아왔을 때는 이미 테이블 위에 도저히 한 잔째라고는 생각할 수 없는 포도주와, 고기를 깔끔하게 뜯어먹은 양과 돼지의 갈비뼈가 담긴 접시가 놓여 있었다.

"멍청이. 땅이니 영주니 하는 이야기 아니었어? 나는 그 멍청이가 또 속고 있는 게 아닌가 의심했지만, 그렇지 않을 가능성도 있기는 있잖아."

"…뭐, 가능성은 있죠."

"가끔은 길 한복판에 토끼가 자고 있는 일도 생기지. 저건 신 포도일 거라면서 몸을 돌려 버렸다면 난 아마 그 멍청이랑 결혼도 못 했을 거야."

오랜 세월을 살아온 탓인지, 아니면 본래 그런 성격인지, 호로에게는 다소 염세적이고 비관적인 부분이 있었지만 로렌스는 이 늑대를 비추는 태양이 되어 준 모양이었다.

"정말로 좋은 거래일 가능성도 버릴 수가 없었기 때문에 그쪽을 먼저 조사해 봤던 거지."

하지만 그 경망스러워 보이면서도 사실은 빈틈없는 주교가 그리 쉽게 정말로 먹음직스러운 이야기를 제공할까, 하고 엘사는 생각했다. 호로가 처음 생각했던 대로 오히려 주교가 로렌스를 속이고 있다는 이야기가 훨씬 납득이 된다.

또는 단순히 호로 입장에서도 이러니저러니 해도 결국 사랑하는 로렌스가 귀족이 될지도 모른다며 눈을 빛내고 있는 상황에서 찬물을 끼얹고 싶지 않은 마음에, 정말로 괜찮은 이야기일지도 모른다고 억지로 생각하려 애쓰는 게 아닐까.

그런 갈등은 미루어 짐작할 수밖에 없지만, 어쨌든 호로가 이끌어낸 타협점이 바로 그 옆에 앉아 있는 존재인 모양이었다.

"이 지역에 대해서라면 이 녀석이 제일 잘 알고 있을 거라 생각했지. 너랑 헤어진 후 바로 달려가서 불러왔어."

"저기… 저는 인간 세상은 잘 모를 수도 있는데요…."

호로의 옆에서 몸을 움츠리고 앉아 있는 소녀는, 아무리 움츠려도 호로보다 덩치가 훨씬 큰 타냐였다.

원래는 엘사가 도움을 요청받고 찾아온 바런 주교령의 '저주받은 산'에 살고 있던 다람쥐의 화신이다. 하기야 이 근처 사정이라면 백 년 단위로 알고 있을 테니, 타냐를 부른 것은 올바른 선택이었을 수도 있겠다.

하지만 그렇다면 약속 장소를 잘못 잡은 게 아닌가, 하고 엘사는 생각했다.

왜냐하면 주위 남자들의 시선이 이쪽으로 모인 이유가 술집에 성직자 차림의 자신이 와 있기 때문이라고 엘사는 생각했지만, 아무래도 그렇지 않은 것 같다는 사실을 눈치챘기 때문이었다. 남자들이 노리는 것은 복슬복슬한 곱슬머리를 지닌, 엘사와 호로에게는 없는 곡선미를 지닌 타냐인 모양이었다.

그리고 다가온 남자들은 타냐에게 말을 걸려다 동네 유명인인 호로와 성직자 엘사를 뒤늦게 발견하고는 머쓱하게 웃으며 후퇴했다.

호로는 전혀 신경 쓰지 않았고, 타냐는 애초에 남자들의 시선을 느끼지 못했기에 엘사도 마음에 두지 않기로 했다.

"타냐 씨는 월라기네 가문이라는 이름을 아세요?"

엘사는 마을에 체류하는 바런 주교령의 성직자에게서 주교의 목적을 자세히 듣고, 교회로 돌아가 마을 연대기를 펼쳐 살펴보았다. 주교가 로렌스에게 약속한 것은 월라기네 가문이 한때 다스리던 땅과 그곳의 영주가 될 권리였다.

물론 양도가 아닌 매각이기는 했으나, 영주가 될 권리란 돈을 아무리 싸 들고 찾아와도 쉽게 살 수 있는 것이 아니므로 매입이 가능하다는 시점에서 상식적으로 말도 안 되는 제안인 셈이었다.

"네, 네. 들은 적 있어요. 한때 유명했었죠. 좀 예전 일이긴 하지만."

타냐는 과일주와 함께 보리빵을 깨물었으나 뭔가 마땅찮은 표정을 짓더니, 자기가 직접 구운 듯한 도토리빵을 작은 주머니에서 꺼내 행복하게 먹으며 그렇게 대답했다.

"좀 예전이라는 게 언제지?"

도토리빵은 굳이 따지자면 굶주림을 면할 때나 겨우 구워 먹는 음식이므로 호로는 타냐가 맛있게 먹는 모습을 보고 그 떫은 맛과 쓴맛을 떠올리며 얼굴을 찌푸렸다.

"으음… 스승님이 오시기… 전의 일이네요. 산이 황폐해져 갈 무렵이었을까요."

"연금술사들이 산에 오기도 전의 일이라면 50년 이상 전, 백 년보다는 덜됐다고 보면 되겠군요."

호로나 타냐 같은 인간 아닌 자들의 시간감각은 보통 그 정도이기 때문에 호로가 자신을 꼬마 계집애 취급하는 것도 무리는 아니라고 엘사는 생각했다.

"대지를 휘젓던 거대한 뱀을 물리친 용사님인가, 그랬던 것 같아요."

맞은편에 앉아 있던 호로의 늑대 귀가 두건 속에서 움찔거렸다.

엘사는 자신에게 쏟아진 시선의 의미를 당연히 알아차렸지만, 딱히 신경 쓰지 않고 타냐에게 질문했다.

"그 전설은 교회 연대기에도 쓰여 있었습니다. 그게 정말 있었던 일인가요?"

"으음… 글쎄요? 저는 탁 트인 땅을 별로 좋아하지 않아서, 이쪽으로는 잘 안 나왔거든요. 그 이야기도 산에서 철을 캐는 사람들에게서 들었어요."

"그렇군요."

엘사가 고개를 끄덕이자 뭔가 짜증이 난 듯 호로가 말했다.

"그거, 너희 마을을 지키던 녀석 아니야?"

타냐가 눈을 깜박이며 호로와 엘사를 번갈아 쳐다보았다.

엘사는 호로의 말에 바로 대답하지 못하고, 미지근해지고 주정이 다 날아간 조금 시큼한 포도주를 한 모금 마신 뒤 말했다.

"글쎄요."

그 말에는 여러 가지 의미가 담겨 있었다.

하나는 그 큰 뱀이 엘사가 나고 자란 테레오의 수호신으로서 숭배받던 큰 뱀인지 아닌지.

또 하나는 그 뱀이 정말로 마을을 지켰는지 아닌지였다.

"너는 교회의 수하였지."

가시 돋친 호로의 말에 타냐는 뭔가 불온한 분위기를 느꼈는지 몸을 움츠렸으나 물론 엘사는 흘려들었다.

"어디로 갔는지, 정말로 있었는지, 있었다 해도 마을에서 뭘 하고 있었는지는 확실하지 않습니다. 제 입장에서는 당신을 보고 반쯤 확신했습니다만."

"뭐? 내가 뭐?"

입꼬리에 구운 고기의 기름이 묻어 있는 호로를 보니 집에 남겨 두고 온, 시끌벅적한 가족들의 식사 풍경이 겹쳐 보였다.

"상당히 긴 겨울잠을, 우연히 거기서 취하고 있었을 뿐인지도 모른다고 말입니다."

엘사도 호로를 만나기 전까지는 세간에 전해지는 이교 신들의 전설에서, 비현실적인 존재의 위협 같은 것을 일방적으로 느끼고 있었다. 하지만 호로를 만나고 그들의 세계를 엿볼 기회가 주어진 후로는 다소 감각의 차이는 있어도 자신들과 크게 다를 바 없다는 것을 이해했다.

품에서 작은 손수건을 꺼내 테이블 위로 몸을 내밀고 귀찮아하며 싫어하는 호로의 입가를 닦아 준 뒤 엘사가 말을 이었다.

"너무 조용한 곳에서 자는 건 아마 쓸쓸했을 테니까요."

호로는 그 말의 의미를 이해하고는 더욱 토라졌으나, 엘사는 키득 웃으며 타냐를 바라보았다.

"타냐 씨는 모르시겠죠. 제가 태어난 고향 마을에는 큰 뱀의 전설이 있습니다."

"그… 아!"

"신경 쓰지 마세요. 저도 직접 본 적은 없습니다. 그냥 그 뱀이 살았다는 커다란 동굴이 남아 있을 뿐이니까요."

타냐가 그래도 미안한 듯 고개를 푹 숙였기에, 엘사는 사무적으로 말을 이었다.

"그러면 본론으로 돌아가죠. 월라기네 가문은 옛날 이 평원을 활보하던 큰 뱀을 해치운 공적으로, 평원의 일부 토지를 하사받고 영주로 임명되었다고 합니다. 그리고 당시 교회는 용사와 뱀의 싸움이 벌어졌을 때, 신의 힘이 용사를 도왔다고 말했습니다."

호로가 흥, 하고 코웃음을 쳤다.

"나는 그 신인지 뭔지를 본 적도 없다고."

"그렇겠죠. 아마 이 전설은 쌍방의 위계를 정립하기 위해 만들어진 게 아닐까 생각합니다. 당시 이 주위에는 아직 이교도의 위협이 짙게 남아 있었을 테니 교회 입장에서는 존재감을 드러낼 필요가 있었겠지요. 아무리 사소한 일이라도 자신들의 공적으로 삼고 싶었을 테고요. 반대로 용사라 불린 쪽 입장은, 어느 날 갑자기 나타난 전사가 영주로서 백성들을 다스릴 권력을 얻기 위해 교회의 뒷배를 원했을 테고요."

드물지 않은 이야기지만 여기에는 묘한 부분이 있다.

"제가 신기하게 여기는 건, 이 도시의 관세 중 적지 않은 지분의 권익을 월라기네 가문이 소유하고 있다는 겁니다. 그것도 연대기에는 '큰 뱀을 쓰러뜨렸다'는 이유로 기술되어 있었고요."

"으음…?"

호로가 예쁜 눈썹을 찌푸리며 옆자리의 타냐를 흘끔 쳐다보았다.

아마 단순히 뭐 아는 것 없느냐는 시선을 보냈을 뿐이겠지만, 잔뜩 들떠서 두 개째의 도토리빵을 꺼내던 타냐는 무슨 나쁜 짓이라도 한 듯 눈썹을 축 늘어뜨렸다.

"또한 월라기네 가문은 한 대나 두 대에서 끝나 버린 모양인지, 그 후의 토지와 영주가 될 권리 및 어마어마한 관세 권익은 전부 교회에 유산으로서 기부되었습니다. 로렌스 씨는….”

엘사는 거기서 말을 잠깐 끊었다.

“이 권익과 토지, 그리고 영주로서의 이름 일체를 손에 넣을 권리, 그리고 옛 요새에 살 권리를 보수로 약속받은 모양입니다.”

“으음~”

호로는 복잡한 표정으로 끙끙거렸다.

“대가가 커도 너무 큰데.”

아무리 생각해 봐도 사람 좋은 남편이 또 그럴싸한 이야기에 속은 모양이라고 느껴지는 표정이었다.

“단순한 양도는 아닌 것 같으니, 그 부분은 애매하군요. 상당히 큰 금액이 되리라 여겨집니다만 아무리 큰 부를 쌓은 대상인도 귀족이 되고 싶다고 될 수 있는 게 아니듯, 이러한 것들을 돈으로 살 수 있다는 것 자체가 기적에 가까운 일이니 그런 의미에서는 확실히 과할 수도 있겠군요. 도시의 관세를 둘러싼 이권 다툼을 중재해 주기만 하면 영주가 될 수 있다는 말이니까요.”

“그래서 그 녀석이 그렇게 들떠 있는 거야.”

호로는 커다란 한숨을 내쉬며 입을 꾹 다물었다.

하지만 그 안에 담겨 있는 감정이 분노가 아니라는 것은, 엘사도 느낄 수 있었다. 그럴싸한 이야기에 속아 넘어갔다며 어이없어하기만 하는 게 아니라, 빛나는 미래에 한창 설레고 있는 반려에게 찬물을 끼얹기가 통 내키지 않는 눈치였다.

로렌스가 호로의 응석을 다 받아 주고 있다면, 호로 또한 마찬가지다.

호로가 작은 마을에서 보리의 풍작을 관장하며 지낼 때 어떤 식으로 행동했을지 엘사는 왠지 상상이 갔다. 분명 아이들이 잠투정을 하며 떼를 쓰는 듯한, 목가적인 시간이었으리라.

그런 호로가 끙끙대는 옆에서 도토리빵을 먹던 타냐가 문득 뭔가 생각이 난 듯 말했다.

"아, 큰 뱀 이야기 말인데요."

"뭔가 생각난 게 있나요?"

"네, 네. 캐낸 철을 팔고 싶은데 큰 뱀 때문에 먼 곳과의 장사가 잘 안 된다며 한탄하는 사람들을 본 적이 있었어요. 그걸 기억하는 이유는, 당시 '꼴 좋다'라고 생각했기 때문이었고요."

산이 파헤쳐졌던 당시의 일이 떠올랐는지 타냐는 다소 화가 난 듯 말하고는 좋아하는 도토리빵을 와락 깨물었다.

"하기야 거대한 뱀이 떡 버티고 있다면 어려운 일이었겠지. 독이라도 있다면 나도 싫어."

"저는 작은 뱀이라도 본 날에는 통째로 삼켜지는 악몽을 꿔요."

엘사는 어째서인지 두 사람의 이야기가 석연치 않게 느껴졌다.

"…당신들은 인간을 습격하나요?"

엘사가 이교 신들의 이야기를 모을 때, 그런 이야기가 없었던 건 아니다. 하지만 그들이 사람을 습격하는 경우는 대체로 성역을 침범당했을 경우였다.

그렇지 않아도 큰 뱀이 평원을 어슬렁거리며 인간을 해친다는 이야기는 호로를 비롯한 인간 아닌 자들을 지켜봐 온 엘사가 갖고 있는 인상과는 맞지 않았다.

"나는 그런 짓 안 하지."

호로가 뚱한 표정으로 대답하자, 타냐는 검지로 턱을 짚으며 말했다.

"기다란 몸을 쭉 뻗어서, 이 평원에서 일광욕을 하고 있었을지도 모르죠."

타냐의 말에 엘사와 호로는 나란히 상상하고 말았다.

소도 통째로 집어삼킬 수 있을 듯 거대한 뱀이 평원에 드러누워 몸을 쭉 뻗는다면, 굳이 나쁜 짓을 하려 들지 않아도 온갖 물류에 방해가 되리라.

"네가 사는 산에서 이리로 넘어올 때 그럭저럭 풍경이 괜찮아서 이 땅을 내려다볼 수가 있었는데, 그렇게 큰 뱀쯤 되면 크기가 어느 정도려나?"

"제가 모은 이교 신들의 이야기 중에는, 머리가 있는 장소와 꼬리가 있는 장소의 날씨가 다를 정도로 긴 뱀 이야기도 있기는 했는데요…."

"그 정도라면 달을 사냥하는 곰도 목 졸라 죽일 수 있었겠네."

호로의 지적은 옳은 말이었지만, 뱀 이야기가 혹시 도움이 되지 않을까 싶었던 듯한 타냐가 풀이 죽은 모습을 보고 엘사는 다급히 말을 이었다.

"어, 어쨌든, 그렇게 심상찮은 큰 뱀이 돌아다닌다면 태평하게 운송이나 할 수 없는 건 마찬가지죠. 용사 월라기네 덕분에 큰 뱀을 퇴치하고 교역이 재개되었다는 건 충분히 있을 수 있는 이야기입니다. 그 보답이 관세 징수권이라는 것도 앞뒤가 맞고요."

타냐는 조심스럽게 엘사를 바라본 뒤, 안심한 듯 웃었다.

"뭐, 뭐가 뭔지는 잘 모르겠지만 아무튼 옛날의 공적 덕분에 이익을 얻게 되었고, 그걸 그 멍청이 눈앞에 대롱대롱 매달아 놓았다는 얘기겠지. 그런데… 영주라고 했던가? 그렇게 거창한 권리를 그 멍청이가 과연 살 수 있을까? 그렇다고 뇨히라의 온천장을 팔아 치울 수도 없는 노릇이고…."

"네? 호로 님네가 여기 사신다고요?"

타냐는 놀라서 눈을 커다랗게 떴다가, 기쁜 듯 눈을 반짝였다.

"호로 님네가 여기 사신다면 저는 정말 기쁠 거예요."

"멍청이, 그럴 리가… 아니, 모르겠다. 아직 모르는 일이니까 그런 표정 짓지 마."

타냐가 조용히 살아가던 산은 광맥 개발 때문에 다 파헤쳐졌고, 광맥이 끊긴 후에는 혼자서 열심히 산에 나무를 심고 있었다. 그때 우연히 들른 연금술사 일행과 친해졌지만 그들은 여행을 떠난 후 종적을 감추었고, 타냐는 성실하게 그들의 귀환을 기다리고 있었다.

그런 타냐가 이제는 완전히 호로를 따르게 되었고, 호로 쪽에서도 타냐를 꽤나 챙겨 주고 있다.

겉보기로는 타냐가 호로보다 연상 같지만, 커다란 여동생 같은 타냐를 달래는 호로의 모습이 왠지 재미있어서 웃던 엘사는 문득 그런 두 사람 뒤로 작은 집단 하나를 발견했다. 살로니아에서 중요한 회의가 열리는 참사회 건물에서 나온, 차림새가 괜찮은 상인들이었다. 그들은 서로 악수를 하며 긴 회의로 몸이 굳어졌는지 기지개를 켜거나 허리를 두드렸다.

엘사는 그 속에서 낯익은 사람을 찾아냈고, 호로도 코를 킁킁거리더니 뒤를 돌아보았다.

"내키지는 않지만 저 멍청이에게서도 이야기를 들어 보는 편이 좋겠어."

해가 뉘엿뉘엿 지고 광장에는 모닥불이 피워졌다. 사람이 워낙 많이 드나들어 시야가 가로막혔지만 여자 셋이 술집 처마 밑에 모여 있으니 아무래도 눈에 띄기 쉬웠는지 호로가 말을 걸기도 전에 로렌스가 먼저 이쪽을 발견하고 조금 놀란 표정을 지은 뒤 웃으며 손을 흔들면서 다가왔다.

"이거 신기한 조합이군요."

타냐의 모습을 본 로렌스는 명백히 당황했지만 역시 베테랑 상인답게 금세 차분한 가면을 고쳐 썼다.

"호로, 너무 많이 마시진 않았겠지?"

"멍청이."

남편의 단속에 호로는 불쾌한 표정을 지었으나 쑥스러워 보이기도 했다. 로렌스는 물론 가벼운 쓴웃음만 짓고, 허리춤의 지갑을 꺼내서는 내용물을 확인하지도 않고 테이블에 올려놓았다.

"엘사 씨가 계시니 안심하고 맡길 수 있겠습니다."

자신이 한턱내겠다는 모양이지만, 그 빈틈없는 모습이 오히려 어이가 없었다.

"그럼 여러분의 즐거운 저녁 모임을 방해할 수는 없으니까요."

라며 자리를 벗어나려 하는 것은, 어쩌면 양의 본능일지도 모른다.

늑대인 호로가 그것을 막았다.

"술안주가 당신 이야기였어."

"……."

로렌스는 상인의 가면을 쓰고 웃으려 했지만, 호로의 모습을 보고 뭔가 알아차렸는지 웃음이 잘 나오지 않는 모양이었다.

"그 말은, 그…."

"앉아."

호로가 말하자 호로 옆에 앉아 있던 타냐가 허둥지둥 자리를 비키더니, 테이블을 돌아 엘사의 옆자리에 조심조심 앉았다. 그 순간 향수와는 다른 짙은 숲 같은 달콤한 향기가 느껴져서 엘사는 왜 남자들의 시선이 타냐에게 모였는지 알 것 같은 기분이 들었다.

"저는 기도라도 해야 할까요?"

로렌스 입장에서 볼 때 즐거운 이야기가 기다리고 있으리라고는 도저히 생각하기 힘들 터였다. 하물며 호로가 불쾌한 표정으로 술을 마시고 있으니 더더욱 그렇다.

하지만 호로의 그 토라진 얼굴은, 로렌스에게 어떻게 이야기를 꺼내야 좋을지 고민하는 표정이라는 사실을 엘사는 알고 있었다.

할 수 없이 작은 한숨을 내쉬고 엘사가 입을 열었다.

"이곳의 주교님이 뭔가 좋지 못한 일을 꾸미는 것 같다고, 호로 씨가 제게 고민 상담을 요청하셨습니다."

그리고 그 좋지 못한 일의 희생자가 바로 자신일 수 있다는 사실을 로렌스는 바로 눈치챈 모양이었다.

"귀족 이야기야?"

로렌스의 물음에 호로는 더할 나위 없이 과장된 태도로 고개를 홱 돌렸다.

"들뜬 나머지 약점을 잡힐 수도 있다… 고 생각하는 모양이군요.”

호로와 로렌스 사이에서는 처음 만났을 때부터 계속 되풀이되던 대화가 틀림없었다.

로렌스는 상인답게, 노골적으로 난처한 미소를 지은 뒤 한숨을 내쉬었다.

“손익은 확실히 계산했고, 주교님도 나름대로 생각이 있으시다는 건 잘 알고 있습니다.”

“멍청이.”

호로가 겨우 그 한마디를 내뱉나 싶더니 몸을 홱 돌려 옆자리의 로렌스를 쳐다보았다.

“땅이니 영주라는 이름이니, 그런 걸 싼값에 살 수 있을 리가 없잖아. 당신, 온천장을 팔 생각이야?”

현랑이라 불리는 늑대의 화신이니 인간 세상의 명예에는 관심이 없을 것이다. 그렇게 생각할 수도 있지만 술자리에서는 술과 고기에 여념이 없는 이 늑대는 애당초 그렇게 욕심이 많은 존재가 아니리라.

엘사가 호로의 나태한 생활을 보고 어린애 야단치듯 잔소리를 늘어놓는 것도, 호로가 실은 본인 말처럼 그렇게 거만하지 않고 엘사 자신과 크게 다름없는 견지에서 매사를 바라보는 소탈함을 갖고 있기 때문이다.

“로렌스 씨. 저도 그 주교님이 상대에게 유리한 제안을 했으리라고는 생각되지 않습니다. 경박하고 가벼워 보이는 사람이지만 빈틈없는 분입니다."

교회의 위계 안에서 상당히 높은 자리를 차지한 인물을 두고 나쁘게 말하기는 조금 꺼려졌지만, 그것은 솔직한 감상이었다. 로렌스는 호로와 엘사의 시선을 다소 머쓱한 표정으로 받은 뒤, 마치 위병에게 검문소로 끌려가는 상인처럼 말했다.

"그, 저어… 저도 변명을 좀 해도 되겠습니까?"

엘사가 호로를 보자 호로는 불쾌한 표정으로 꼬치에 꿰인 구운 고기에 송곳니를 세웠다.

"주교님이 어떤 감언이설을 늘어놓으셨는지는 저도 흥미가 있네요."

엘사의 말에 로렌스는 쓴웃음을 지으며 대답했다.

"저는, 직접적으로는 은화 한 닢 지불하지 않아도 됩니다."

"뭐?"

호로가 얼빠진 소리를 냈다.

"저는 관세권이 딸려 있는 영주의 권리 전체와 살로니아 근교 토지의 권리를 받는 대신, 매년 일정 액수를 교회에 납부하는 게 어떻겠느냐는 제안을 받았습니다."

"……."

호로는 눈을 가늘게 뜨고 로렌스를 쳐다본 뒤 어떻게 된 거야, 라고 하듯 엘사에게 시선을 던졌다.

"그렇군요. 주교님은 매년 자기 주머니에 들어오는 금액에 변화만 없으면 권리를 교회가 갖든 말든 크게 집착하지 않으신다는 이야기네요."

"지금은 영주님의 이름 같은 건 교회의 오래된 서고 안에 잠들어 있는 상태니까요. 주교님은 하나도 잃을 것이 없죠."

그렇다면 그 누구의 주머니에도 피해가 가지 않고, 주교는 로렌스라는 강력한 아군을 끌어들일 수 있다. 저 주교가 제시할 법한, 아주 알기 쉽고 깔끔한 거래다.

하지만 교회의 혼란 속에서 이곳저곳 주교령의 장부와 격투하며 지내 온 엘사는 뭔가 석연찮은 느낌을 뚜렷하게 감지했다.

"제가 주교님의 이번 제안을 받아들인다면 제게는 관세를 높게 유지할 동기가 생깁니다. 매년 지불할 액수가 있으니까요. 그에 반해 교회 측에서는 앞으로 관세가 하락한다 해도 지금과 마찬가지로 높은 금액을 수수할 수 있죠."

도시의 빚 문제 당시 주교는 졸속한 대응으로 빚을 진 상인을 감옥에 처넣음으로써 마을의 혼란에 박차를 가한 적도 있지만 또 이런 때는 머리가 잘 돌아간다. 요컨대 잔챙이 악당이라고, 엘사는 한숨을 내쉬며 생각했다.

"그럼 당신은 주교님 편에 서겠다는 말인가요?"

엘사의 물음에, 세부적인 이야기에는 관심이 없지만 결론에는 매우 커다란 관심이 있는 호로가 새로 시킨 고기를 우적우적 뜯어먹으며 로렌스를 쳐다보았다. 대답 여하에 따라서는 이 고기처럼 물어뜯어 주겠다는 표정이었다.

"조금 망설이고 있습니다."

엘사는 고개를 갸웃했다. 이 자리를 모면하기 위한 임시방편의 대답으로 여겨지지는 않았기 때문이다.

"타냐 씨가 여기 있다는 말은… 관세의 기원에 대해 세 분이 조사하고 있다는 뜻이군요?"

좀처럼 대화에 끼어들지 못해 서운한 표정이었던 타냐가 등을 곧게 폈다.

"이 마을은 일부 상품에 묘하게 높은 관세를 부여하고 있습니다. 그 증거가 용사 월라기네의 활약이라고 말이죠."

"큰 뱀을 물리친 이야기예요."

자기도 아는 이야기라는 듯 타냐가 사람 좋은 미소를 환하게 지었다.

로렌스는 웃음으로 그 말에 응답한 뒤, 말을 이었다.

"그것은 상당히 오래된 이야기입니다. 그리고 새 포도주는 새 부대에 담아야 한다는 말이 있죠."

"…근거에 의문점이 있다는 말인가요?"

"세금이란 보통 미움받는 존재입니다. 강하게 주장하기 위해서는 그에 상응하는 근거가 필요합니다. 아주 오랜 옛날의, 사실인지 아닌지 의심스러운 전설로 사람들을 속이는 데에는 한계가 있습니다."

잔머리가 잘 돌아가는 그 주교는 옛날이야기의 위광이 흐려지고 있다는 사실을 알아차렸는지도 모른다.

그래서 앞으로 관세가 떨어질 것을 내다보고, 현재와 같은 액수의 수입이 계속 들어오게 할 방법이 없을지 머리를 굴렸다.

그리고 주교는 엘사에게 교회 일을 떠맡겼듯, 금방이라도 사라질 듯한 촛불의 불꽃을 잔뜩 부풀려서 로렌스에게 넘기려는 모양이었다. 앞으로도 이 촛불이 변함없이 교회를 비춰 주기만 한다면 이 초를 당신에게 바치겠다는 말과 함께.

"관세의 근거만 확실하면 이 이야기에 응하는 것도 그리 나쁘지는 않다고 생각합니다. 반대로 황당무계한 거짓이라면 언젠가는 관세가 낮아질 운명이 기다리고 있을 테니, 손해를 볼 가능성이 크죠."

매년 일정 액수의 금액을 내겠다는 약속을 했는데 관세가 낮아지면 그 권익을 손에 넣은 자는 큰 손해를 보게 된다. 로렌스가 받은 제안은 결코 달콤하지만은 않은 이야기였다.

"큰 뱀을 찾아내기라도 하겠다는 소리야?"

술에 취했는지, 아니면 어이가 없는지, 테이블에 팔꿈치를 괸 호로가 뿌루퉁한 얼굴로 로렌스에게 말했다.

그리고 로렌스는 호로에게 미소를 지은 뒤 엘사를 돌아보았다.

"이게 무슨 신의 인도이신지, 제 가까이에는 글쎄 큰 뱀의 전설이 있는 마을 출신이 있군요."

로렌스는 잔머리가 잘 돌아가는 주교의 꿍꿍이를 대략 꿰뚫어 보고 있었다.

그것을 전제로, 자신의 손이 닿는 범위 내에 쓸 만한 여러 가지 패가 있다고 생각한 모양이었다.

이것은 은근한 미소 아래에 감춰진 주교와 로렌스의 지혜 대결이었다.

물론 그 싸움에서 이기면 실리를 취할 수 있지만 로렌스에게는 호로에게 멋진 모습을 보여 준다는 부상도 따라온다.

엘사와 호로는 얼굴을 마주 보고는 어깨를 으쓱했다.

호로는 이놈이고 저놈이고, 하는 말을 함께 삼키기라도 하듯 포도주를 벌컥벌컥 들이켰다.

큰 뱀의 전설이 진실이고, 심지어 그 증거를 보여 줄 수 있다면 관세를 유지하는 강력한 근거가 된다. 반대로 황당무계한 거짓이라면 앞으로도 계속 높은 관세를 유지하기는 어렵다. 대략 그런 상황이었으나, 엘사 입장에서는 로렌스에게 물어야만 하는 것이 있었다.

어젯밤 광장에서 이야기를 주고받은 뒤 날이 밝고, 살로니아에서는 큰 시장과 거기에 맞춰 개최되는 축제도 종반에 접어들

었다. 축제라고는 해도 뭔가를 기념하기 위한 목적은 아니고 올해의 수확을 축하하며 앞으로 다가올 황량한 겨울을 맞이하기 직전 마지막으로 요란하게 놀자는 의미에서 풍작을 가져다주는 성인의 이야기를 억지로 끼워 맞춘 행사이므로, 알고 보면 단순한 대규모 술자리인 셈이다.

올해는 그 술자리를 마무리 짓는 의식에 제공되는 술을 선정한다면서 호로가 아침부터 마을 사람들에게 불려 가 축제 준비에 동원되고 있었다. 사소한 의식처럼 연출하는 대사의 연습과, 그때 입을 의상의 조정 등이었다.

주교도 축제를 주관하는 입장이기 때문에 오늘은 관세 회의도 쉬는 날이다.

그런 연유로 근처 술집에 태평하게 앉아 광장에서 축제 무대를 만드는 데 열심인 모습을 구경하던 로렌스를 발견한 엘사는 그를 교회 쪽으로 불러냈다.

"당신은 관세에 대해 어떻게 생각하시죠?"

"뭘 말입니까?"

로렌스는 상인답게 시치미 뚝 뗀 표정을 지으며 망치로 호두를 내리쳤다. 엘사와 로렌스가 있는 곳은 교회 한구석이었는데 둘은 타냐가 산에서 선물로 가져온 대량의 호두를, 돌바닥을 이용해 깨뜨리고 있었다.

"정의(正義)의 이야기예요."

"정의?"

불에 살짝 그슬려 주둥이가 조금 벌어진 상태에서 망치로 내리치면 호두 껍데기는 의외로 쉽게 깨진다.

로렌스는 다소 유쾌한 표정으로 호두 알맹이를 주워 들었다. 마치 그 속에 정의니 진실이니 하는 것들이 숨겨져 있기라도 한 듯한 몸짓이었다.

"관세 덕분에 길을 정비할 수 있고, 강에 물레방아를 설치할 수 있고, 도시가 정비되고 치안을 지키는 위병들을 고용할 수도 있죠. 하지만 모든 관세가 그런 용도로 사용되는 건 아니에요."

"사리사욕을 채우기 위해서란 말인가요? 그야말로 등에가 피를 빨듯?"

엘사는 망치를 내리쳐 호두를 깼다.

"이 교회는 금전적으로 곤란하지 않고, 목재 가격이 저렴해지면 사람들이 싼 가격에 집에 살 수 있게 됩니다."

"이제부터 겨울이 찾아올 테니 불을 피워 난방을 할 필요도 있겠죠."

"그래서 '정의'라는 거예요."

로렌스는 피도 눈물도 없는 상인은 아니지만, 그렇다고 상인답지 않다는 뜻은 아니다.

"엘사 씨의 이야기는 이해가 되지만 겨울이 되어 농한기에 접어들면 이탄을 캐는 마을 사람들은 목재의 관세가 계속 높기를 바랄 겁니다."

이탄을 캐서 마을로 운반하는 것이 농민들의 역할이라면, 목재를 사고파는 것은 부유한 상인들의 몫이다.

민중 편에 서야 한다는 논리를 꺼내면 어느 쪽이 좋고 나쁘다고 말할 수가 없다.

"하지만 당신은 이 도시의 관세가 너무 높다고 말하지 않았던가요?"

로렌스는 호두를 깨면서, 조금 떨어진 곳에서 마을 여자들과 함께 호두를 깨고 있는 타냐를 바라보았다. 호두 깨는 데 질린 소녀들이 타냐의 복슬복슬한 머리카락을 빗으로 빗어 주거나 제멋대로 땋으면서 까르르 웃고 있었다.

"뭐, 높죠. 부자연스럽게."

작은 마을에 살며 그야말로 세금 때문에 고통을 받았던 엘사 입장에서는 세금은 어찌 되었든 사람들을 괴롭히는 존재라고 반사적으로 생각하게 된다. 그렇게 높은 세금을 유지하기 위해 로렌스가 움직인다고 생각하니 자꾸만 싫은 기분이 드는 것이다.

"낮춰야 한다고 생각하지 않으세요?"

로렌스는 호로와 달리 불리하다고 엘사에게서 시선을 돌리는 성격이 아니다. 엘사를 가만히 응시한 후, 희미하게 웃었다.

"도시에는 도시의 역사가 있습니다. 외부인이 쉽게 건드릴 일이 아닙니다."

사람의 눈을 똑바로 바라보며 궤변을 늘어놓다니, 하고 엘사가 분노를 느낀 직후 로렌스는 겨우 시선을 피했다.

"그래서 역사를 알아야 하지 않을까 합니다."

로렌스는 타냐 쪽을 바라보고, 다음으로 교회의 높은 천장을 올려다보았다. 그때 밖에서 들어온 여자들 집단이 갓 구운 빵을 날라 왔다. 금세 맛있는 냄새가 주위에 퍼지고, 여자들은 빵을 내려놓은 뒤 이번에는 깨 놓은 호두 알맹이를 받아 들고서 다시 밖으로 나갔다. 아직 날이 채 밝지도 않은 시각부터 내일 축제에 바칠 빵을 굽고 있는 모양이었다. 도토리빵은 엘사도 적극적으로 먹고 싶어 하는 음식이 아니지만 호두가 든 빵은 분명 맛있으리라.

"큰 뱀이 정말로 있다고 생각하세요?"

로렌스의 아내는 늑대다.

엘사의 말에 로렌스는 억지웃음이 아닌, 진심에서 우러난 미소를 지었다.

"저는 오히려 엘사 씨가 열심히 협력해 주실 거라 생각하고, 엘사 씨만 믿고 있었는데요."

테레오의 수호신은 분명 뱀이었다.

"저는 교회의 신을 모시는 몸입니다."

"그러셨죠."

아무런 감정이 깃들지 않은 그 대꾸에 엘사는 망연해지는 수밖에 없었다.

호로와 함께 있으면 얼빠진 양으로밖에 보이지 않지만, 이렇게 대치하면 쉽게 꼬리를 드러내지 않는 상인이라는 사실이 실감된다.

"호로 씨는 당신이 들떠 있다고 생각하고, 걱정이 되어 견딜 수가 없는 눈치예요."

멋진 모습을 보여 주려 분투하는 그 모습 자체를 지겨워하고 있다는 말까지는 당연히 하지 않았으나, 어쩌면 어젯밤에 호로와 로렌스 사이에서 무슨 이야기가 오갔는지도 모른다.

상인의 얼굴을 한 로렌스에게서는 그런 사정을 읽어 낼 수 없었지만, 그렇다고 엘사의 말을 일축하지도 않았다.

"들떠 있다는 건… 뭐, 부정할 수는 없겠군요. 워낙 상상도 못했던 보수라서."

거짓말은 아닌 듯했기에 엘사도 약간 놀랐다.

"당신에게도 그런 욕심이 있었나요?"

보란 듯이 영주인 척하며 외투를 나부끼는 로렌스의 모습 따위는 상상도 되지 않는다. 로렌스 스스로도 쑥스러운 듯 웃었다.

"엘사 씨가 또 어이없어할지도 모르겠습니다만."

"…무슨 뜻이죠?"

로렌스는 들고 있던 호두를 쪼개서 알맹이를 골라냈다.

"월라기네 가문의 권익에는 적잖은 토지 지배권이 포함되어 있습니다. 굳이 따지자면 그게 제 목적입니다."

"…모르겠어요."

얼렁뚱땅 빠져나가려는 게 아니라, 아무래도 정말로 말하기가 껄끄러운 모양이라는 것을 엘사도 알 수 있었으나 대체 무슨 일이 있기에 저러는 걸까. 엘사가 고민하고 있는데 로렌스는 화제를 피하듯 말을 이었다.

"뭐, 아직 선부른 판단일 수도 있겠지만 행운의 여신은 앞머리밖에 없다고 하지 않습니까?"

"붙잡을 수 있을 때 붙잡아야 한다는 말인가요?"

"예."

로렌스는 쓰레기용 자루에 호두 껍데기를 버리고 손을 털었다.

엘사는 그 모습을 보며 묻지 않을 수가 없었다.

"하지만 저를 믿고 왔다고 하셨죠. 제가 큰 뱀을 찾아낼 수 있는 특별한 눈을 갖고 있다고 생각하시는 건가요?"

엘사의 물음에 로렌스는 자조하듯 웃었다.

"호로가 완전히 토라져 버려서요. 그러니 이야기를 진행하려면 엘사 씨의 협력이 필요합니다."

"……?"

한순간 엘사는 로렌스의 말뜻을 알아들을 수가 없었다. 하지만 어딘가 모르게 장난기 어린 로렌스의 표정을 보고, 이야기의 의도를 파악했다.

"제가 당신에게 협력하면 호로 씨도 따라오지 않을 수 없을 거란 말인가요?"

"늑대는 영역다툼에 집착하는 법이니까요."

정말이지, 이 남자는… 하고 어이가 없어진다.

호로에게 멋진 모습을 보이고 싶으나, 이대로 이야기에 응할 경우 호로가 본격적으로 화를 낼지도 모른다는 걱정이 있다. 하지만 그리 쉽게 포기할 수 없는 이유는 역시나 출세욕이 아니라 사랑하는 아내를 위해서였다.

사랑을 설파하는 것 또한 직무의 일환인 성직자 엘사로서는 강경하게 야단칠 수도 없다.

"당신들 두 사람, 정말이지 옛날이랑 하나도 안 변했네요."

서로 확실하게 말하지 않고, 언제나 먼 길을 돌아 마음을 주고받는다.

"칭찬으로 받아들이겠습니다."

로렌스의 말에 엘사는 미소를 지으며 유난히 딱딱한 호두 껍데기를 망치로 내리쳤다.

축제 준비는 오전 중에 끝났는지 오후가 되자 호로가 교회로 찾아왔다. 한창 준비하는 중인데도 술을 대접받았는지 얼굴이 살짝 붉어져 있었지만, 눈매가 사나운 것을 보니 어젯밤 로렌스와 한바탕 한 모양이었다.

물론 상인으로서 두꺼운 낯가죽을 연마해 온 로렌스는 그런 아내의 모습을 완벽하게 모르는 척하고, 큰 뱀 전설을 조사하러 가지 않겠느냐는 말을 꺼냈다.

일부러 그러는 양 엘사에게 시선을 던지며 한쪽 눈을 끔벅하는 로렌스를 보고 엘사는 한숨 섞인 말투이긴 했지만 동의했다. 그러자 자신의 먹잇감을 빼앗겨서 곤란하다는 듯 호로도 따라가겠다고 나섰다. 호로 스스로도 완전히 계략에 넘어갔다는 사실은 알고 있을 터였다.

물론 엘사의 눈에 비친 두 사람의 공방전은 두 허허실실 작전의 충돌 등의 고상한 말로 표현할 수 있는 것이 아니라, 저변에 있는 절대적인 신뢰를 방패로 삼은 어린애 같은 고집 싸움일 뿐이었다.

요컨대 엘사는 계속 겉돌기만 하는 두 사람의 사랑싸움에 휘말린 꼴이었지만, 두 사람의 결혼 증인이 되었다는 책임감 때문인지 자꾸만 참견하게 된다.

그리하여 타냐까지 데리고 짐마차에 실려, 일행은 살로니아 근교의 월라기네 가문 구(舊) 영지로 향하게 되었다.

"해치운 큰 뱀의 두개골이라도 전시해 놓았다면 그걸로 손쉽게 끝날 텐데."

말고삐를 잡은 로렌스가 말하자 조금 서늘해진 가을바람을 쐬고 취기가 차츰 잦아든 듯한 호로가 로렌스 옆에서 모직물을 어깨에 두르며 말했다.

"그런 게 있으면 진작 보란 듯이 교회에 전시해 놓았겠지."

"저도 연대기를 다시 읽어 보았습니다만."

타냐와 함께 짐칸에 앉은 엘사가 끼어들었다.

"해치웠다기보다는 쫓아냈다고 해석할 수 있는 식의 기술이 었습니다."

교회 입장에서는 확실히 해치웠다고 선언하는 편이 효과가 좋았으리라. 설령 단순히 쫓아낸 데 불과하다 하더라도.

하지만 그러지 않은 이유는 너무 대대적으로 선전하면 그래서 그 사냥의 훈장이 어디 있느냐며 사람들이 소란을 피울 수 있기 때문이 아니었을까, 하는 견해도 가능하다.

"네가 있던 산으로 도망쳐 들어오지는 않았지?"

호로가 어깨 너머로 타냐를 돌아보자, 교회 소녀들이 땋아 준 머리카락을 기쁜 얼굴로 만지작거리던 타냐가 놀라서 등을 곧게 폈다.

"아, 네. 커다란 뱀이 왔으면 금방 알았을 거예요."

당시 바런 주교령의 산은 철광석 채굴 때문에 파헤쳐져서 홀랑 벗겨진 상태였다고 하니, 전망도 상당히 좋았음이 분명하다.

"애당초 인간의 창이나 검으로 어떻게 할 수 있는 상대가 아니야."

거대한 뱀이었다면 비늘도 쇠처럼 단단했을 것이다. 그것을 일도양단할 수 있으리라고는 도저히 생각할 수 없다.

엘사는 연대기에 쓰여 있던 교회문자를 머릿속으로 세속어로 번역한 뒤 말했다.

"용사 월라기네가 검을 휘둘러 뱀의 목에 꽂았다. 뱀은 고개를 크게 쳐들고, 단말마의 비명을 질렀다. 이후 살로니아의 평원에는 평화가 찾아왔다…."

짧은 이야기를 들은 호로는 흥, 하고 코웃음을 쳤다.

"이유는 몰라도 목이 간지러운 바람에 낮잠을 자다 깨서 크게 하품을 했을 뿐인 것 같은데."

엘사도 그런 모습을 쉽게 상상할 수 있었다.

"애당초 뱀에게 악의가 있었다면 살로니아의 거리도 큰 피해를 입었을 것 같은데… 도시에 피해가 미쳤다는 기록은 남아 있지 않습니다."

"인간보다 맛있어 보이는 말이니 양이니 하는 것들도 있었을 테고, 이렇게 시야가 탁 트인 땅에서 큰 도시를 미처 못 봤을 리가 없었겠지."

"이교의 뱀 신은 특히 술을 매우 좋아한다는 이야기도 많고요."

엘사를 키워 준 부모인 사제는 이교 신들의 이야기를 수집했다. 스스로 여행을 떠났을 때도 틈만 나면 그런 이야기를 듣고 다녔던 엘사는 기억을 더듬으며 그렇게 말했다.

"그렇다면 역시 지어낸 이야기 아냐?"

주교가 빈틈없이 계산하고 제안한 이야기라는 사실을 안 이상 호로는 로렌스가 너무 깊이 관여되지 않았으면 하는 쪽으로 마음이 기운 모양인지, 큰 뱀 이야기가 황당무계한 거짓이라고 생각하는 입장을 취하려는 모양이었다.

점도 높은 시선을 받은 로렌스는 어깨만 으쓱했다.

"일개 전사가 단숨에 영주가 되고, 심지어 발전 중이었던 살로니아에서 관세권까지 손에 넣었지. 보통 공적은 아니었을 거야. 큰 뱀 토벌은 그에 걸맞은 이야기였다고 봐. 반대로 그 외에는 딱히 그럴싸한 이야기가 떠오르지 않아."

엘사는 그 말을 듣고 마음속으로 그건 그래, 하고 고개를 끄덕였다. 로렌스는 역시 단순히 먹음직스러운 제안을 받고 들뜬 것이 아니라, 상황을 잘 계산해 보고 파악했으리라는 인상이 있었다. 잘 깎으면 보석이 나오지 않을까, 하는.

그러나 엘사 입장에서는 그렇기 때문에 더욱 신기하게 여겨지는 부분이 있었다.

로렌스는 정말로 큰 뱀이 존재했다고 믿는 걸까?

자신의 반려가 그야말로 전설상에나 존재하던 늑대의 화신이니 가능성이라는 의미에서는 평범한 사람보다 그 실재를 믿는 경향이 두드러져도 이상할 것은 없다. 하지만 그 말을 뒤집으면, 늑대의 화신을 비롯하여 소위 이교 신들의 일원인 큰 뱀이 토벌당했기 때문에 만들어진 특권을 손에 넣으려 한다는 의미가 된다. 늑대의 화신을 아내로 둔 인간으로서, 그건 다소 무신경한 행동이 아닐까? 하고 엘사는 생각했다.

늑대와 뱀은 전혀 다르다고 할 수도 있겠지만 엘사로서는 통 석연치가 않았다.

관세를 높게 유지한다는, 로렌스라는 인간의 인상에서 벗어나 정의에 반하는 행동에 가담하려 드는 행위까지 포함하여 온통 물음표투성이였다. 양인 척하는 이 전직 행상인이 대체 무엇을 꾸미고 있는 걸까, 하고 엘사가 의아해 하고 있는데 짐마차가 속도를 늦추며 다소 소란스러운 장소로 진입했다.

"이게 뭐지?"

호로가 놀란 듯 말하는 것을 보니 처음 보는 풍경이었나 보다.

"선교(船橋), 그러니까 배다리야. 넌 건너 본 적 없었던가?"

살로니아의 동쪽 외곽을 흐르는 강에는 제대로 된 다리가 없다. 대신 강에 배가 여러 척 띄워져 있고, 그 위를 건널 수 있도록 널빤지가 양쪽 물가로 연결되어 있었다.

로렌스가 다리지기에게 통행료를 지불하는 사이 호로는 몸을 부르르 떨며 배다리를 바라보았다.

"이런 걸 건넌다고? 아래는 배잖아. 왜 다리를 만들지 않은 거야!"

“눈이 녹을 때나, 또 계절에 따라 수량이 크게 변화하기 때문이라고 생각됩니다. 다리를 놓는 것보다 이치에 맞는 행동이었겠죠.”

그 어떤 수량도 견딜 수 있는 다리를 놓는 일은 비용과 수고가 매우 크게 든다. 계절적 원인으로 다리가 떠내려갈 우려가 있다면 차라리 쉽게 설치하고 쉽게 철거할 수 있는 배다리가 합리적이다. 엘사가 살던 마을에서도 아주 작은 다리 하나 놓는 일로 믿을 수 없을 만큼 큰 실랑이가 벌어진 적이 있었다.

그 일을 떠올리며 엘사가 상류 쪽을 바라보자, 배다리와 같은 요령으로 배에 묶여 있는 물레방아가 물에 떠 있는 모습이 보였다. 수량이 변해도 배 위에 있는 물레방아는 수면과 일정 거리를 유지하기 때문에 안정적으로 사용할 수 있다. 수확한 보리 탈곡 및 제분 수단이 필요한 이 지역에서 물레방아의 안정적 이용은 사활문제였다.

“인간은 변함없이 어처구니없는 생각을 해내는군….”

하지만 배다리라고는 해도 수많은 사람들이 오가는 가도에 설치되어 있으므로, 오히려 금방이라도 썩어 무너질 듯한 개울가 나무다리보다는 훨씬 튼튼하며 폭도 넓다. 실제로 상인과 마을 사람들이 짐을 가득 채운 짐마차를 타고 스스럼없이 건너다니고 있었다.

그러나 배 위라는 사실은 틀림없었기에 언제나 희미하게 흔들리고 있으므로, 그것이 호로의 늑대 본능을 자극하는지도 모르겠다.

오히려 나무 위를 늘 경쾌하게 뛰어다니는 다람쥐인 타냐가 물 위를 건넌다는 행위에 가슴이 설레는지, 로렌스가 통행료를 지불하고 나서 눈짓하자 제일 먼저 걷기 시작했다.

"우리도 갈까요?"

엘사는 호로에게 그렇게 말하고, 문득 한마디를 덧붙였다.

"취해서 다리가 휘청거리는 건 아니죠?"

"멍청이!"

현랑이라 불리는 늑대는 조심조심 한 걸음을 내딛고, 배다리 한가운데까지 천천히 걸어 나갔다.

강은 제법 크고 오가는 배도 많다.

하지만 배다리 때문에 강이 가로막혀 버리면 강을 위아래로 오가는 배는 어떻게 움직이나 했더니, 배다리가 끝나는 물가 지점 너머에 강을 오르내릴 수 있도록 운하를 파 놓았다.

"이쪽은 훌륭한 항구네요."

"강을 타고 내려가는 짐의 관세는 여기서 징수하는 모양입니다."

엘사 일행보다 조금 늦게 배다리를 건너온 로렌스가, 일행을 추월하며 그렇게 말했다.

"게다가 봄에 눈 녹은 물이 불어나는 시기가 되면 이 배다리는 전부 철거하고, 대량의 목재를 떠내려 보낸다고 하는군요. 목재와 탁류가 뒤섞이지 않게 하는 장소로도 사용한다죠."

"그래서 다리를 놓지 않았군요."

통나무처럼 무거운 물건을 사람 손으로 운반하는 것은 현실적인 방법이 아니다. 큰 도시의 대부분이 물을 끼고 있는 이유는 건설 자재를 쉽게 나르기 위해서다. 게다가 사람도 몇 명 올라탈 수 있을 정도로 거대한 통나무 더미가 눈 녹은 물의 방류를 타고 계속해서 떠내려온다면 아무리 튼튼한 다리도 위태로워질 것이다.

그런 이야기를 하며 강 한가운데의 모래톱을 건너, 관리들의 대기소라는 작은 오두막을 지나 운하에 설치된 작은 나무다리에 접어들었다. 강기슭이 무너지지 않도록 나무틀을 짜서 지탱해 놓고, 거기에 곡물 등을 가득 실은 쪽배가 여러 척 계류되어 있었다. 맞은편 강가에도 건물이 줄줄이 늘어서 있었는데 창고나 술집, 뱃사람들의 숙소로 사용되는 모양이었다.

거기서부터 평원으로 이어지는 길에는 노점이 여러 개 나와 있어, 맛있는 냄새와 연기가 풍겼다.

"뭐 사 줄까?"

로렌스가 그렇게 물었으나 호로는 무슨 고집인지 고개를 홱 돌리고는 짐마차 마부석에 잽싸게 올라앉았다.

어이없어하며 웃는 로렌스와 눈이 마주친 엘사도 희미한 미소를 지은 뒤 짐칸에 오르려 아등바등하는 타냐의 엉덩이를 밀어올려 주고 스스로도 짐칸에 올라탔다.

“이 근처는 나무가 별로 없어서 황량하네요.”

시끌벅적한 강가를 벗어나고 잠시 후, 문득 타냐가 말했다.

“수확이 끝난 보리밭은 털을 홀랑 깎은 양이나 다름없지.”

살로니아 주위는 대곡창지대여서 가도 가도 밭이 이어진다. 구획을 정해서 보리를 쓰러뜨리는 바람을 막기 위한 관목 등을 곳곳에 심어 놓기는 했지만 그 때문에 오히려 더 황량한 인상이 느껴졌다.

도시의 큰 시장, 그리고 저 강에 모여드는 배에 가득 실린 보릿자루는 전부 이 광대한 평야에서 난다.

“나는 이런 풍경도 싫지는 않아.”

마부석에 앉아 다소 졸린 표정을 짓고 있던 호로가 말했다. 밭에서는 지금도 수확이 한창이라 길게 땋아 내린 머리를 흔들며 있는 힘껏 커다란 낫을 휘두르는 여자들이 보였다. 수확의 기쁨에 들뜬 농촌의 모습을, 호로는 다정한 눈빛으로 바라보았다.

그 후로는 크게 다를 것 없이 평탄한 길이 한없이 이어졌다. 타냐가 꾸벅꾸벅 고개를 젓기 시작했고 엘사 또한 하품을 참으려던 때.

로렌스는 자신에게 기대어 완전히 잠들어 있던 호로의 어깨를 흔들며 말했다.

"저기 봐, 슬슬 보여."

그 말에 엘사도 마차 앞을 바라보니 상당히 멀기는 하지만, 야트막한 언덕 위에 지어진 건물이 희미하게 보였다.

"구 월라기네 가문의 저택이야. 지금은 수확 창고나 마을 회합 장소로 사용된다고 하지만."

"흐아암… 흥."

자는데 깨워서인지, 아니면 이번 일 자체가 마음에 들지 않아서인지 호로는 코웃음을 쳤지만 로렌스는 조금도 기죽지 않았다.

"석조로 된 훌륭한 건물이네요."

탑까지 있다면, 당시에는 요새로서도 기능하지 않았을까.

"설마 저 언덕이 통째로 뱀의 무덤이라는 결말은 아니겠지."

지금도 저곳에 뱀이 잠들어 있다면 이야기가 빠를 것이다. 엘사는 테레오의 수호신이 어디 갔는지 혹시 알고 있느냐고, 그 뱀에게 물어보고 싶은 마음도 있었다.

"…호로 님이라면 이길 수 있죠?"

짐마차에 앉아 불안한 표정으로 타냐가 묻자, 호로는 대담한 미소를 지었다.

"무얼, 못 이긴다 해도 얼빠진 양이 잡아먹히는 사이 도망치면 그만이지."

말고삐를 쥐고 있던 얼빠진 양이 쓴웃음을 짓고, 짐마차는 계속해서 앞으로 나아갔다.

이 부근쯤 오니 보리밭 수확을 미처 시작하지 못했는지 훌륭한 보리 이삭들이 흔들리고 있었다.

호로는 짐마차의 마부석에 앉아 그런 보리밭을 차분히, 그리운 표정으로 바라보았다. 엘사는 문득 그런 호로를 훔쳐보는 로렌스의 다정한 눈빛을 알아차렸다.

그렇구나, 하고 이해하는 데 이 이상의 단서는 필요치 않았다.

교회에서 호두를 깨면서, 로렌스는 왜 이렇게 이 이야기를 진행시키고 싶어 하는지를 통 설명하지 못하고 어물거렸다.

그것도 쑥스러운 얼굴로.

마부석에 나란히 앉은 두 사람은 우여곡절 모험 끝에 꽤나 먼 북쪽 땅에 거처를 마련하고 온천장을 열었다. 평원 마을에서 태어나 자란 엘사가 보기에는 '깊은 산속'이라는 말로도 부족할 정도로, 어떻게 이런 곳까지 길이 이어져 있나 하는 생각이 드는 장소였다.

호로는 본래 그런 깊은 산속에 살고 있었던 모양이지만, 어느 날 갑자기 남쪽으로 여행을 떠나 한참 남쪽에 있는 마을에서 몇백 년이나 보리의 풍작을 관장했다고 한다. 산이 늘 코앞인 뇨히라와 전혀 달리, 시야 하나 가득 보리밭이 펼쳐진 땅에서.

하지만 로렌스는 호로가 걱정하듯이 뇨히라의 온천장을 팔 생각은 손톱만큼도 없다고, 엘사는 확신할 수 있었다.

술자리에서 열심히 공주님의 비위를 맞추는 시종처럼 구는 이 남자는 공주가 맵고 짠 음식을 배불리 먹고 나면 늘 달콤한 과자를 준비해 주는 것이나 다름없는 행동을 하니까.

"자, 도착했다."

호로는 로렌스의 천진난만한 성품을 어디까지 이해하고 있을까.

엘사로서는 다 파악하기 어려웠지만, 마부석에서 가볍게 뛰어내린 호로는 향긋한 보리 냄새를 가슴 가득 들이마시고 옷 속에서 풍성한 털이 나 있는 꼬리를 파닥파닥 흔들어 댔다.

야트막한 언덕 위에서도 살로니아의 거리는 보이지 않았다.

탑 꼭대기까지 오르면 어찌어찌 보일지도 모르겠지만 평소 지낼 때는 크게 신경 쓰이지 않으리라.

이런 곳에 산다면 시야에 들어오는 모든 땅이 자신의 영역이니 한 나라, 한 성의 주인이 된 기분을 마음껏 맛볼 수 있을 것이다.

"아니, 엘사 씨?"

구 월라기네 가문의 성채 문을 두드리니 안에서 나온 사람은 살로니아 교회에서 자주 보던 부사제였다. 엘사는 '부'가 붙지 않는 사제의 위치에 있지만 어디까지나 임시직이므로 살로니아라는 커다란 도시의 교회에서 일하는 부사제가 더 높다. 코 밑에 수염을 잔뜩 길러, 조금이라도 나이든 인상을 연출하여 관록을 풍기려 하는 것을 보니 출세를 염두에 둔 모양이었다. 수염을 깎으면 의외로 젊은 그 부사제는 엘사 일행의 방문을 놀라면서도 환영해 주었다.

"아하, 관세 일로 다툼이 일어나서 중재를…."

구 월라기네 가문의 성채는 멀리서 보기에는 거대한 석조 상자로 보였으나, 문으로 들어가자 뜻밖에도 넓은 중앙정원이 있고 건물도 꽤 안으로 깊었다. 정원 부지에는 벽이 없는 나무 정자가 있어, 수확 시기에는 이곳에서 탈곡 작업을 하거나 수확한 보리의 포장 작업을 하는 모양이었다.

평소에 사람이 사는 것 같지는 않고, 왠지 모르게 한산한 분위기였다.

그런 정원을 가로지르며 방문 이유를 설명하자 부사제는 "그야말로 그 주교님이 생각하실 만한 일이군요."라며 어이없다는 듯 웃었다.

"보리밭과 촌락 관리는 상당히 힘든 일이니까요. 주교님은 그런 귀찮은 일까지 전부 떠넘기려 하신 모양입니다."

외관은 석조지만 안채 1층은 꽉꽉 밟아 다진 흙바닥이었고, 익숙한 먼지 냄새가 풍겼다.

본래는 영주가 떡 버티고 앉아 있어야 할 메인 홀에는 짚더미와 농기구 등이 난잡하게 쌓여 있었으며, 키우는 개인지 어쩌다 눌러앉았는지 모를 비쩍 마른 개가 어슬렁거리다 호로를 보고는 슬금슬금 눈치를 보았다.

난로 근처에 놓인 긴 테이블로 안내한 뒤, 부사제는 불 옆에 너무 오래 두는 바람에 주정이 다 날아간 포도주를 내왔다.

"밀로 얻는 이득은 그렇게 크지 않은 건가요?"

주교의 목적은 관세권을 통해 들어오는 금액의 유지인 모양이니, 영지에서 올라오는 그 외 소득은 전부 로렌스의 몫이 된다. 주교는 관세권에 따라오는 귀찮은 일들 및 관세 수입의 장래 감소 위기를 천칭에 달아 보고, 관세 수입 유지만으로 좁히는 게 상책이라고 생각한 모양이었다.

"그렇죠. 올해처럼 풍년이 들면 괜찮지만, 워낙 해마다 차이가 있으니까요."

"그렇다고 평상시의 낭비를 조절할 수도 없겠죠."

엘사는 살로니아 교회의 장부 정리도 강제로 떠맡아 하고 있었다. 방만, 엉터리, 지리멸렬이라는 단어 외에는 표현할 길이 없는 숫자와 싸우고 있던 엘사가 한마디 툭 내뱉자 부사제는 쓴웃음을 지었다.

"그런 겁니다. 예년대로 지출했는데 수입이 격감하는 바람에 엉망진창이 되는 일이 적지 않죠. 특히 3년쯤 전이었던가요, 보리가 검어지는 병이 돌았습니다."

빈말로도 맛있다고는 할 수 없는 포도주를 홀짝이던 호로가 두건 밑에서 귀를 움직이며 시선을 보냈다. 엘사는 물론 그것을 알아차렸다.

테레오를 뒤흔든 소동도 바로 그 보리 병이었기 때문이다. 검은색의 질척질척하게 썩은 듯한 그 보리를 먹으면 환각을 보거나, 임신부라면 유산을 할 수도 있다고 한다.

밭 일부에 그런 병이 생기면 구획 전체의 보리를 태워야 하고, 소문이 나돌면 그 지역의 보리는 팔리지 않는다.

"정말 힘드셨겠네요."

"네, 정말이지 죽을 뻔했습니다. 왜 신께서는 도와주시지 않느냐며 마을 사람들이 추궁하던 그 시절을 떠올리면 지금도 가슴이 아픕니다."

원래는 사람들의 그런 고통을 받아 주는 것이 성직자의 책무겠지만 저 주교라면 분명 부사제 일행에게 모든 책임을 떠넘겼음이 분명하고, 장래에 일어날 수 있는 비슷한 문제 또한 다른 누군가에게 맡겨 버리고 싶을 터였다.

"그렇지 않아도 제분용 물레방아 유지 관리 문제나, 토지 구획을 둘러싼 문제 등 귀찮은 일들이 일상다반사니까요. 밀 수입과 맞바꾸어 그 문제를 누군가에게 통째로 떠넘길 수 있다면 오히려 저렴하겠죠."

그야말로 주교가 그 일거리를 떠넘기는 바람에 지금 이 건물에 와서 대기하고 있을 부사제는, 그렇게 말하면서 마른 웃음소리를 냈다.

목가적인 농촌도 결코 목가적이지만은 않다.

"하지만 그렇게 되면 역시, 마냥 먹음직스러워 보이기만 하는 관세권에 의문이 남는군요."

입을 연 로렌스에게 전원의 시선이 모였다.

"월라기네 가문은 어떻게 그 관세권을 손에 넣었을까요?"

부사제는 한숨을 내쉬며 콧수염을 흔들더니 어깨를 으쓱했다.

"바로 그 문제를 두고 목재 상인들이 추궁하는 바람에, 주교님이 당신을 부른 게 아닐까요?"

옛날, 이 땅을 혼란에 빠뜨린 큰 뱀과 싸웠다는 용사 월라기네.

"큰 뱀 토벌 이야기는 사실입니까?"

로렌스가 무지한 척하고 묻자, 부사제는 복잡한 표정을 짓더니 꽤나 그럴싸한 말을 내뱉었다.

"신께서 아시겠지요."

본인은 믿지 않지만, 믿지 않는다면 교회가 월라기네 가문에서 계승한 관세 징수권도 기만이라는 말이 된다. 자신의 생각을 있는 그대로 내뱉을 수 없는 입장에 있는 부사제는 큰 도시에서 살아가는 성직자답게 처세술로 질문을 받아넘겼다.

"무슨 증거가 될 만한 게 남아 있지는 않습니까?"

엘사의 물음에 부사제는 쌀쌀맞게 고개를 가로저었다. 마침 사정 좋게 큰 뱀의 두개골 같은 것이 남아 있지는 않은 모양이었다.

"이 성과 그 주위를 조금 조사해 봐도 괜찮을까요?"

로렌스의 질문에 부사제는 눈을 껌벅거렸으나 거절할 이유도 없다고 생각한 듯했다.

"상관없습니다. 영지 권리가 쓰여 있는 문서는 살로니아의 교회로 이관했지만, 과거의 번잡한 기록물들은 아직 이곳 지하실에 남아 있을 겁니다. 아, 그리고 나중에 촌장이나 마을의 주된 인물들, 그리고 자주 드나드는 상인들이 여기 모일 예정입니다. 보리 수확과 운송에 대한 회의가 열릴 테니 그때 이 동네 사람들에게 이야기를 들어 보셔도 좋겠지요."

로렌스가 영주가 되면 이 부사제도 굳이 이런 곳까지 와서 밀 관리를 할 필요는 없을 테고, 앞으로 살로니아의 교회와도 오랫동안 알고 지낼 사이가 되리라. 그렇다면 여기서 로렌스에게 협력하여 여러 가지 도움을 줌으로써 추후 자신이 출세할 때의 뒷배로 활용하겠다는 것도 좋은 판단이다.

부사제는 그렇게 생각하고 있겠지, 라고 자연스럽게 생각하는 자신을 퍼뜩 깨달은 엘사는 고개를 가로저었다. 테레오를 나온 후로 성직자들을 바라보는 시선이 점점 날카로워져 가는 기분이었다.

고향 마을에 있을 때는 순박하고 온화하던 사람이 도시로 돈벌러 나갔다 돌아온 후로는 의심이 많아지고 사람을 신용하지 못하게 되는 경우는 드물지 않다.

그렇지 않아도 여행이라는 것 자체가 사람을 변화시킨다.

엘사는 평소에도 무섭다는 평판이 있는 자신의 얼굴을 양손으로 문지르며, 지친 듯 한숨을 내쉬었다.

이러저러하는 사이 이야기도 일단락이 지어지고, 부사제가 일어섰다.

"그럼 저는 회의와 저녁 식사 준비 때문에 사람을 불러 와야 하니 일단 실례하겠습니다. 이 건물 안에서 자유롭게 산책해 주십시오. 평소에는 사람이 살지 않고 창고로 사용되는 곳이니 딱히 열쇠도 필요치 않습니다."

"감사합니다."

부사제에게 인사를 하고, 그 모습이 안쪽 방으로 사라진 후 로렌스가 "그럼…." 하고 말했다.

"나는 지하실에 가서 곰팡이 먼지와 격투를 벌이고 와야겠네."

"흥."

호로는 코웃음을 치며 고개를 돌렸다. 이번 일 때문에 불쾌해서라기보다는 먼지 쌓인 곳에 가기 싫은 모양이었다.

"나는 이 녀석하고 같이 뱀이 묻혀 있는지나 찾아봐야겠어."

호로의 손가락질을 받은 타냐는 의아한 표정이었으나 금세 기쁜 듯 고개를 끄덕였다.

"그럼 엘사 씨는 건물 안에 뭔가 기록이 새겨져 있는지 조사를 부탁드려도 될까요?"

흐름상 로렌스와 함께 지하실에 갈 뻔했던 엘사였으나, 다름 아닌 로렌스가 그렇게 말했다. 곰팡내 나는 지하실에서 먼지투성이가 되게 만들 수는 없다는 배려일까, 이런 때 신경 써 주는 방식이 역시나 상인답다고 엘사도 감탄했다.

그와 동시에, 이렇게나 세심하게 배려할 줄 아는 로렌스가 왜 호로 앞에만 서면 얼간이가 되는지 의문이 끊이질 않는다.

"어디, 쓸 만한 걸 찾아낼 수 있으면 좋을 텐데."

태평한 태도의 로렌스와 호로를 교대로 쳐다본 뒤 엘사는 어깨를 으쓱했다.

호로가 타냐를 데리고 밖으로 나가고, 로렌스도 팔을 걷어붙이고 지하실로 향했으므로 엘사도 마음이 별로 내키지 않았으나 오래된 성채 안을 둘러보기로 했다.

역사는 보통 양피지에 쓰여 있지만 벽화로 남아 있는 경우도 있다. 바런 주교령의 성당에는 실제로 그림으로 남아 있었으며 아무리 봐도 이해할 수 없던 그것에도 진실이 담겨 있었다. 혹시 작은 사당 같은 것이 숨겨져 있고, 거기서 큰 뱀을 숭배하고 있다면 이야기가 빠르겠지만.

엘사는 그런 생각을 하며 건물 안을 산책했으나 익숙한 농촌 일상의 잔해만 확인하는 꼴이 될 뿐이었다.

사람이 살지 않는 곳이니 가구가 없고 텅 빈 방 한구석에 보릿짚 등이 쓸쓸하게 남겨져 있었다. 여기저기 파인 벽에 놓인 촛대도 오랫동안 사용되지 않았는지 먼지만 잔뜩 뒤집어쓴 상태였다.

2층과 3층에 올라가 보았으나 상황은 크게 다르지 않았고 마을 축제나 회합 때 사용되는, 평범한 가정집에서는 사용하기 어려운 거대한 냄비 등이 보관되어 있을 뿐이었다.

덜컹거리는 나무창을 열고 밖을 내다보니 중앙정원을 빙 둘러싸는 형태로 방벽이 쳐져 있어 시야가 불편했다.

옛날에는 이교도와의 전장으로 전화(戰火)에 휘말린 일도 있으리라.

그런 사람과 사람 사이의 분쟁 속을, 거대한 뱀이 신경도 쓰지 않고 지나가는 모습을 상상하니 엘사는 무심코 웃음이 났다.

"용사 월라기네, 당신은 정말로 뱀을 무찔렀나요?"

그 뱀 때문에 물류가 정체를 빚었다고 한다.

이 건물은 사방이 석벽으로 둘러싸여 있지만, 큰 뱀의 크기가 만일 호로 같은 이들과 비슷하다고 기준을 잡는다면 탈피하고 남은 껍질을 벗기려고 살짝 몸을 문지르기만 해도 와르르 무너지고 말 터였다.

교회에 남겨진 전기에는 검을 휘둘러 목에 내리꽂았다고 쓰여 있었다.

설령 용사 월라기네가 이교의 신을 쓰러뜨릴 수 있을 정도의 완력을 갖고 있었다 해도, 현랑이라 불리던 늑대며 민둥산에 열심히 나무를 심던 선량한 다람쥐와 알고 지내는 입장으로서는 검을 내리꽂기 전에 달리 할 수 있는 일이 있지 않았을까 하는 생각이 든다.

그들은 결코 말이 통하지 않는 상대가 아니므로.

나무창을 닫고 방을 나와 계단을 내려오던 도중, 문득 머릿속에 한 가지 생각이 떠올랐다.

"아니면… 그 늑대 부부랑, 같은 경우?"

엘사는 그 가능성을 깨닫고 다소 놀랐다. 만일 뱀의 화신과 용사 월라기네가 서로 마음을 나눈 사이였을 경우, 기적을 연출하는 일 따위는 너무나 쉽다.

"로렌스 씨도 그 가능성을 염두에 두고 있을까?"

현랑 호로의 본모습을 본 적 있는 엘사로서는 인간이 그런 존재와 맞설 경우 절대 힘으로 이길 수 없으리라는 확신이 있다. 벌써 몇 년을 함께 지낸 로렌스라면 더더욱 그럴 터였다.

그렇다면 개연성이 높은 게 어떤 상황인지 물을 경우, 거기에 도달하는 일은 결코 어렵지 않으리라.

큰 뱀과 용사 월라기네가 연인 사이였거나, 또는 친구 사이여서 이 땅의 전설을 만들 수 있었다고.

“…이미 도시에서 그런 이야기를 들었을 수도 있겠지. 정말 있을 법한 이야기야.”

얼간이처럼 보이는 것은 사랑하는 아내 곁에 있을 때뿐이고 사실은 빈틈없는 사내다.

그리고 만일 용사 월라기네의 큰 뱀 토벌 전설이 지어낸 이야기라면 로렌스가 천연덕스러운 얼굴로 이 지역의 특권을 손에 넣으려 하는 것도 이해가 된다.

오히려 자신들과 같은 존재가 있었다는 사실을 호로에게 암시하면 자꾸 어딘가에 틀어박히려 드는 그 늑대에게는 좋은 소식일지도 모른다.

“하지만….”

엘사는 중앙정원으로 나와, 색이 꽤 짙어지며 저녁노을로 차츰 다가가는 햇살 속을 걸으면서 팔짱을 꼈다.

“로렌스 씨 부부가 그 사실을 확신하는 일과, 목재 상인들을 설득하는 건 다른 문제일 텐데…. 시정 사람들을 어떻게 설득할 생각일까?”

문제는 로렌스와 호로가 진실을 알아내는 것만으로는 불충분하다는 데 있었다. 이들은 큰 뱀을 둘러싼 전설을 목재 상인들에게 납득시켜, 관세를 받는 게 옳은 일이라고 설득해야만 했다. 그리고 두개골 같은 노골적인 증거가 있었다면 이미 주교 스스로가 목재 상인들의 입을 다물게 만들었으리라.

그렇다면 로렌스는 뭔가 다른 결정적인 증거를 이미 손에 넣었다고 보아야 하겠지만 도무지 그게 무엇인지 짐작도 가지 않았고, 그런 것을 갖고 있다는 기색조차 보이지 않았다.

사냥감을 궁지에 몰아붙였나 싶으면 논리의 막다른 골목 끄트머리에서 갑자기 자취를 감춰 버린다.

로렌스는 도대체 무슨 꼬리를 잡았을까.

아니면 잡았다고 착각하고 있을 뿐일까?

"호로 씨의 협력을 얻지 못했으니 특수한 방법은 아닐 텐데."

앞뒤가 확실하고 논리가 아름답게 뻗어 나가는 데서 기쁨을 느끼는 성격의 엘사이기에 조리 있게 설명할 수 없는 부분이 자꾸만 마음에 걸렸다.

발밑을 내려다보며 생각에 몰두하면서 걷다 보니 어느샌가 성채 밖으로 나와 있었다.

테레오 마을에서는 보통 이럴 때 고개를 들면 아이들과 남편이 어이없는 표정으로 웃고 있다.

하지만 그 마을에서 꽤나 멀리 떨어진 살로니아의 평원에는 가을의 빛깔로 물든 풀 위에 걸터앉은 한 소녀의 모습만이 오도

카니 보였다.

축축이 젖은, 어린아이의 작은 손 감촉을 떠올리며 엘사는 호로에게 다가갔다.

"이곳 보리밭은 어떤가요?"

엘사가 옆에 다가와 서도 시선을 이쪽으로 전혀 돌리지 않았지만, 보는 눈이 없는 덕분에 시원하게 내놓은 늑대 귀가 맞장구를 치듯 움찔움찔 움직였다.

"로렌스 씨는 이 광경을 당신에게 선물하고 싶었나 보네요."

시야 가득 펼쳐지는 황금빛 바다.

평원에서 태어난 엘사는 뇨히라처럼 좁고 답답한 장소보다 이런 곳을 훨씬 좋아한다.

"기뻐하는 모습을 보여 주는 게 어때요?"

천진난만하게, 라고 덧붙이려다 만 이유는 호로가 또 괜히 고집을 부리려나 싶어서였다.

"멍청이."

호로는 짧게 내뱉었지만 말에 힘이 없었다.

풀밭을 탁탁 내리치는 늑대 꼬리도 불쾌함을 떨쳐버리지 못했다.

엘사가 말없이 옆에 서 있자, 호로는 크게 한숨을 내쉬며 입을 열었다.

"여러 가지를 남겨 주려 하는 건 기쁘지만 말이야."

호로는 세운 무릎 위에 턱을 괴고, 토라진 소녀처럼 보리밭을 바라보았다.

"너무 많이 남겨 줘도 곤란해."

사치스러운 고민이라고 엘사는 한순간 생각했지만, 부사제의 말이 떠올랐다.

"관리가 힘들겠네요."

"그러게나 말이야, 그 멍청이는…."

호로는 세운 무릎을 내리고 책상다리를 했다.

"나라면 꼬리 한 번만 휘둘러도 보리 풍작을 가져올 거라고 생각하는 모양이지."

"못 가져오나요?"

그 물음에 호로는 겨우 엘사를 쳐다보고는, 노려보았다.

"당연히 할 수 있지."

그렇다면, 이라고 내뱉을 뻔했으나 문제는 그게 다가 아니었다.

그렇게 풍작을 가져온다고 해도, 몇 십 년 후, 보리 수확의 모습을 지켜보던 앳된 소녀가 우뚝 선 성채로 돌아와도 옛 반려의 모습은 없을 것이다.

엘사는 그렇게 생각했으나 호로의 입에서 나온 말은 조금 더 현실적이었다.

"보리는 키우기만 한다고 끝나는 게 아냐. 사람이 달려가면 지치는 것처럼, 땅도 너무 혹사시키면 피폐해져. 큰비가 내리면 땅에서 비옥한 흙이 쓸려 나가고, 수로는 쉽게 망가지지. 나는 그런 부분까지 대처할 수 없어. 가뭄이 들면 더더욱 그렇고, 수확한 후의 보리 문제로 말할 것 같으면 나는 완전히 무력해. 보리가 비싼 값에 잘 팔릴지, 아니면 못된 상인에게 속아서 값이 후려쳐질지. 그 전부를 다 돌봐 줄 수는 없다는 말이야. 인간 세상의 구조는 번거롭고 복잡하니까."

보리 육성과 보리밭 경영은 별개의 문제라는 사실을 현랑은 이해하고 있었다.

"온천장을 비워 놓을 수도 없고, 못난 딸아이는 그 멍청이랑 꼭 닮은 데가 있으니 토지 관리 같은 섬세한 일은 더욱 무리야."

외동딸 뮤리는 최근 들어 성녀라고 불리는 모양인데, 아무래도 세간에 유포된 평판과는 조금 다른가 보다. 로렌스와 호로의 딸이라니, 대체 어떤 소녀일까.

엘사는 상상해 보았다가 어째서인지 웃음이 났다. 분명 눈부실 정도로 티끌 한 점 없는 소녀일 테니.

그리고 엘사는 떠오른 생각을 그대로 입 밖에 냈다.

"행복한 고민이네요."

호로의 멍한 시선이 느껴졌으나, 엘사는 미소를 지으며 보리밭을 바라보다가 뒤늦게 호로 쪽을 돌아보았다.

"아닌가요?"

보리밭 속에 섞이면 금세 알아볼 수 없을 빛깔의 머리카락을 산들바람에 나부끼며 호로가 입술을 삐죽 내밀었다.

"틀린 말은 아냐."

하지만 흘러나온 것은 커다란 한숨이었다.

"술과 숙취의 관계와도 닮았지."

"뭐든 적당한 게 제일이에요."

"내 말이!"

호로는 그렇게 말한 뒤 벌렁 드러누웠다.

"지나치게 사랑받는 것도 괴로운 일이야."

겸손이나 잘난 체가 아니라, 실제로 지나치게 사랑받고 있다고 엘사는 생각했다.

그야말로 가까이 있는 사람까지 웃음이 터질 정도로.

"타냐 씨에게 맡겨 두면 의외로 잘 풀리지 않을까요?"

엘사는 떠오른 생각을 내뱉어 보았으나, 금세 생각을 고쳤다.

"아니, 너무 선량한 사람은 오히려 잘 굴리지 못할 것 같네요."

"음. 그 녀석은 산에서 나무나 돌보는 게 체질에 맞아. 왜, 탁트인 장소에서는 불안해 보이잖아."

몸을 일으킨 호로가 턱짓을 하자 길을 잃은 듯 터벅터벅 걷는 타냐의 모습이 보였다.

타냐는 호로와 엘사를 발견하고는 얼굴을 환하게 빛내며 양손을 흔들었다.

"뱀은 없었던 걸까요?"

마주 손을 흔들며 엘사가 호로에게 물었다.

"없었어. 아마 오랜 옛날에도 크게 다르지 않았을 거야."

다람쥐 타냐는 데굴데굴 구르듯 달려와서는 이쪽에서 묻기도 전에 고개를 크게 가로저었다. 호로는 타냐의 노고를 위로하면서 손을 빌려 자리에서 일어섰다.

"나 참, 그 멍청이는 뭘 꾸미고 있는 건지."

호로의 적극적인 협력이 없으면 인간 세상 밖의 단서를 얻기는 힘들 터였다. 설령 협력을 받는다 해도, 흔들림 없는 정보를 제공하지 않으면 목재 상인들을 설득할 수 없으리라.

그리고 호로 자신도 그 사실을 잘 알고 있을 테니 엘사와 같은 의문에 봉착한 것이다.

뱀이 있을 가능성부터가 애당초 낮지만, 가령 있다손 치더라도 그것을 도대체 어떻게 증명할 생각일까?

"동네 사람들에게 이야기를 들어 보면 뭔가 알아낼 수 있지 않을까요?"

"흐으음…."

호로는 두건을 고쳐 쓰고 꼬리를 옷자락 속에 집어넣었다.

"그 멍청이의 지긋지긋한 행동은 둘째 치고, 꿍꿍이를 알아내지 못하면 현랑이라는 이름이 아깝지."

엘사 입장에서 그것은 이기고 지는 이야기라기보다는 옆에서 있는데도 같은 풍경을 보지 못한다는 불평으로 들렸다.

이 늑대는 반려 곁에 늘 붙어 서서 같은 풍경, 같은 공기, 같은 시간을 살고 싶은 것이다.

그 빈틈없는 로렌스가 이 마음을 알아차리지 못했을 리가 없지만, 실제 두 사람은 현재 따로따로 행동하고 있다.

호로는 타냐의 복슬복슬한 머리카락에 붙은 보릿짚이나 마른 풀을 할 수 없다는 듯 떼어 주고 있었다. 붙임성 좋은 타냐는 순수하게 기쁜지 가만히 있다.

그 모습에 엘사는 자신이 호로 일행을 처음 만났을 때의 아직 나이 어린 소녀로 돌아간 기분이 들었다.

이 나이가 되어서 새삼스럽게 뭘, 싶기도 하지만 호로와 로렌스에게는 그런 순수한 공기를 자아내는 신기한 분위기가 있다.

엘사는 자조하듯 웃으며 작은 한숨을 내쉬고는 자신도 타냐의 머리카락에 손을 뻗었다. 교회에서 소녀들이 어설프게 땋아 준 머리를 풀고, 재빨리 깔끔하게 다시 땋았다.

호로는 엘사의 실력에 감탄했고 타냐는 무척 행복해 했다.

소녀 시절로 돌아간 듯한 시간을 반쯤 간질간질한 기분으로 보내고 있는데 호로가 문득 고개를 쭉 뻗어 어떤 방향을 바라보았다.

"음?"

호로가 주위를 두리번두리번 둘러보더니 마지막으로 성채 입구를 향해 고개를 돌렸다.

그리고 금세 얼굴을 찌푸렸다.

"저 꼬락서니는 대체 뭐야…."

호로의 말투가 불쾌한 기색을 띠는 이유는, 소녀 셋이 있는 장소에 눈치 없는 남자가 다가오고 있기 때문인지도 모른다. 무슨 종잇조각 같은 것을 들고 손을 흔드는 로렌스는 무척이나 기분 좋게 웃고 있었다.

그 모습은 너무나도 천진난만한 소년 같아, 이 남자를 평생의 반려로 삼은 입장에서는 자신이 어른이 될 수밖에 없겠다는 불안과 한숨이 저절로 솟아날 정도였다.

호로를 선두로 엘사와 타냐까지 함께 로렌스에게 다가가자 얼빠진 양이라 불리는 일이 많은 전직 행상인은 자랑스럽게 가슴을 펴고 종이 한 장을 펼쳐 보였다.

"증거를 확보했어."

"……."

호로는 아무 말도 하지 않고, 로렌스의 손에서 그 종이를 빼앗다시피 받아 들었다.

타냐가 호로의 오른쪽에서, 엘사는 그 반대편에서 들여다보니 그것은 상당히 낡은 지도였다.

"뭐야? 뱀이 지나다니는 길을 기록해 놓기라도 했다는 거야?"

단순히 낡은 지도일 뿐이고, 애당초 뱀이 이곳을 지나갔다는 기록이 있다 해도 그 말을 믿는 건 모험담을 좋아하는 어린애들 정도일 것이다.

하지만 여자 셋의 의아한 시선을 받은, 한때 소년이었던 남자는 움츠러들지 않고 고개를 끄덕였다.

"지금부터 그 증거를 보여 줄게."

"뭐? 자, 잠깐, 당신."

호로는 당황했다. 로렌스가 손을 잡고 끌어당기는 바람에 하마터면 자세가 무너질 뻔했기 때문이었다.

곤혹스러운 표정으로 끌려가며 엘사와 타냐를 저도 모르게 돌아본 그 모습은, 소곤소곤 사랑 이야기를 나누고 있었는데 갑자기 당사자가 나타나서 부르는 바람에 당황해 어쩔 줄 모르는 소녀 같았다.

"…어떻게 할까요?"

타냐가 우물쭈물 양손 깍지를 끼며 엘사에게 물었다. 그것은 당연히 호로를 걱정하는 얼굴이 아니라 몰래 보러 가고 싶어 어쩔 줄 모르겠다는 표정이었다.

테레오에서는 동년배의 편한 동성 친구가 없었기 때문에 엘사는 상상하는 수밖에 없지만, 세간의 처녀들은 이런 때 살짝 뒤를 밟을 게 분명하다고 생각했다.

"가 보죠."

타냐는 기쁘게 고개를 끄덕이고는 엘사를 선도하듯 걷기 시작했다.

물론 엘사는 로렌스가 도대체 무엇을 알아냈는지 또한 순수하게 궁금했다. 하지만 굳이 따지자면 의기양양한 얼굴의 로렌스가 당황하는 호로를 끌고 가서, 대체 얼마나 달콤한 장면을 연출할지에 대한 기대가 더 컸다.

그야말로 친구의 연애사정을 지켜보고 싶어 하는 나이 어린 소녀처럼.

"와, 어, 어떡하죠?"

산에서 굴러떨어지는 도토리를 뒤쫓듯 달려가던 타냐가 갑자기 걸음을 멈추고, 손으로 입을 가리며 말했다.

"두 분의 새로운 신혼집일까요?"

엘사는 한순간 의미를 알아듣지 못했으나, 타냐가 다람쥐였다는 사실을 떠올렸다.

로렌스가 호로의 손을 잡고 함께 들어간 곳은 돌로 된 탑이었다.

타냐는 나무에 사는 다람쥐의 화신이니 탑이 두 사람의 둥지로 보였으리라.

엘사는 잠깐 생각하다, 장난스럽게 말했다.

"호로 씨에게 어울리는 집인지 아닌지, 우리 둘이서 알아봐야겠네요."

타냐는 커다란 눈을 깜박이더니 해맑게 웃었다.

"그렇게 해요!"

타냐도 의외로 못된 녀석일지도 모른다고 생각하면서 엘사는 두 사람이 들어간 문을 열고 탑 안으로 발을 들였다.

안에 나선계단이 이어져 있는 훌륭한 탑으로, 귀족의 사소한 허영 때문에 지어진 게 아니라는 사실에 당황할 정도였다. 전란의 시대에 사용되었으리라고 생각하면서도 엘사는 뭔가 기묘한 기분을 느꼈다. 이런 평원에 탑 하나를 세워 놓는다 한들 전쟁에 무슨 큰 도움이 되었을까.

살로니아 쪽에 놓여 있던 배다리가 생각난다. 어떤 형태를 띠고 세상에 존재하는 것은 그만큼의 이유가 있기 때문이며, 한 나라 한 성의 주인 기분을 맛보고 싶을 뿐이라면 언덕 위에서 내려다보는 것만으로도 충분하다.

아니면 탑 꼭대기에서 망을 보아야만 하는 무언가가 존재했던 것일까?

혹시 그게 뱀이었을까?

타냐의 뒤를 따라 계단을 오르면서 엘사는 이런저런 생각을 했다.

하지만 이렇다 할 확신을 얻지 못한 채, 벽에 뚫린 작은 창으로 보이는 풍경이 차츰 높은 위치에서 보는 것으로 바뀌어 갔다. 혹시 어딘가에 역사를 묘사한 그림이 없을까 하는 생각에 산책을 하면서 중앙정원을 내려다보던 3층 나무창의 풍경도 뛰어넘고, 마침내 다른 건물들의 지붕이 보였다.

문득 중앙정원에 마을 사람들과 함께 걷고 있는 부사제의 모습이 나타났다. 너무나 작게 보여서 머나먼 다른 세계처럼 느껴졌다.

탑의 계단은 아직도 이어졌다.

숨이 가빠진 타냐의 걸음이 느려졌기에 엘사가 뒤에서 격려하면서 올라갔다.

그리고 눈이 빙빙 돌 때쯤 주위를 빙 둘러싼 석벽보다 높은 위치로 올라섰다.

이제 나선을 한 번만 더 돌면 탑 꼭대기에 도달할 무렵.

엘사가 걸음을 멈춘 이유는 타냐가 기진맥진해서도, 계속 가다 보면 좁은 탑 꼭대기에서 호로와 로렌스와 딱 마주칠 것이라 생각해서도 아니었다.

벽에 뚫린 구멍 너머의 풍경에 시선을 빼앗겼기 때문이었다.

"이건… 아니, 설마…?"

저도 모르게 중얼거리고 가쁜 숨 사이로 마른침을 삼킨 엘사는 그 풍경을 새삼 뚫어져라 바라보았다.

엘사는 신의 종으로서 성서에 기록된 신의 기적을 사람들에게 설파하며 신앙을 갈고닦았다. 그러는 한편, 이교 신들의 이야기를 수집하던 양아버지의 뒤를 따라 스스로도 이런저런 이야기를 모았다. 그런 때 마을에 찾아왔던 것이 행상인과 소녀라는 기묘한 조합이었다.

둘은 엘사가 꿈 같은 이야기라고만 여겼던 세계에서 살아가는 존재였고, 엘사가 생각지도 못했던 세상의 다양한 색채를 보여 주었다. 그런 그들이, 또다시 보여 주었다.

시간을 뛰어넘은 전설의, 움직일 수 없는 증거를.

"어, 어어? 뱀이 지나간 자국인가요?!"

엘사의 옆에서 벽에 난 구멍을 내다보던 타냐가 새된 소리를 질렀다.

역시 그것은 잘못 본 것이 아니었다. 누구든 한눈에 보면 그렇게 생각할 것이다.

엘사의 시야에 확실히 비친 것은 바람에 나부끼며 가을 오후 햇살에 드러난 황금빛 보리밭에 또렷하게 남은, 거대한 뱀이 기어간 것으로밖에 보이지 않는 흔적이었다.

"하, 하지만, 설마…."

엘사는 눈앞의 풍경이 너무 기묘하다는, 강렬한 위화감을 느꼈다.

그중에서도 가장 확인하기 쉬운 부분을 타냐에게 물었다.

"타냐 씨와 호로 씨는 분명, 뱀은 없었다고…."

질문을 받은 타냐 스스로도 퍼뜩 놀랐다.

"아, 마, 맞아요. 어… 응? 그럼, 어떻게…?"

늑대의 코를 지닌 호로조차도 뱀의 존재를 알아차리지 못했을 리는 없었다. 아니면 이 흔적을 보리밭에 남긴 큰 뱀은 호로나 타냐조차 뛰어넘는, 더욱 초월적인 존재라는 뜻일까.

그야말로 모습도 보이지 않고, 기척도 내지 않고, 그저 보리밭에만 그 흔적을 남기는.

말도 안 된다고 엘사가 생각하고 있는데 머리 위에서 똑같은 말이 들려왔다.

"내, 내가 미처 못 봤다고? 그런 어처구니없는 일이 있을 리가!"

눈앞에 펼쳐진 광경을 호로도 아직 납득하지 못한 모양이었다. 그 비명과도 닮은 동요의 목소리에 엘사는 타냐와 얼굴을 마주 본 뒤, 입술에 검지를 대고 나서 천천히 올라가자며 계단 위를 가리켰다.

"아니… 보리밭에 뱀이 기어간 자국이 있다니…."

조금만 더 가면 탑 꼭대기가 나올 즈음, 엘사와 타냐는 걸음을 멈추었다.

"신기하지? 아래에서는 전혀 알 수 없는데, 위에서 내려다보면 이렇게나 뚜렷하게 보인다니."

로렌스의 살짝 득의만면한 목소리가 들려왔다. 호로가 어깨를 잔뜩 치켜올리고 꼬리를 부풀린 모습을 엘사는 쉽게 상상할 수 있었다.

"으으으… 그래도 모르겠어. 뱀의 기척 따위는 전혀 느껴지지 않았다고. 게다가, 무엇보다!"

호로가 악몽을 떨쳐내듯 비장한 목소리로 말했다.

"그렇게 어마어마한 뱀이 기어갔다면 보리 이삭이 꺾이고 다 쓰러졌을 텐데? 설마 뱀이 안개처럼 둥실둥실 떠서 위를 쓸듯이 표면만 스치고 기어갔다는 거야?!"

호로와 타냐는 평범한 인간 입장에서는 눈을 의심할 정도로 초월적인 존재인데도, 그런 호로가 혼란에 빠져 어쩔 줄 몰라 하고 있었다. 하지만 그 말에 답한 것은 실로 차분하기 그지없는, 묘한 웃음기를 띤 전직 행상인의 목소리였다.

"반대야."

"뭐?!"

"보리 위를 기어간 게 아니야. 보리 밑으로 기어간 거지. 아마 지금도, 어느 정도는."

"…으, …윽!"

말로 되어 나오지도 않는, 앞으로 고꾸라질 듯한 숨소리만이 들려왔다.

호로는 눈을 부릅뜨고 송곳니를 드러내며 덤벼들려다, 꼼짝도 하지 못하는 모양이었다.

하지만 심정적으로는 엘사도 호로와 마찬가지였다. 남녀의 사랑 고백 장면을 엿보려던 소녀 같은 마음은 완전히 날아가고 로렌스의 설명에만 귀를 기울이고 있었다.

"하지만 저건 큰 뱀이 아니야."

"뭐라고?!"

"자, 잠깐, 밀지 마, 위험해!"

결국 참지 못한 호로에게 떠밀린 듯한 로렌스의 당황한 목소리가 들려왔다.

"큰 뱀이 아니라면… 당신, 당신 눈은 옹이… 구…멍?"

로렌스에게 덤벼들려던 호로가 무언가를 깨달은 모양이었다.

엘사도 마치 옆자리에 있는 것처럼 상상할 수 있었다. 로렌스가 들고 있던 것은 한 장의 종이였고, 그것은 오래된 지도였다.

엘사는 말 그대로 입안에서 혀를 내둘렀다.

"그래, 저건 강바닥의 흔적이야."

꼭꼭 씹어 차근차근 말하는, 다정한 목소리였다.

"오래된 지도 중에 주변 지형도가 남아 있었어. 그게 지금 이 광경과 정확히 일치해."

타냐가 꾸물꾸물 몸을 움직여 벽에 난 구멍을 통해 밖을 내다보려 했기에, 엘사는 몸을 비켜 길을 터 주고 타냐가 계단을 조금 내려가는 모습을 지켜보며 머리 위에서 들려오는 목소리에 집중했다.

"오래된 강은 살로니아의 평원을, 동쪽 산맥에서부터 남서로 흘렀어. 왜, 저쪽에서 계속 뱀의 흔적을 더듬어 가다 보면 동쪽

산으로 향하잖아? 그러면 상류 쪽이 우리가 건너온 강 근처로 가게 돼."

호로는 로렌스가 가리키는 방향을 바라보고는, 마지막으로 분한 듯 로렌스를 돌아보았으리라.

요란하게 옷자락 스치는 소리와 짜증을 머금은 커다란 발소리가 들려왔다.

"지도에 의하면 옛날에는 이 평원에 두 줄기의 강이 있었어. 저 보리밭에 남은 흔적은 말라붙은 강줄기야."

"하, 하지만…."

호로는 말을 흐렸고, 그 당황스러움은 엘사도 공감할 수 있었다.

글쎄, 호로는 조금 전까지 바로 그 보리밭을 코앞에서 바라보고 있지 않았던가.

가령 강의 흐름이 지형으로서 남아서 지면이 푹 파여 있었다면 알아보지 못했을 리가 없었으리라. 무엇보다 보리밭을 돌보는 지식이 조금이라도 있다면 오랜 세월을 거쳐 밭으로 경작하면서 계속 그곳만 푹 파이게 내버려 뒀을 리가 없다.

그런데 이렇게나 뚜렷하게 옛 강의 흔적이 보리이삭의 융단 속에 남겨져 있다니 기묘한 느낌이 들었다. 마치 보리만이 옛 땅의 변화를 알고 있는 듯… 거기까지 생각했을 때, 엘사는 하마터면 소리를 지를 뻔했다.

그리고 현랑이라 불리는 호로 또한 같은 답에 도달했다.

"배수로!"

"정답. 마을 사람들에게 물었더니 옛날에 강이 있었던 자리에는 흙이 잔뜩 쌓여 있기 때문에 작물을 심는 방법이 조금 다르다고 해."

강이 있었던 자리라면 지면이 자갈과 모래로 가득할 것이다. 그것을 전부 치우는 일은 현실적이지 않으니 그 위로 흙을 덮어 밭으로 만든다. 그러면 큰 영향은 없겠지만 아무래도 주변 토지와 완전히 똑같을 수는 없다.

"보리의 성장에 영향을 줄 정도는 아니지만 키나 줄기 굵기가 아주 조금, 하지만 확실하게 차이가 나나 봐. 그러니까 뭐, 이렇게 확실히 알 수 있는 건 이삭이 여문 이 시기뿐, 심지어 높은 위치에서 볼 때뿐이라고 해. 그 점에서는 운이 좋았지."

경치를 바라보고 있을 로렌스가 태평한 투로 말했다.

"그렇다면… 뱀은, 대체 뭐였는데?"

호로의 혼란 또한 엘사는 아주 잘 이해할 수 있었다. 왜냐하면 큰 뱀의 전설이 이 오래된 강의 흔적이라고 한다면, 그것이 대체 무엇을 의미하는지 머릿속으로 다시 정리할 필요가 있기 때문이었다.

용사 월라기네의 전설은 대체 무엇이었을까. 그렇다면 용사의 공적이란 보리밭의 미묘한 색깔 차이를 알아내고, 열심히 탑을 쌓아서 '뱀이 있다'고 가리킨 일이었을까. 과연 그 정도 일로 관세권, 그리고 영주가 될 권리를 손에 넣을 수 있었을까.

그리고 로렌스는 당연히 전부 설명할 방법을 알고 있기에 만면에 웃음을 띤 채 호로를 이리로 끌고 왔을 것이다.

"물류에 차질을 주던 뱀은 분명히 있었어."

"……."

보리밭에 남겨진 흔적은 뱀이 아니라고 로렌스는 방금 말했다. 호로의 곤혹은 침묵을 통해 엘사에게도 전달되었다. 평소 의기양양하던 호로의 콧대를 꺾어 버리는 일은 물론 즐겁겠지만 너무 들떠서 지나치게 행동하면 어떻게 되는지, 로렌스는 잘 알고 있는 눈치였다.

로렌스가 호로를 달래듯 약간의 웃음이 섞인 목소리로 말했다.

"상당히 복잡한 이야기야."

"…흥."

토라질 뻔한 호로에게 로렌스가 쓴웃음을 지으며 말을 거는 모습이 눈앞에 보이는 듯했다.

"우선 용사 월라기네는 실제로 뱀을 죽이지 않았어. 하지만 뱀과 꼭 닮은 무언가를 무찔렀지."

마치 수수께끼 같은 말이었지만 현랑이라 불리는 늑대는 완전히 토라져서 문제에 답할 생각도 없는 모양이었다. 로렌스는 그 자체가 재미있는지 다정한 미소를 머금은 목소리로 말을 이었다.

"용사는 검이 아니라 가래로 뱀과 싸웠어. 강을 말려 버린 거야."

엘사도 계단을 조금 내려가, 로렌스의 설명을 들으며 타냐와 함께 석벽 바깥의 보리밭을 바라보았다.

"하지만 강을 말려 버렸을 뿐인데 영주가 되었다는 건 이상한 이야기잖아?"

그 이상 무시할 수는 없었는지 호로도 떨떠름하게 입을 열었다.

"…오히려 보리를 키우는 입장에서는 원망할 만한 이야기인데."

"맞아. 그리고 뱀은 단순히 강을 가리키는 말이 아냐. 왜, 우리가 배다리를 건넜을 때를 떠올려 봐."

"응, 으음. 그게 어쨌다는 건데?"

"그 강에 왜 큰 다리를 놓지 못했는지, 그게 문제야."

엘사는 저도 모르게 정답을 내뱉을 뻔했지만 당연히 현랑 또한 반짝이는 지혜를 선보였다.

"그건 산에서 물이 흘러 내려오기 때문에… 음, 아!"

"그래, 통나무를 떠내려 보내는 거지. 강을 타고 통나무가 한없이 흘러오는 모습을 상상해 봐."

마치 거대한 뱀 같다.

"하, 하지만, 그럼…."

"단, 거기까지만 이야기하면 이야기의 절반밖에 안 돼."

로렌스는 완전히 흥이 오른 모양이었다. 그 과장된 몸짓이 엘사의 눈에도 보이는 듯했다.

"옛날에는 강이 두 줄기 있었다고 했잖아? 그리고 그중 한 갈래는 살로니아 쪽으로 다가가지 않고 이쪽으로 흘러왔어. 마을도 없고 사람들 눈에도 잘 띄지 않는 평원으로."

호로는 고대에 살았던 정령 같은 존재지만 한동안은 전직 행상인과 함께 여행을 하며 같은 풍경을 보아 왔으리라.

"밀수, 인가?"

로렌스는 호인 같아 보이지만 상인다운 부분도 갖추고 있다. 한 점의 티끌도 없는 청렴결백한 여행을 했다고는 할 수 없고, 호로 또한 상인들의 그런 세계에서 보고 들은 바가 있을 터였다.

"관세를 회피하기 위해 몰래 이쪽 강으로 목재를 떠내려 보내는 녀석들이 끊이지 않았겠지. 물론 대놓고 할 수는 없으니 밤을 틈타 떠내려 보냈겠지만 목재란 쉽게 물살에 실려 보낼 수는 있어도 모퉁이 같은 데 걸리면 큰일이 나거든. 그래서 목재를 끌고 가는 뗏목처럼 연결해서, 선두에 사람이 서서 목적지를 조정했던 거야. 자, 한밤중에 그런 일을 하려면 과연 그 모습이 어땠을까?"

달빛에 의지하여 가는 데에는 한계가 있었으리라.

뗏목 위에 화톳불을 피웠을 테니, 멀리서는 이렇게 보였겠지.

"암흑 속의… 뱀 눈동자 같았겠네."

"용사 월라기네는 그 뱀을 퇴치한 거야."

강을 말려 버림으로써.

"도시에 있던 지도를 보고 바로 짐작이 갔어. 애당초 목재 상인들과 교회의 분쟁에는 피차 애매한 느낌이 있었거든. 그게 수상하더라고. 아마 이건 모두가 다 알고 있는 일일 거야."

오랜 세월 그 땅에서 살아온 사람들이 아무도 알아차리지 못했던 진실을 우연히 지나가던 혜안의 소유자가 꿰뚫어 보았다고 한다면 꽤나 그럴싸한 모험담으로 들리겠지만, 그런 일은 쉽게 일어나지 않는다. 진실은 이미 밝혀져 있고, 그저 아무도 입 밖에 내지 않을 뿐이다.

교회 입장에서는 당시 이교도와 적대시한 상황 때문에 큰 뱀을 무찔렀다는 전설로 남겨 두는 편이 유리할 테고, 목재 상인들도 한때 자신들의 동업자가 악행을 저질렀다는 점에서는 떳떳하지 못하다.

그래서 서로 결정적인 부분은 언급하지 않고 계속 노려보기만 하던 중, 지역 사정을 모르고 발언권만 큰 어떤 여행자가 나타났다.

그래서 그들은 로렌스가 진실을 알아차리지 못한 채 자신들에게 유리한 판정을 내려 주기를 기대하고 말을 걸었던 것이다.

"그렇게 간단히 놀아나 줄 수는 없지."

로렌스의 의기양양한 표정이 눈앞에 떠오르는 듯했고, 어이가 없기도 하고 분하기도 하며 또는 기쁘기도 한 호로의 복잡한 표정도 쉽게 상상할 수 있었다.

불쾌한 듯 부풀린 꼬리가 파닥파닥 흔들리는 소리마저 들려오는 듯했다.

"이 뜬금없는 탑은 아마 원래 강을 이용할 때 이 평원의 밀수를 지켜보기 위해 지어졌을 거야. 왜, 타냐 씨가 오랜 옛날 뱀 때문에 광산에서 캔 철을 팔 수가 없다고 상인들이 불평했다는 이야기를 했잖아? 강을 이용해서 밀수를 하는 바람에 정규 거래에도 지장이 생길 정도로 단속이 엄격해졌던 거지. 흔한 일이야."

그 문제를 해결했기 때문에 용사 월라기네는 관세권과 영주권을 손에 넣었을 거라고, 엘사도 납득이 되었다.

"이게 살로니아 평원을 둘러싼 큰 뱀 전설의 줄거리야."

엘사는 여행 도중 여관에 묵던 밤, 거실 난로 앞에 여행자들이 한 손에 술잔을 들고 모여들어 각자 여행을 하면서 보고 들은 재미있는 이야기를 나눌 때 옆에서 들을 기회가 여러 번 있었다.

로렌스도 호로와 여행을 하면서 분명 매일 밤 그런 일을 겪었으리라.

이야기하는 데 익숙한 말투로 말을 마칠 무렵, 코가 잔뜩 납작해져서 버둥거리던 호로는 완전히 얌전해졌다.

"당신이란 인간은, 정말…."

"굉장하지?"

익살을 부리는 듯한, 하지만 정말로 자신이 있는 듯한, 실로 절묘한 말투였다.

사실 호로도 정말로 로렌스가 얼빠진 양이라고 생각하는 것은 아니다.

골탕을 먹이기도 하고, 때로는 자신이 골탕을 먹기도 하기 때문에 늑대인 호로가 로렌스에게서 떨어지지 못하는 것이다.

"뭐, 굉장하네. 그래서 이제 어떻게 할 거야?"

하지만 호로의 말투가 꽤나 쌀쌀맞다고 생각한 것도 잠시.

엘사는 발소리와 기척을 통해 호로와 로렌스가 손을 잡고 서로 몸을 붙였다는 사실을 알아차렸다.

"당신은 이 보리밭을 손에 넣어서 내게 헌상할 생각이었지? 이 이야기의 진실은, 교회 입장에서는 상당히 난처한 문제일 텐데."

늑대가 장난삼아 가볍게 깨물면서 목덜미를 난폭하게 비벼 대는 듯한 말투였다.

"누구나 진실을 알고는 있지만 고통을 함께 나누는 의미에서 입을 다물고 있다면, 이 진실을 이용한다 한들 둘 중 하나의 편을 들 수도 없고."

하기야 로렌스가 교회 편을 들어 관세권과 영주로서의 권리를 손에 넣고 목재 상인들에게서 계속 높은 관세를 뜯어내려 든다면, 목재 상인들은 과거의 악행을 질타당할 것을 각오하고 큰 뱀 전설의 진실을 폭로할지도 모른다. 교회가 말하는 전설은 온통 거짓이라고.

그러자 로렌스는 표표히 대답했다.

"뭐, 양쪽을 조금씩 아군으로 삼기만 하면 충분해."

"으… 응?"

"목재 상인들에게는, 옛날 저지른 악행이 있으니 관세를 대폭 삭감하는 건 포기하라고 말하면 돼. 하지만 교회에는 당신들이 떠들어 대는 전설은 새빨간 거짓이며 옛날 밀수를 저질렀던 악인들은 이미 전부 무덤 속에 잠들어 있으니 목재 상인들에게 어느 정도는 양보하라고 하면 되고."

"흐…음."

"목재 상인들에게서는 약간의 사례를 받을 수 있겠지. 그럼 그 돈으로 술이나 실컷 마시자고."

알기 쉬운 이익에 분명 호로의 꼬리도 그 이상으로 알기 쉽게 반응했으리라.

"하지만… 이 보리밭은 어떻게 하려고? 포기하는 거야?"

억지로 떠맡기려 할 때는 싫어하더니 막상 없어지게 되니까 서운한 듯한 호로의 물음에 로렌스는 잠시 말이 없었다.

그것은 얼핏 얼빠져 보이는 한 남자가, 세심한 주의를 기울여 보물을 살며시 내려놓는 듯한 몸짓이었다.

"교회로부터는 답례를 받는 대신, 매년 일정량의 보리를 뇨히라로 보내 달라고 하자."

"…뭐?"

"그러면 매년 그 보리로 빵을 구울 때마다 오늘 일을 떠올릴 테니까."

술은 마시면 없어지고, 금화 따위는 가지고 있어 봤자 썩히기만 할 뿐이다.

하지만 추억이 담긴 땅에서 매년 밀이 배달된다면.

호로는 하루하루 있었던 일을 열심히 기록으로 남기고 있었다. 익숙한 온천장과는 다른 여관의 난로 불빛에 비친 반려의 노쇠를 두려워하고 있었다. 강의 흐름조차 언젠가는 말라 버리고 만다.

그렇다면 문자로 남긴 기록 또한 말라 버린 후에는 의미를 잃지 않을까.

그러나 맛과 향을 지닌 보리라면 빛바랜 기억을 되살려 줄 수 있을지도 모른다.

"보리의 상태가 좋지 않으면 뮤리 녀석을 심부름 보내서 상황을 보고 오게 하면 되고, 직접 이리로 찾아올 수도 있잖아. 가끔 찾아와서 돌봐 주는 것도 괜찮은 소일거…."

로렌스의 말이 중간에 끊긴 이유를, 엘사는 굳이 쫓아가서 알아보려 하지 않았다.

타냐는 의아한 표정으로 귀를 쫑긋 세우며 두 사람의 상황을 보려는 듯 고개를 쭉 뻗었으나 이 이상 이곳에 있는 게 눈치 없는 짓이라는 사실은 고지식한 엘사도 알았다. 타냐의 어깨에 손을 얹고 엘사는 미소를 지으며 계단 아래쪽을 가리켰다.

둘이서 조심조심 계단을 내려오며 엘사는 가슴이 벅찼다.

세상의 흐름에 농락당하는 교회에 도움이 되고 싶은 마음에 테레오 마을에서부터 이곳저곳 교회를 옮겨 다녔다. 거기서 발견한 것은, 악의는 없을지도 모르지만 신의 종복이 되기에는 어울리지 않는 성직자들의 행태뿐이었다.

이 세상에 진짜 따위는 존재하지 않는다. 도금과 장식으로 그럴싸하게 보이도록 만든 것뿐이다.

하지만, 가끔은 이런 것이 있다.

좁고 답답한 탑의 계단 밖으로 나오자 넓은 중앙정원에서 타냐가 크게 심호흡을 했다.

엘사는 탑 위를 올려다보며 자꾸 웃음이 나려는 것을 참을 수가 없었다.

그것은 저 두 사람의 한없이 좋은 금실 때문이기도 했고, 또 하나는 자기 자신의 기분 때문이기도 했다.

"오랜만에 고향 생각이 나네요."

시끌벅적하고, 통 진정이 안 되고, 거의 매일같이 고함소리가 울려 퍼지는 고향집.

하지만 그곳에는 엘사의 '진짜' 생활이 있다.

호로와 로렌스처럼 달콤하지는 않지만 밤에 잠들 때면 발로 걷어찬 이불을 각자에게 다시 덮어 줄 만큼은 사랑스럽고 소중한 가족들이다.

"……."

하지만, 문득 옆에서 타냐가 우두커니 서 있는 것이 느껴졌다. 입 밖으로 내어 말하지는 않으나 엘사와 마찬가지로 탑 꼭대기를 올려다보는 얼굴에는 부러움과, 뚜렷한 외로움이 배어났다.

이 다람쥐의 화신은 오랜 세월 산속에서 홀로 살아왔다. 그러다 아주 잠깐 찾아온 여행자들과 친해져, 그들의 귀환을 기다리고 있다.

이윽고 엘사가 자신을 보고 있음을 깨달은 타냐가 머쓱한 표정을 지었기에, 엘사는 아무 말도 없이 타냐의 몸을 껴안고 한참을 가만히 있다가 이렇게 말했다.

"저희 집은 여기서 다소 멀긴 하지만, 한 번 오시지 않겠어요?"

타냐는 눈을 깜박거리며 무어라 말하고 싶은 듯 입을 우물우물했다.

그때 엘사가 약간 장난스럽게 입꼬리를 끌어올리며 탑 위를 손가락으로 가리켰다.

"물론 태평한 저 이인조의 온천장을 찾아갈 권리도 있을 거예요."

타냐는 덩달아 하늘을 올려다보았고, 천천히 시선을 이쪽으로 돌릴 무렵에는 평소의 포근한 미소가 되돌아와 있었다.

"네, 정말 기대돼요!"

타냐 혼자서만 그 산에서 외로이 살아가야 할 이유는 없다.

엘사는 웃으며 고개를 끄덕인 뒤, 조금 망설이다 이렇게 덧붙였다.

"여행 도중에 좋은 사람을 찾을 수 있을지도 모르죠."

타냐는 눈을 커다랗게 떴다가, 얼굴을 붉히며 어쩔 줄 몰라 한 뒤 양손으로 뺨을 감쌌다.

"하지만, 제게는 스승님이…."

아마도 연금술사는 이제 이 세상 사람이 아니리라. 타냐도 물론 어렴풋이 알고는 있겠지만, 좋은 의미에서 '그건 그거'라고 인식하고 있을지도 모른다.

"하지만 스승님은 제 손이 닿지 않을 정도로 멋진 분이시고… 그렇다면, 으음…."

그렇게 말하는 타냐의 얼굴은 실로 즐거워 보였다.

엘사는 미소를 짓고, 더욱 또렷하게 웃은 뒤 말했다.

"사랑 이야기가 즐겁게 느껴지다니, 저도 아직 어린애인가 봐요."

즉, 그런 말이다.

엘사의 말에 타냐는 수줍어하지도 않고 활짝 웃었다.

"많이 얘기하고 싶어요."

"네, 그럼요."

물론 그 자리에는 저 늑대도 불러야겠다고 엘사는 생각했다.

아마도 이 세상에서 가장 행복하고, 어이없는 이야기를 많이 가지고 있을 테니까.

"자, 그만 도시로 돌아갈까요!"

엘사는 탑 위를 향해 목소리를 높이며 허리에 손을 짚었다.

자신도 집에 돌아가야겠다.

그 경망스러운 주교가 떠넘기는 일을 전부 거절하는 모습을 상상하니, 엘사는 벌써부터 속이 다 시원한 기분이었다.

늑대와 향신료

늑대와 새벽녘의 빛깔

로렌스는 아직 수염도 나지 않은 소년 시절에 마을에 찾아왔던 행상인을 따라 여행을 떠났다.

스승은 괴짜라 불러도 좋을 만한 인간이었고, 로렌스에게 직접 장사에 대해 이것저것 가르쳐 준 것도 아니고, 결코 친절한 보호자는 아니었지만 마을 상회에서 일하는 소년들에게서 흔히 들었던 몹쓸 취급을 받지도 않았다.

지금 돌이켜 보면 들고양이가 변덕을 부려 강아지를 키워 준 것이나 다름없지 않을까, 하는 생각도 든다. 게다가 그 스승의 특이한 점이라는 것도 아마도 여행 생활에서 만들어진, 일종의 독특한 인생관에서 생겨난 것이라는 생각도.

당시 스승의 나이와 꽤나 가까워진 지금, 로렌스는 오랜만에 떠난 여로에서 들른 살로니아의 가을 축제를 바라보며 문득 그런 생각을 했다.

여관에서 보이는 마을 광장에는 커다란 무대가 설치되고, 교회와 마을 유지들이 그럴싸한 식전을 주관하는 등 겨울을 앞둔 마지막 난리법석을 피우고 있었다.

이렇다 할 굵직한 종교 행사가 없는 살로니아의 가을 축제에서는 근방에서 자란 보리로 담근 증류주 많이 마시기 대회가 가장 요란한 행사인지 다양한 참가자들이 서로 나섰다. 강 항구에서 짐꾼 노릇을 한다는 기골 장대한 남자들은 물론, 교회에서 술 잘 마시기로 소문났다는 젊은 성직자까지 등장하는 등 제법 자유로운 분위기였다.

로렌스가 그런 광장을 내려다보며 가장 쓴웃음을 금치 못한 것은, 그 속에 야무지게 끼어 있는 어느 소녀의 모습 때문이었다.

보리밭 속에 섞여 있으면 바로 찾아내기 힘들어 보이는 색깔의 머리카락을, 오늘은 드물게도 땋아 내렸다. 키가 크지도 않고 몸매도 가냘프기 때문에 규중 영애처럼 보이기도 하지만 그 자세에는 묘한 박력이 있다.

로렌스는 창틀에 걸터앉아 '늑대가 있다'고 소리 없이 중얼거린 뒤 혼자 웃었다.

광장 주위에는 술뿐만 아니라 갓 구워 낸 소시지와 빵 등이 사람들에게 대접되고 있어, 말 그대로 부어라 마셔라 난리도 아니었다. 그 중심부에서 만족스러운 표정으로 술을 마시는 호로의 모습을 바라보며 로렌스는 앞으로의 여행 계획을 세웠다.

벌써 한참이나 떠올린 적 없었던 스승이 갑자기 생각난 이유는, 여행의 기억이라는 서랍을 여는 바람에 그 안쪽에 들어 있던 것까지 덩달아 튀어나왔기 때문이리라. 아니면, 거기서 무슨 단서를 찾는 중인지도 모른다.

로렌스에게는 여행 계획을 세우면서 함께 생각해 두어야 할 일이 있었다.

여행은 마냥 즐겁기만 한 일은 아니다. 그것은 신기하게도, 시끌벅적한 도시에서 무엇 하나 불편할 것 없이 지낼 때도 마찬가지였다. 어쩌면 즐거우면 즐거운 만큼 괴로운 일이 기다리고 있는 것인지도 모른다.

여행자란 결국, 자유로움과 맞바꾸어 무엇 하나 확실하지 않은 나날을 보내는 존재인 셈이므로.

"축제가 끝나면 집에 돌아갈까 합니다."

한동안 함께 지내던 여사제 엘사가 그런 말을 꺼낸 것은 어제 저녁의 일이었다. 살로니아의 관세권을 둘러싸고 교회와 목재 상인들이 벌이던 분쟁을, 양쪽 모두에게 양보를 받아냄으로써 해결한 뒤 돌아가던 길.

호로는 관세를 둘러싼 회의 따위에는 관심이 없었기에 한발 앞서 광장 술집에 가서 술을 마시고 있었던 터라, 로렌스는 엘사와 단둘이 걷고 있었다. 그 얼마 안 되는 시간을 일부러 노려 이별 이야기를 꺼낸 것 자체는 로렌스도 이해할 수 있었으나, 이해되지 않는 일이 있었다.

"왜 호로에게 먼저 말하지 않았습니까?"

관세를 둘러싼 이야기를 나누는 도중, 호로는 엘사와 타냐와 함께 로렌스가 모르는 곳에서 교류를 나누고 있었던 듯했다. 엘사는 아직도 호로에게 잔소리를 하고, 호로는 그것을 귀찮아하지만 지금까지 한 번도 본 적 없었던 사이좋은 분위기가 풍겼다.

그렇다면 성실한 엘사는 호로에게 먼저 이별을 고했어야 하는 것 아닐까.

로렌스는 그렇게 생각하고 물었으나, 엘사는 로렌스를 향해 옅은 미소를 지은 뒤 시선을 돌리듯 앞을 바라보았다.

"다소 지나치게 친해졌으니까요."

철석같은 규율을 따르는 신의 종.

엘사를 보는 로렌스의 인상은 그랬지만, 눈앞에는 살아 있는 인간으로서의 엘사가 있었다.

"저는 여행에 그리 익숙하지 않습니다. 갑자기 솟아난 향수에 흔들릴 정도로요."

엘사는 본래 테레오라는 작은 마을에서 양아버지가 물려준 교회를 지키며 조용히 살아가고 있었다. 그러나 세간이 교회에 험악한 시선을 보내는 가운데, 교회의 재산과 이권 문제를 처리하기 위해 이곳저곳의 교회에 불려 다니다 이런 북쪽 땅까지 출장을 나온 것이었다.

고향 마을에는, 로렌스의 기억 속에서는 아직도 쾌활한 방아꾼 소년의 모습 그대로인 에반과의 사이에 아이가 셋 있을 터였다.

"그 예리한 호로 씨 앞에서 한시라도 빨리 돌아가고 싶은 마음을 감출 자신이 없습니다. 하지만…."

엘사는 천천히 숨을 들이마신 뒤, 몸이 작아질 정도로 기나긴 한숨을 내쉬었다.

"그러면 제가 호로 씨의 눈에 차가운 사람으로 비칠지도 모르잖아요?"

여행자라면 흔히 보게 되는 광경이다.

여행지에서 즐겁게 술잔을 나누며 옛정을 다지고, 둘도 없는 친구라고 느껴졌던 사람이 갑자기 가족이 있다면서 잽싸게 돌아가 버리는 느낌. 그들 입장에서 이쪽은 수많은 손님들 중 하나에 불과하며 그들에게는 그들만의 확고한 일상이 존재한다.

그들은 난로에서 불이 타오르고 웃음소리가 넘쳐 나는 집으로 돌아간다. 하지만 여행을 하며 살아가는 자들은 조용한 여관방으로 돌아가야만 한다. 그리고 내일이 되면 또 다른 마을로 떠난다.

엘사도 잠깐이나마 겪어 본 여행 생활에서, 그런 적요함을 맛본 일이 있었으리라.

머리를 질끈 동여매고, 벌꿀 빛깔의 눈동자로 날카롭게 진실만을 꿰뚫어 보는 듯한 엘사지만 거기에는 평범한 사람들 이상의 상냥함이 담겨 있다는 사실을 로렌스도 알고 있었다.

먼저 이별을 고할 경우 그 외로움 많이 타는 늑대에게 상처를 줄지도 모른다는 생각을 갖고 있는 모양이었다.

"그럼 제가 엘사 씨에게 여행 이야기를 꺼내면 될까요? 저희도 슬슬 다음 마을로 떠나야겠다고 생각하던 참이라."

호로가 없는 곳에서 로렌스와 뒷거래를 하는 것만 같아 켕기는 느낌이 들었기에 엘사는 바로 대답하지 못했으나, 결국은 고개를 끄덕였다.

그리고 보인 미소는 자조적인 웃음이었다.

"말하기 힘든 이야기를 하려고 누군가에게 도움을 받다니, 꼭 어린애 같네요."

로렌스와 처음 만났을 무렵의 엘사였다면 사실은 사실이라면서 단호하게 이별을 고했으리라.

하지만 로렌스는 엘사와는 또 다른 생각을 갖고 있었다.

"타인에게 의지하는 법을 배우는 것도 어른이 된다는 뜻이라고 생각합니다."

행상인으로서 자립을 꿈꾸던 시기에는 혼자 모든 문제를 다 해결하는 것이 어른이라고 생각했다.

물론 그것은 세상 물정 모르는 풋내기의 착각일 뿐이라는 것도 금세 배웠다.

"…당신은 호로 씨 곁에 있지만 않으면 훌륭한 인물이군요."

엘사가 어이없는 표정으로 얄미운 소리를 내뱉자 로렌스는 그저 웃었다.

"홀딱 반했으니까요."

시골 처녀처럼 과장스럽게 어깨를 움츠리던 엘사도 결국은 웃었다.

"당신들에게 편지를 보낼 때, 솔직히 큰 기대는 하지 않았습니다. 그런데도 생각지 못한 곳에서 재회했으니 또 만날 수 있으리라 믿어요."

엘사는 로렌스 쪽을 쳐다보지 않고 말했다. 뇨히라와 엘사가 사는 테레오 마을은 꽤나 멀리 떨어져 있고, 심지어 이제 피차 젊지도 않으니 자연스럽게 생각해 보면 재회할 일은 없다.

로렌스는 그런 엘사의 옆얼굴을 바라본 뒤 스스로도 고개를 돌려 앞을 향하며 이렇게 말했다.

"그 말만은 호로에게 직접 해 주십시오."

엘사가 자신을 바라보았는지 아닌지, 로렌스는 알 수 없었다.

눈앞에 나타난 마을 광장의 가장 시끌벅적한 술집 처마 아래에서는 오늘도 술자리가 열리고 있었다.

그 소동 속에서도 금세 알아볼 수 있는 실루엣은 바로 로렌스가 사랑해 마지않는 늑대의 모습이었다.

"말을 잘 할 수 있을지 불안하네요."

엘사는 그렇게 말했으나, 호로와 타냐 자리에 합류한 후 로렌스가 미리 상의한 대로 앞으로의 이야기를 꺼내자, 슬슬 테레오 마을로 돌아가야겠다는 것, 그리고 호로와 재회해서 정말 기뻤다는 것을 문제없이 말할 수 있었다.

술도 제법 취했고, 옆에는 완전히 여동생이 다 되어 버린 타냐가 있어 허세를 부리고 싶었는지 호로는 엘사와의 이별을 그리 슬퍼하는 기색을 보이지 않았다.

다시 만나요, 하는 한발 앞선 인사에도 오히려 벌써부터 그 재회를 기대하는 듯한 긍정적인 태도로 대답할 정도였다.

그 후 타냐와 엘사는 나란히 교회로 돌아가고, 로렌스는 비틀거리는 호로의 손을 잡아끌며 여관으로 돌아갔다. 호로는 여행 도중에는 피할 수 없는 이별의 쓸쓸함을, 취기의 힘을 빌려 받아들여서 조심스럽게 발밑에 내려놓는 듯 보였다.

그리고 하룻밤이 지난 오늘은 아침부터 술 마시기 대결에 나설 의욕이 넘쳤고, 로렌스는 그런 아내의 용맹한 모습을 바라보며 자신들의 출발에 대해 생각하고 있던 상황이었다.

출발을 앞두면 언제든 엉덩이가 무거워지는 기분이지만, 로렌스에게는 외동딸 뮤리의 상황을 확인해야 한다는 중대한 목적이 있었다. 어서 떠나야겠다고 적극적으로 나서면 나섰지 여기서 꾸물거릴 이유는 없었다.

그런데 거기서 옛 스승을 떠올리고 마는 것은, 아마 지금부터의 일에 일말의 불안이 느껴지기 때문이리라.

그것은 뮤리 일행이 어디 있는지 아직도 확실하지 않다거나, 이제부터 겨울로 접어드니 여행이 힘들어지리라는 걱정이 아니었다. 더욱 비겁하고 알기 쉬운, 사람에 따라서는 어이없어할 수도 있는 문제였다.

로렌스의 걱정거리는 엘사와 타냐와 함께 보낸, 생각지도 못한 눈부시고 시끌벅적한 나날이 지나간 후 찾아올, 지울 수 없는 고요함이었다.

그 들고양이 같은 스승이 사람과 제대로 교류하지 않았던 이유는 여행지에서 친한 사람을 만들어 장사에 유리해지게끔 하는 것보다 썰물이 빠져나간 후의 그 두려운 적요함에 삼켜지지 않는 것이 더 중요했기에, 비겁할 정도로 신중하게 굴었던 게 아닐까 하고 로렌스는 생각한다.

로렌스와의 이별도 갑작스러웠다. 어느 날 눈을 떠 보니 스승의 모습이 사라져 있었다.

버림받았다거나, 정이 떨어졌다거나, 또는 더 오래 함께 있고 싶었다거나 하는 생각이 들지 않은 이유는 갑자기 혼자 내팽개쳐지는 바람에 살아남는 것에 급급해 그럴 상황이 아니었기 때문이었다.

겨우 행상인으로서 좀 안정을 얻고 나서 스승과의 이별을 떠올릴 무렵에는 기억의 모서리가 적당히 깎여 나가, 그것은 별다른 아픔도 동반하지 않고 가슴속 깊은 곳에 내려앉아 있었다.

어쩌면 스승의 가장 큰 배려였을지도 모른다고 지금은 생각한다.

자연스럽게, 하지만 시간이 지나고 나면 그 무게가 느껴질 수 있게. 그 괴팍한 스승의 방법론이 옳았는지 어떤지는 의문의 여지가 있지만, 그 마음가짐은 확실히 배울 수 있었다고 생각한다. 로렌스 자신의 인생을 돌아보니 그 어떤 장사 방법보다, 결국은 그게 가장 큰 배움이라는 생각마저 들 정도였다.

그렇다면 자신 또한 여행의 반려에게 이런 때일수록 섬세하게 배려해야 한다고 로렌스는 생각했다.

당신의 제자는 이제 어엿한 한 사람 몫을 하고 있습니다, 하고 로렌스는 기억 속의 스승에게 말을 걸며 남은 맥주를 훌쩍 들이켰다.

창밖에서는 살로니아에서 완전히 유명인이 되어 버린 호로가 기골이 장대한 인부와 정면으로 팔을 교차시킨 채 서로의 잔을 비우고 있었다.

"내일은 숙취로 고생할 테니 출발은 모레나 글피로 해야겠네."

로렌스는 그렇게 중얼거리며 의자에서 일어나, 상의를 집어 들고 여관방을 나섰다.

열려 있던 나무창 너머에서는 술을 다 마신 호로가 술잔을 치켜들고 박수갈채를 받고 있었다.

"그럼 또 만나요."

엘사는 짧게 말한 뒤 남쪽으로 향하는 가도를 걸어갔다. 살로니아의 축제가 끝나고 이틀이 지난 후, 내키지는 않지만 슬슬 겨울을 대비하며 일상을 되찾자는 분위기가 거리를 가득 채운 아침의 일이었다.

하루만 더 살로니아에 머물면 경망스럽기로 정평이 난 주교가 또 도시의 귀찮은 일거리들을 잔뜩 떠넘길 기색을 감지한 엘사는 채소를 잡아 뽑는 듯한 기세로 일을 해 달라는 애원을 거절했다고 한다.

그런 엘사의 옆에는 엘사와 함께 테레오를 방문하기로 했다는 타냐가 함께였고, 타냐는 계속해서 호로를 돌아보며 손을 흔들고 있었다.

호로는 처음에는 마주 손을 흔들어 주었지만 금세 귀찮아졌는지 손을 내렸다.

그래도 타냐와 엘사의 모습이 완전히 사라질 때까지 그 자리에 서 있다가 희미한 미소 밑으로 여러 가지 감정을 감추듯 하면서 길 너머를 바라보았다.

"정말 시끄러워 죽겠네."

두 사람의 모습이 시야에서 깨끗이 사라진 후, 호로가 허리에 손을 짚고 내뱉은 것은 그런 말이었다.

"생각지도 못하게 바빴지."

원래는 여행을 떠난 외동딸 뮤리가 어떻게 지내고 있는지 보기 위해 온천마을 뇨히라를 나왔다. 그런데 뮤리의 발자취를 따라가는 과정에서 엘사와 재회했고, 저주의 전설이 남아 있는 산에서 다람쥐의 화신 타냐를 만나기도 하고, 빚 때문에 꼼짝도 하지 못하는 도시의 상인들을 돕기도 하고, 머나먼 사막의 땅에서 떠나왔다는 진짜 주교보다 더욱 주교다운 인물과 그의 마을 사람들 사이에 다리를 놓아 주는 역할도 했다.

덕분에 살로니아에서는 완전히 유명인이 되어 버린 덕분에 로렌스가 뇨히라에서부터 가져온 온천의 씨앗이 되는 유황 가루도 꽤나 팔아치워 다소 부족했던 노잣돈도 충당할 수 있었다.

그리고 이 지역의 대표자들에게 뇨히라의 온천장 '늑대와 향신료'를 실컷 선전할 수 있었다.

여행의 수확으로서는 대풍작이라고 할 수 있겠지만, 이삭이 풍성하게 여문 보리밭일수록 그것을 수확한 후의 쓸쓸함은 더욱 도드라진다.

평상시에는 모든 면에서 호로에게 꼼짝 못 하는 로렌스도, 여행자로서의 경험으로 말하자면 몇 백 살 먹은 늑대에게 지지 않는다.

여행자에게 느닷없이 찾아오는 정적과 적요의 구멍에 외로움 잘 타는 늑대가 삼켜지지 않도록, 로렌스는 세밀하게 계획을 짰다.

"자, 그럼… 우리도 슬슬 떠나 볼까?"

두 팔을 치켜들고 기지개를 켠 호로는 사실 어제 하루종일 숙취로 침대에 드러누워 있었다. 그러나 오늘 아침에는 꽤나 일찍 일어나 상쾌한 표정으로 아침 해를 바라보더니, 마치 전날 먹지 못한 양을 벌충하겠다는 듯 아침밥을 어처구니없을 정도로 열심히 먹어 댔다.

그리고 엘사와 타냐의 출발을 배웅한 뒤 지금에 이른다.

문득 정신을 차리면 우울해지는 건 바로 이런 때라는 사실을 로렌스는 알고 있었다.

"그 전에 잠깐 들를 데가 있는데."

"호오, 또 어디서 한잔 하고 가는 거야?"

그 반짝이는 눈은 농담이 아닌 듯했기에, 로렌스는 저도 모르게 웃던 얼굴이 얼어붙었다.

"아니야… 아니, 아닌 건 아닐지도?"

로렌스의 애매한 대답에 호로는 의아한 표정을 지으면서도, 술을 마실 수 있다는 이야기에 기쁜 듯 꼬리를 파닥파닥 흔들기 시작했다.

"왜, 관세 때문에 싸움이 난 걸 중재한 일로 교회가 소유한 보리밭에서 매년 보리를 일정량 받기로 약속했잖아?"

"아, 그런 이야기가 있었지."

호로는 꽤나 쌀쌀맞은 태도였지만, 로렌스가 자신을 위해 추억의 하나로서 여행지의 보리를 매년 온천장에 배달시키려 한다는 사실을 알았을 때는 뛸 듯이 기뻐했다.

도무지 솔직해지지 못하는 늑대지만 그 점이 또 귀여우니 어쩔 수 없다고 로렌스는 생각하면서 호로에게 말했다.

"그 보리를 어느 구획에서 배달시킬지 정해야 해서 말이야."

"흐음?"

“매년 최상급의 보리를 내놓으라고 요구할 만큼 대단한 일을 하진 않았잖아. 그래서 그냥 양팔을 쫙 벌린 정도의 넓이를 우리의 영토로 삼고, 거기에서 난 보리를 얻게 될 거야.”

실리가 어쩌고저쩌고하기보다는 거의 의례적인 대화였지만, 사소한 양이라도 보리를 공납받는 신분이 되면 그것은 어엿한 귀족이라 할 수 있으리라.

로렌스는 득의만면했지만 호로는 그 부분에 대해서는 차가운 반응밖에 보이지 않았다.

“어디든 별로 상관은 없어. 이 일대라면 어딜 골라도 똑같으니까.”

일부러 밭을 보러 가는 게 귀찮은지도 모르고, 또는 밭으로 가기 위해 배로 이루어진 다리를 건너기가 싫은지도 모른다.

하지만 로렌스는 그런 호로의 두 어깨를 밀며 걷기 시작했다.

“그럴 수는 없잖아. 자, 어서 가자.”

“음, 아니, 당신. 뭐야, 대체….”

귀찮은 듯, 의아한 듯한 호로를 재촉해서 여관으로 돌아온 로렌스는 출발 준비를 시작했다.

보리밭 선정을 마치고 나면 바로 여행을 떠나기 위해 짐마차에 이런저런 짐을 싣고, 살로니아에서 친절하게 대해 준 사람들에게 한바탕 인사를 마친 뒤 정오가 되기 전 출발했다.

살로니아는 축제가 끝나고 조용해지나 했지만 그렇지 않았다. 지금까지 노느라 정신이 없었던 사람들이 겨울의 도래를 앞두고 모든 것을 해치워야 한다는 생각인지, 내키지 않아도 본격적으로 일을 하기 시작한 탓에 축제와는 또 다른 시끌벅적함이 있었다.

덕분에 강에 걸려 있는 배다리를 건너는 인파도 상당해 한참이나 흔들리는 바람에, 호로는 결국 짐마차의 짐칸 부분에 머리를 부둥켜안은 채 웅크려 있었다.

강 건너편으로 나온 로렌스가 노점에서 파는 구운 소 어깨살을 얇게 썰어 달라고 해서 마부석에 놓아두자, 겨우 호로가 불쾌한 얼굴로 기어 나왔다.

"포도주도 마시고 싶은데."

붉은 살이 남아 있는 소 어깨살을 물어뜯으며 호로가 그렇게 말했으나, 로렌스는 파란 하늘을 올려다보며 못 들은 체하고는 짐마차를 출발시켰다.

길에는 농기구를 짊어진 사람이나 보릿짚을 산더미처럼 쌓은 짐마차 등이 바쁘게 오갔다. 그중에서도 특히 시선을 끄는 것이, 자기 키를 뛰어넘을 정도로 거대한 낫을 어깨에 짊어지고 씩씩하게 걸어가는 소녀들의 모습이었다.

멀리 탑이 있는 성채가 보일 무렵이 되자 며칠 전 방문했을 때는 아직 융단이 깔려 있는 듯했던 보리밭 곳곳에, 보리를 벤 흔적이 보였다.

"으음! 보리 향기가 아주 좋아!"

온화한 바람을 타고 다소 먼지 냄새가 섞이기는 했지만, 보리 이삭의 짙은 향기가 풍겨 왔다.

고기를 먹어치우고 손가락을 빨던 호로가 뺨을 스치는 바람에 기분 좋게 얼굴을 맡기며 완전히 명랑함을 되찾고 말했다.

"보리 이삭이 잘 익은 곳을 찾아봐 줘. 어디든 원하는 곳을 고를 수 있으니까."

"기껏해야 양팔을 벌린 넓이라면서."

"양팔을 벌린 넓이라면 어디든 고를 수 있어."

호로는 싸늘한 눈으로 로렌스를 쳐다보면서도 즐거운 듯 후드 속에서 늑대 귀를 파닥거렸다.

그런 대화를 나누며 옛날 이 평원에 나타난 큰 뱀을 물리쳤다는 전설을 남긴 용사가 살았던 성채로 향하자, 문이 활짝 열려 있고 수많은 사람들이 바쁘게 드나들고 있다.

"옛날 생각이 나네."

호로는 옛날, 파슬로에라는 마을에서 그 땅의 보리 풍작을 관장했다. 로렌스도 장사 때문에 드나들던 마을로, 수확 시기와 축제 개최가 겹쳐 실로 북적북적했었다.

이곳에서는 축제가 열리지는 않지만 성채라서인지 창고와 광장이 갖춰져 있어, 농작업이 본격화되는 이 시기에는 일종의 축제 비슷한 것이 열린다고 들었다.

특히 살로니아의 축제가 끝난 후에는 성채 주위에서 수확이 시작됨과 동시에 조금 떨어진 장소에서 한걸음 먼저 수확된 보리를 날라 와, 탈곡 작업도 개시한다고 했다. 그렇다면 더욱 북적거릴 거라고 로렌스는 예상했다.

왜냐하면 단순하게 힘쓰는 작업을 하는 현장에서는 보통 사람들이 노래를 부르고, 약간의 술이 제공되기 때문이다.

"호오, 이거 훌륭한 축제인걸!"

들려오는 노래와 밥 짓는 연기에 마부석에서 들뜨기 시작한 호로를 보고 로렌스는 웃으며 계속해서 짐마차를 몰고 나아갔다.

도중에, 성에 드나드는 상인이라고 생각했는지 멋대로 마차에 올라탄 농부나 잡일꾼 아이들을 싣고 함께 성채로 들어가자 수확이나 탈곡 작업 등을 감독하며 주위 사람들에게 지시를 내리던 낯익은 부사제가 로렌스와 호로를 보고 놀란 표정을 지었다.

"바쁘실 텐데 죄송합니다. 보리 일로 토지를 선정하러 왔습니다."

부사제는 제정신인가? 하는 표정을 지었지만 너무 바빠 화낼 틈도 없어 보였다.

"원하는 토지를 골라 두십시오. 그리고, 가능하면 탈곡 작업

견학이라도…."

견학이란 물론 일 좀 도우라는 말을 돌려 한 소리라는 걸 알고 있었고, 호로도 의외로 적극적으로 도우려는 눈치였다.

"저희 말도 도와드릴 겁니다."

부사제는 어깨를 으쓱하며 재빨리 마을 사람들을 불렀다.

느닷없이 짐말 노릇을 하게 된 말이 원망스러운 눈빛을 보냈지만, 로렌스는 모르는 척했다.

호로와 로렌스가 함께 밭으로 나가 보니 성채 근처의 밭은 수확이 상당히 진행되어 있고, 이삭을 말리기 위해 수확한 벼를 한데 모아 놓거나 말뚝을 박는 등의 작업이 순차적으로 이루어지고 있었다.

"어제나 그저께쯤 수확이 시작된 것 같은데, 벌써 저만치 먼 곳에나 보리가 좀 남아 있네."

먼 곳의 밭에서 길게 땋아 내린 머리를 흔들며 젊은 소녀들이 거대한 낫을 우아하게 휘두르는 모습이 보였다. 포도주 만드는 과정인 포도 밟기와 마찬가지로, 보리 수확은 마을 처녀들이 솜씨를 뽐내는 자리였다.

"조금 둘러볼까?"

"솔직히 어디든 크게 다를 바 없는데."

호로는 그렇게 말하면서도 로렌스의 손을 잡고 가벼운 발걸음으로 걷기 시작했다.

뇨히라에서도 때때로 호로와 함께 산책하는 일이 있었지만, 마을 길은 좁고 온천 김으로 가득하며 한 걸음만 마을 밖으로 나가면 주위는 깊은 숲이다. 이렇게 넓게 트인 평원을 걷는 건 옛 여행 이후 처음이리라.

호로도 콧노래를 흥얼거리며 걷다가, 보리 사이에서 자다가 쫓겨나와 어쩔 줄 몰라 하는 듯한 개구리와 산토끼를 보며 웃었다.

"지금이라도 저 성채를 우리 것으로 삼을까?"

둑길 한가운데에서 돌아보니 위풍당당하게 언덕 위에 서 있는 그것이 보였다. 저곳에 살면 언제든지 이 보리밭을 느긋하게 산책할 수 있다. 게다가 영주님이라 불리는 특전도 따라오니 입신양명 이야기로서는 최고의 마무리가 되리라.

하지만 호로는 어깨를 떨며 기침하듯 웃고는 어느샌가 붙어 있던 보릿짚을 어깨에서 털어 내고 말했다.

"돌로 지은 건물은 추워서 못 살아."

"그건 그러네. 우리 둘 다 나이도 먹을 만큼 먹었고."

호로는 떨떠름한 눈빛으로 로렌스의 허리를 때렸다.

"하지만 저런 성을 손에 넣으면, 천방지축 뮤리는 좋아서 어쩔 줄 모르겠지."

나무 막대를 검처럼 휘두르며 영웅 놀이에 여념이 없는 외동딸.

하지만 로렌스는 호로의 그 가벼운 말투에 그런 수가 있었던가, 하는 생각이 들었다.

아버님, 아버님, 하고 졸졸 따라다니던 딸이 성장함에 따라 차츰 쌀쌀맞아졌다. 심지어 어느덧 나이가 찼으니 모르는 땅으로 시집가 버릴 가능성도 적지 않다. 그렇다면 이런 석조 요새를 장만해 두고, 영원히 기사 놀이나 하게 해 주는 편이 낫지 않을까.

진지하게 그런 생각을 하고 있는데 옆에서 한층 싸늘해진 시선이 날아왔다. 로렌스는 그쪽을 돌아보았다.

"멍청이."

호로가 한숨 섞인 목소리로 그렇게 말하자, 로렌스는 아쉬운 듯 다시 한번 성채를 돌아보고는 어깨를 축 늘어뜨렸다.

"당신은 정말이지 아무리 시간이 흘러도 포기할 줄을 모른다니까."

"…이 성격 덕분에 손에 넣은 것도 많아."

"뚫린 입이라고 말은 잘 하네."

호로는 작은 손을 뻗어 로렌스의 뺨을 꼬집으며 즐겁게 웃었다.

"그보다 땅 말인데, 저쪽이 어때?"

로렌스의 뺨에서 뗀 손으로 호로는 밭 한구석의 구획을 가리켰다.

방풍도 할 겸 땔감도 마련할 겸인지, 아니면 단순히 구획을 나누는 표식인지, 약간의 관목이 우거져 생울타리 같은 것이 만들어진 쪽이었다.

"아무래도 저런 장소가 이삭이 많이 맺히나?"

낙엽이 거름 노릇을 해 주는지도 모른다. 밭에 대해서는 완전히 문외한인 로렌스가 감탄하듯 그렇게 묻자, 호로는 어깨를 살짝 으쓱했다.

"그냥, 장소를 알아보기가 편하잖아."

"……."

로렌스가 다소 낙담한 표정으로 쳐다보자 한때 현랑이라 불렸던 아내가 노려보았다.

"알아보기 편하다는 장점을 얕보면 안 돼. 밭의 모양은 당신이 생각하는 것 이상으로 휙휙 변한다고. 경작하는 사람도 바뀔 테고. 하지만 저런 표식만은 몇 십 년, 몇 백 년이 지나도록 남아 있는 법이지. 당신이 저 성에서 발견한 낡아 빠진 지도에도, 밭의 모양은 변했지만 결코 변하지 않는 표식이 여러 개 있었잖아."

"그러고 보니 옛날 여행에서도 토지 경계를 둘러싸고 벌어진 실랑이를 본 적이 있었지. 그때의 문제 해결에도 네 지혜를 빌렸던가.”

문서에 적혀 있어도 해석의 차이가 있거나, 오랜 세월이 지나 경계가 애매해지면 분쟁의 씨앗이 된다.

그것을 회피하기 위해 호로가 마을 사람들에게 제시한 방법은 경계가 되는 장소에 어린아이를 세워 놓고 그 뺨을 있는 힘껏 때린다는, 난폭한 방법이었다. 아이는 그 순간을 평생 잊지 않을 테니 경계 때문에 실랑이가 벌어졌을 때 그 판단이 기준이 되리라는 이야기였다.

하지만 고작 양팔을 벌린 정도 넓이의 땅 때문에 불쌍한 마을 어린애를 데려다 놓고 따귀를 때릴 수도 없으므로, 이렇게 생울타리를 겸한 관목이 있으면 좋은 표식이 되어 줄 것이다.

과연 보리의 풍작을 관장하는 현랑은 다르다며 감탄하고 있는데 정작 호로는 로렌스를 올려다보며 질책하는 눈빛을 지었다.

“당신은 나를 위해서 몇 십 년… 아니, 심지어 앞으로 몇 백 년 동안 보리가 계속 뇨히라에 배달되도록 안배해 준 거지?”

교회에는 약간의 사례 같은 게 아닌, 교회가 소유한 영주 권리의 일부로서 보리 운송을 요구했다.

그것은 인간 세상이 생긴 이래 결코 사라지지 않고 면면히 내려온 세금이라는 역사의 힘을 빌리는 일이었으며, 호로의 말대로 사람의 일생을 훌쩍 뛰어넘는 긴 시간을 내다본 조치였다.

양팔을 벌린 정도의, 얼마 안 되는 넓이의 밭에서 자란 보리를 손에 넣기 위해서 그런 수단을 동원하다니 정말 어처구니가 없다고 해도 좋을 일이었지만 로렌스에게는 그것이 꼭 필요했다.

왜냐하면 처음 만났을 때와 크게 다를 바 없이 아름다운 소녀의 모습을 하고 있는 상대는, 로렌스보다 훨씬 긴 세월을 살아온 몇 백 살의 현랑이기에.

로렌스는 자신과의 여행 추억이 보리의 형태로 계속해서 뇨히라에 있는 호로의 곁에 배달될 수 있도록 그런 행동을 했던 것이다.

"선물을 남기고 가고 싶으면 더 세련되게 하란 말이야."

호로가 로렌스의 가슴을 가볍게 두들겼다. 로렌스는 늘 한 수 위인 호로에게 묘하게 감탄하고 말았다.

"이길 수가 없네."

"그렇지?"

키득키득 웃는 호로의 손을 잡고 로렌스는 몸을 휙 돌렸다.

"자, 그럼 저 구획의 권리를 양피지에 작성하고 겸사겸사 탈곡 일도 돕고 가자고."

"또 허리에 무리가 가는 짓을 할 생각이야?"

"윽…."

"뭐, 그럼 난 저 시끌벅적한 동네에서 한동안 더 술을 마실 테니 상관은 없지만."

"이쯤 되면 네 술값을 청구당할 것 같은데."

살로니아의 유명인인 호로는 워낙 호쾌하게 술을 마시는 모습 덕분에 이곳저곳에서 공짜 술을 많이 얻어먹었지만, 슬슬 사람들이 달갑잖은 표정을 지을 때도 되었다.

"당신은 쩨쩨하게 너무 손익 계산만 해."

"요즘은 술값을 생각하면 온천이 아니라 포도밭을 만들 걸 그랬다고 생각한다니까."

"멍청이!"

호로는 로렌스와 잡고 있던 손으로 로렌스의 허리를 때렸다.

"그럼 포도주밖에 못 마시잖아."

그리고 아무리 들어도 농담이 아닌 말을 내뱉으니, 로렌스는 항복할 수밖에 없다.

"그 점에서 뇨히라에는 온갖 술이 모여들고, 온천에서는 뭘 마셔도 맛있으니까."

엘사가 들으면 또 어처구니없어하면서 잔소리를 늘어놓겠지만 기뻐하는 호로의 얼굴을 보고 싶어서 열심히 맛있는 술을 가져다 바친 자신에게도 책임은 있다고, 로렌스는 자각했다.

"술이 솟는 샘이 있었으면 좋겠네."

"그건 명안인데."

아마도 각자 동기는 조금 다르겠지만 로렌스는 굳이 지적하지 않고, 고개를 절레절레 저으며 호로의 손을 잡아끌고 성채로 돌아갔다.

힘쓰는 단순작업을 할 때 부르는 것은 대체로 쉬운 소절을 계속 반복하는 단순한 노래다. 로렌스도 호로도 금방 배워, 막대 두 개를 끈으로 연결해서 만든 탈곡용 도구를 받아 들고 마을 사람들과 함께 노래를 부르며 보릿짚을 내리쳤다.

호로는 파슬로에 마을에서 몇 백 년을 살았지만 실제로 보리 수확을 도운 것은 그야말로 아주 먼 옛날의 잠깐에 불과했고, 그 이후로는 그저 지켜보기만 했다고 한다.

막대기로 계속 내리치는 탈곡 작업에서 일찌감치 손을 뗀 이유는, 질려서라기보다는 타고난 호기심 때문에 다른 작업도 해 보고 싶어서라는 모양이었다.

수확한 보리가 잘 말랐는지 이로 깨물어 확인하는 작업장에도 끼어 보고, 커다란 대야에 보리를 담아 겨나 모래알 등을 선별하는 작업을 돕기도 했다. 커다란 대야를 흔드는 데에도 다 요령이 있는 모양이라, 호로가 대야 말고 자기 허리만 계속 흔들어 대는 모습을 보고 주위 소녀들이 깔깔 웃었다.

성채 터에서 이루어지는 그런 수확 작업은 하루 이틀에 끝날 일이 아니다.

로렌스가 단순작업에 완전히 몰입하려는 차, 마을 사람 하나가 교대하겠다고 나섰고 결국 조금 아쉬운 기분으로 탈곡용 막대기를 건넸다.

"어디."

주위를 둘러보니 성채의 시끌벅적한 중앙정원 부분에 호로의 모습이 보이지 않았다. 돌아다니며 물어보니 보리알 산더미 속에서 질 나쁜 낟알을 골라내는 작업을 한 뒤 성채 건물 안으로 들어갔다고 했다.

가을이 깊어져 가는 중이라고는 하나 해가 높은 시간에는 아직 덥다. 어제는 숙취가 심했으니 어디 드러누워 쉬고 있을지도 모른다고 로렌스는 생각했다. 평소에는 게으르기 짝이 없는 호로지만 이런 작업을 할 때는 자기 체력 이상으로 일하기 때문에 갑자기 기운이 뚝 떨어질 때가 있다.

조금 걱정이 되었지만 자기 판단으로 휴식을 취하러 갔다면 괜찮으리라는 생각에 로렌스는 먼저 보리 납품 건을 마무리 지어 두기로 했다. 짐에서 양피지를 꺼내, 현장을 감독하는 부사제가 있는 커다란 방으로 향했다.

"밭은 정하셨습니까?"

큰방 벽 앞에 세워진 커다란 나무판에 수확한 보리의 양과 각 밭의 수확 사정을 목탄으로 기록하고 있던 부사제가 얼굴에 묻은 검댕을 닦을 기력도 없는 표정으로 로렌스를 바라보았다.

한때 용사 월라기네라 불리던 자가 다스리던 토지의 권리를 지금은 살로니아의 교회가 전부 가지고 있으나, 권리를 소유하고 있다고 해서 모든 일이 순탄하게 잘 풀리는 것은 아니다.

평상시의 영지 관리도 필요하고, 수확 시기에는 누군가가 찾아와서 일을 지휘해야 하고, 세금을 거두고, 밭농사 결과를 파악해서 누가 빼돌리거나 불공평한 일이 벌어지는 것을 가능한 한 막아야만 한다.

그 모든 일을 떠맡고 있는 듯한 이 부사제는 관세권을 둘러싼 이야기의 흐름으로 로렌스 일행이 이곳에 찾아왔을 때 꽤나 친절하게 대해 주었다. 그것은 매년 벌어지는 이 힘든 일을 어쩌면 로렌스에게 떠넘길 수 있을지도 모른다는 기대 때문이었겠지만, 피폐한 모습을 보니 충분히 이해가 된다.

"네, 괜찮아 보이는 장소를 찾아냈습니다. 지금 보고하러 온 겁니다."

부사제가 마을 사람들에게서 이런저런 보고를 듣고서 기록해 놓으면 견습 성직자 소년이 필사적으로 종이에 깨끗하게 옮겨 적는 대량의 숫자와 또 그것이 적혀 있는 거대한 판자와는 별개로, 영지 지도가 목탄으로 간단하게 그려진 것이 있어서 로렌스는 그쪽을 가리켰다.

"성채를 나가서 남서쪽에 있는 맨 처음 관목 옆 밭으로 부탁드립니다."

"아, 거기 말이군요. 알아보기 쉬운 곳이라 다행이네요. 구획

경계를 둘러싸고 벌어지는 싸움 때문에 저희도 매년 골머리를 앓고 있거든요."

호로가 지적한 '알아보기 쉽다'는 요소는 정말로 중요한 부분이었던가 보다.

부사제는 로렌스가 주교에게서 받아 온 권리서 두 장을 받아 들고 마을 사람들의 이름을 여럿 말한 뒤, 그 교차하는 장소에서 다리를 크게 벌린 한 걸음 분의 구획이라고 적어 놓도록 견습 성직자 소년에게 지시했다.

"신의 이름으로 이 권리는 당신의 것이 되었습니다."

양피지 두 장을 번갈아 훑어본 뒤, 한 장을 로렌스에게 건네며 부사제가 말했다.

"신께 영광 있기를."

로렌스가 말하자 부사제는 한숨인지 고개를 끄덕이는 건지 모를 동작을 하며 코웃음을 치고는 지친 듯 고개를 이리저리 돌렸다.

"피곤하신가 보군요."

"당신이 살로니아에 만들었다는 온천에 들어가 앉고 싶네요."

"저희 온천장은 언제나 기다리고 있습니다."

로렌스가 웃으며 선전문구를 늘어놓자 부사제는 쓴웃음을 지었다.

"뇨히라는 숨겨진 온천이지 않습니까? 대주교님들만 가는 곳이라고 들었는데요."

"그건 좀 과장된 말이지만, 설령 그렇다 해도 그리 멀지 않은 미래에 곧 그 자리로 올라가실 것 아닙니까?"

아직 한참 젊은데도 일부러 나이든 외모를 꾸며 관록을 풍기기 위해 수염을 기를 정도로 빈틈없는 자다. 조금 흐트러진 수염 속에서 부사제가 히죽 웃었다.

"매년 반드시 보리를 보내 드리겠습니다."

"부탁드립니다."

이 부사제는 분명 높은 사람이 되어, 온천장의 고객이 되어 주리라.

로렌스는 그렇게 생각하며 잉크가 마른 양피지를 둘둘 말아 품에 집어넣었다.

"그런데 부인은 어디 계시죠? 오늘은 이제 어떻게 하실 예정입니까?"

부사제는 혹시 오늘 여기서 묵고 갈 생각이냐고 눈치 빠르게 물어봐 준 것이었지만, 이렇게 이야기를 나누는 동안에도 보고하러 온 사람들이 여기저기서 기다리고 있었다.

로렌스는 간단하게 대답했다.

"해 지기 전에 출발해서, 강에서 배를 타고 바다로 나갈 생각입니다."

"그렇군요. 그것도 괜찮네요."

그 미소는 '신경 쓸 수고를 하나 덜었다'는 의미이리라.

"그럼 이만."

로렌스가 고개를 숙이자 부사제도 정중하게 고개를 숙였지만 이미 머릿속은 일 생각으로 바뀐 모양이었다. 로렌스는 줄을 서 있는 사람들 옆을 빠져나가 큰방 밖으로 나와서 허리에 양손을 짚고 작은 한숨을 내쉬었다.

"그래서, 호로 녀석은 대체 어딜 간 거지?"

옛 성채는 그럭저럭 넓다. 바깥에 뜬 해는 아직 높지만 성채 건물 안까지는 빛이 잘 들어오지 않아, 이곳저곳에서 은근히 음침한 분위기가 풍겼다.

설마 넓은 성채 안에서 길을 잃고 울고 있지는 않겠지만 어쩌면 감상에 젖어 있을지도 모른다.

엘사와 타냐와의 시끌벅적하고 정신없는 나날이 끝난 후, 로렌스는 텅 비어 버린 공백에 발목이 잡히지 않도록 바쁘게 수확 작업이 진행되고 있는 이 장소로 호로를 데려왔다. 5층 높이 지붕에서 바로 길로 뛰어내리면 크게 다치겠지만 옆에 있는 4층짜리 건물의 지붕으로 뛰어내리고, 또 그 옆의 3층짜리 건물로 뛰어내리고, 2층짜리 창고에 발을 딛고서 길로 뛰어내리면 자기 다리로 걸어서 돌아갈 수 있다.

수확 작업으로 정신이 없는 이곳에서 한숨 돌린 뒤 다음에는 강으로 돌아가 배로 뛰어내릴 생각이었다. 배라면 사공의 뱃노

래뿐만 아니라 하류에서 배를 끌어올리는 자들의 구령 소리, 강가를 걷는 사람들의 활기찬 인사 등 적당한 소음으로 가득할 테니까. 심지어 강에는 정기적으로 관소가 설치되어 있기 때문에 그곳에서 장사꾼들과도 마주칠 수 있다. 마침내 강 너머에 바다를 낀 항구도시가 보이면 이제 안심이다.

엘사가 또 너무 응석을 받아 준다고 한마디 할 수도 있겠지만, 할 수 있는 일은 전부 다 해 두는 것이 자신의 사명이라고 생각한다.

게다가 호로가 배려를 다소 갑갑하게 느끼는 일조차도 최근의 로렌스는 재미있어하고 있었다.

그런 생각을 하며 건물 안을 찾아다니던 중, 호로가 대접받은 술을 한 손에 들고 3층 창고로 향한 것 같다는 이야기가 들려왔다.

2층의 난로가 있는 넓은 방에서 옷을 수선하는 여자들 옆을 스쳐 지나가, 방금 갈아 놓은 낫의 날을 자루에 끼우는 작업에 열중하는 남자들 사이를 빠져나가, 질이 나빠 상인들에게 팔 수 없는 보리 낟알 중에서 먹을 만한 것을 선별하는 아이들이 걸터앉은 계단을 올라가, 3층으로 향했다.

3층은 3층대로 이래저래 바쁘게 돌아다니는 사람들이 있어 영어수선했지만, 이런 분위기라면 호로가 어디서 혼자 훌쩍훌쩍 울고 있지는 않을 거라는 생각이 들었다.

그나저나 창고는 대체 어디 있는 걸까, 하고 헤매고 있는데 작업하러 모인 사람들의 식사를 준비하기 위해서인지 어른도 들어가 목욕할 수 있을 만큼 커다란 철냄비를 남자 넷이서 들고 나오는 모습이 보였다. 그 뒤에는 작고 깊은 냄비 세 개를 겹쳐서 머리에 쓰고, 갓난아기도 퍼낼 수 있을 정도로 커다란 국자를 왼쪽 옆구리에 낀 호로가 있었다.

"…뭐 하는 거야?"

그 희한한 모습에 눈을 둥그렇게 뜨자, 마치 축제 연극에 그런 배역으로 출연할 예정이라고 하면 믿을 정도의 차림을 한 호로가 머리에 쓴 냄비가 떨어지지 않도록 기묘한 자세를 취하며 로렌스를 향해 턱짓으로 창고 안을 가리켰다.

"멍하니 서 있지 말고. 고깃덩어리를 통째로 꿰어 구울 수 있는 창이 있으니까 그걸 들고 나와. 그리고 나무통이랑 장작하고 숯을 있는 대로 다!"

호로는 자기 할 말만 하고는 머리 위의 냄비가 떨어지지 않게 조심하면서 커다란 냄비를 나르는 남자들의 뒤를 따라갔다.

그들이 나온 창고 입구 옆에는 먹다 만 맥주가 든 잔이 놓여 있었기에, 쉬고 있다가 남자들이 들어오는 바람에 다시 작업으로 돌아가는 참이라는 사실을 알 수 있었다.

묘하게 의욕이 넘치는 것을 보니 뭔가 맛있는 음식이 나올지도 모른다고 기대하는 모양이다.

창가나 창고 한구석에 멍하니 웅크리고 앉아 있을 줄만 알았는데 그렇지 않았다는 사실에 안심하고, 로렌스는 시키는 대로 물건을 최대한 긁어모아 끌어안고서 계단을 내려갔다.

마을 사람들의 작업에 맞춰 올해의 질 좋은 보리를 사들이기 위해 상인들이 들르곤 했으며, 그들이 가져온 술과 고기 덕분에 낮 휴식 시간은 완전히 축제나 다름없는 상황이었다.

중앙정원에 만들어진 즉석 아궁이에서는 꼬치에 꿴 돼지를 통으로 굽고 있었다. 기름이 숯에 떨어질 때마다 뭉게뭉게 피어오르는 짙은 냄새의 연기를 맡으며, 어른 팔뚝 두께는 되는 커다란 나이프로 고기를 썰어 빵에 대충 끼운 것을 나누어 먹는다. 빵에 검댕이 묻은 호로는 씁쓸한 숯 맛이 적절히 남은 고기 위에 겨자씨를 잔뜩 올려서 물어뜯었다.

옷 속에서 꼬리를 잔뜩 부풀리고 있었지만 워낙 소란스러워서인지 아무도 알아차리지 못했다.

로렌스는 호로의 뺨에 묻은 검댕을 손가락으로 닦아 주고 자기도 빵을 깨물었다.

그 후로 고기가 꽤나 깎여 나가, 완전히 날씬해져 버린 돼지가 아직도 숯불 위에서 빙글빙글 돌고 있을 무렵.

로렌스는 말을 찾아온 뒤 아쉬워하는 호로를 재촉하여 성채를 나섰다.

성채 밖에서는 식후 휴식을 취하는지 풀밭 위에 뒹구는 자들이나, 떨어진 보리 낟알을 노리고 밭에 모여드는 작은 새들을 쫓아내며 큰 소리로 웃어 대는 아이들의 모습이 보였다.

마부석이 아니라 짐칸에 드러누운 호로는 아직 높이 떠 있는 햇빛을 온몸으로 가득 받으며 그런 소란에 귀를 흔들다 만족스럽게 자기 배를 두들겼다.

"벌써 잠들면 안 돼."

짐마차를 끌고 나아가며 로렌스가 말하자 멍청이, 하는 작은 대꾸가 들려왔으나 이미 음냐음냐 졸음 섞인 말투였다.

"…후아아… 아후. 이제부터 어디로 가는 건데?"

호로는 그렇게 말하며 몸을 옆으로 돌렸다. 누가 봐도 완전히 잠들 태세였다.

로렌스는 어깨를 으쓱하며 대답했다.

"도시 근처에 있는 강으로 돌아가서, 배를 타고 강을 내려갈 거야."

"흐으음…."

"배에 타고 나면 자도 돼. 그때까지는 눈 뜨고 있어 줘. 몽롱한 상태로 배를 타다가 강에 빠지면 큰일이니까."

멍청이, 하는 목소리가 들려오지 않기에 돌아보자 호로는 웅크린 채 고른 숨소리를 내며 잠들어 있었다.

"어이구."

로렌스는 희미하게 웃고서 고삐를 고쳐 쥐고 짐마차를 계속 몰았다.

아직까지는 계획대로다.

미소 속으로 그 생각을 감추며 원래 왔던 길을 따라 강 항구로 돌아가니 호로는 의외로 기분 좋게 눈을 떴다.

"호오, 저 말구종 제법인데."

호로는 배에 타고 나서 그렇게 감탄했다. 배 손님들의 말을 강 아래로 데려가는 말구종의 실력이 상당했기 때문이었다. 열 마리를 한꺼번에 끌면서 한 걸음 앞에서 달려가고 있다.

"짐마차는, 돌아가는 길에 다시 가지러 오는 거야?"

호로는 자신들이 탄 배 뒤에 밧줄로 묶여서 따라오는 배를 바라보며 로렌스에게 물었다. 거기에는 짐마차의 짐칸 부분이 실려 있지 않고, 거기서 내린 짐이 쌓여 있었다.

"아니, 강을 내려가면 나오는 항구에서 저 짐마차랑 같은 것을 수령하기로 했거든. 같이 나르려면 돈이 꽤 들어서."

"흐음. 당신들의 평소 지혜인가. 편리하네."

아마 굳이 현금을 들고 다니지 않아도 되는 어음증서 등을 염두에 두고 만든 체계거나, 그 비슷한 것이리라.

"아, 너한테 말해 둘 게 있었어. 배가 거꾸로 뒤집혔을 때 말인데."

"음?"

"유황 가루 같은 건 상관없는데 이 자루만큼은 절대 손에서 놓지 마."

짐칸에서 배로 옮겨 실은 짐 중 일부가 로렌스와 호로의 발밑에 놓여 있다.

제법 묵직한 그 자루 속에는 살로니아에서 손에 넣은 노잣돈이 꽉 채워져 있다.

"멍청이. 그런 거랑 같이 강바닥에 가라앉고 싶진 않아. 배가 뒤집히면 지켜야 할 건 이쪽이지."

호로는 그렇게 말하며 자그마한 나무통을 두들겼다.

살로니아에서 파격적으로 저렴한 가격에 사들인 보리 증류주로, 불타는 물이라 불리는 술이었다.

"내용물을 마시면서 이것만 꽉 잡고 있으면 물에 빠지지 않고 항구에 도착할 거 아냐?"

"…취해서 잠들지만 않으면."

"술 깨려고 마실 물이 모자랄 일은 없으니까."

로렌스는 어이없어하면서도 기분 좋게 강을 타고 흘러가는 호로의 모습도 보고 싶다는 생각이 들었다.

"자, 출발이야."

"음."

마지막 짐을 확인한 뒤 선두의 배가 밧줄을 풀고 장대를 물밑바닥에 꽂자, 배가 천천히 강가를 떠났다. 바다를 향해 나아가는 배는 앞뒤로 여섯 척이 연결되어 있고 사람과 짐으로 가득했다.

호로와 만나기 전, 행상인 시절 여행과의 차이를 돌이켜 본 로렌스는 저도 모르게 웃음을 터뜨렸다.

"왜 그래?"

두툼한 모직물을 깔고 로렌스의 무릎 사이에 앉아 언제든 잠들 준비가 되어 있던 호로가, 등 뒤로 로렌스가 웃는 것을 느끼고 물었다.

"우아한 여행이구나 싶어서."

호로는 불그레해진 호박색 눈동자를 데굴데굴 굴리다 즐거운 듯 가늘게 떴다.

"내게는 이런 여행이 어울려."

"암, 그렇고말고."

호로의 머리에 손바닥을 툭 올려놓자, 늑대의 긍지는 어디로 갔는지 더 쓰다듬어 달라는 듯 머리를 비벼 댔다.

날씨가 좋고, 상류에 한동안 비가 내리지 않은 덕분에 강은 실로 잔잔하게 배를 싣고 천천히 흘러갔다. 오후 햇살이 따스하고 뱃사공의 노래가 편안하게 울려 퍼지며 강변 밭에서 작업을 하는 자들의 소음이 멀리서 들려와 귀를 간질이는 듯했다.

타닥타닥 모닥불을 피우는 듯 소란스럽지 않고, 잘 익은 포도송이에서 포도를 한 알씩 따먹는 듯 즐거운 여행이었다.

호로는 또다시 고른 숨소리를 내며 잠이 들었고, 때때로 태평하게 입맛을 쩝쩝 다셨다.

만사가 순조롭다고 말하고 싶은 상황이었으나 강을 한참 내려가면서 로렌스는 배의 속도가 꽤나 느리다는 사실을 깨달았다. 이런 상태로 과연 저녁 무렵까지 바다에 나갈 수 있을까 신경이 쓰여 뱃사공에게 확인해 보니, 저녁 무렵까지 항구도시에 도착하려면 이른 아침 배에 탔어야 했고 오후 배로 늦지 않게 가려면 눈이 녹는 계절이나 상류에 비가 내린 후여야만 한다고 했다.

사공은 바다에 나가기 직전에 있는 커다란 관소에 여관을 잡는 게 나을 거라 제안했다.

호로는 눈을 뜨면 바로 바다가 나올 거라 생각하고 있을 테니, 로렌스의 계획에 허점이 있다는 사실을 알고 얄미운 소리를 한두 마디 할지도 모른다. 하지만 강의 흐름은 변함이 없었고 배를 계류할 예정인 관소도 어느 정도 시끌벅적한 강 항구라는 이야기를 들으니 강가 여관에 묵어 가는 밤도 나쁘지 않을 것 같다고, 생각을 바꿨다.

따스한 햇살을 받으며, 약간의 숯 냄새가 나는 호로를 양팔로 안으면서 로렌스도 눈을 감자 눈 깜빡할 사이에 저녁노을이 내리고 있었다.

눈을 떠도 아직 강 위였기에 예상대로 호로는 로렌스에게 마무리가 허술하다며 트집을 잡았지만, 강 항구 특유의 분위기에 기분이 좋아진 눈치였다.

로렌스는 노잣돈으로 꽉 찬 자루 등 귀중품만 배에서 들고 내려, 살로니아 상회의 지점을 방문하여 보관을 부탁한 뒤 겸사겸사 방도 확보했다.

로렌스와 호로의 소문은 물론 이곳까지 퍼져 있었기에 그런 부분에서는 고생이 없었다.

바다까지는 아직 거리가 제법 남았다고 하지만 평탄한 토지라서일까. 바다가 있는 서쪽 방향을 바라보니 그곳에는 불안해질 정도로 광대한 하늘이 펼쳐져 있었다. 투명한 남색 밤하늘과 불타는 듯한 저녁노을이 뒤섞인, 압도적인 광경이었다. 강가 술집에 앉아 호로는 주문한 맥주를 한 손에 들고 있다는 것도 잊고 그 광경에 넋이 나갔다.

뇨히라에서도 산꼭대기로 올라가면 비슷한 경치를 볼 수 있지만 그 너머에 아무것도 없는 곳과 바다가 비교적 가까운 장소는 하늘의 넓이가 명백히 다르다.

옛날, 로렌스와 여행하면서 호로도 당연히 바다를 본 적이 있지만 역시 풍경이란 그때 그 장소에서 다양한 얼굴을 보여 주는 법이다. 분명 강을 내려가 항구로 나가면 바다에 해가 지는 저녁 풍경 역시 이것과 다르게 보이리라.

"식겠다."

송어 꼬치구이를 베어 물며 로렌스는 그렇게 말했지만 호로는 로렌스 쪽을 쳐다보지도 않고, 애매하게 끄덕이지도 않고 저녁 노을을 더욱 뚫어져라 바라보았다. 그 무표정한 얼굴은 로렌스에게도 잘 보여 주지 않는 것이었다.

마음속 가장 깊은 곳을 둘러싼 최후의 얇은 막까지 전부 벗겨 버린 듯 무방비한 그 옆얼굴.

슬픔과는 다르지만 그렇다고 긍정적이라고 하기도 힘든 그 신비한 표정… 로렌스도 분명 자신은 영원히 이해할 수 없는 감정이리라는 사실을 알고 있다. 거기에는 몇 백 년을 살아가는 자만이 보일 수 있는, 몇 백 년이 지나도 변치 않는 무언가를 앞에 두었을 때의 감정이 있었다.

그리고 아마도 그것은 호로에게 있어 즐거운 감정이 아니리라는 사실 또한 로렌스는 알 수 있었다.

이런 때 로렌스가 할 수 있는 일은 그저 곁에 있어 주는 일, 그리고 자신이 아무리 고심해서 호로를 즐겁게 해 줄 계획을 짜 보았자 자연의 압도적인 박력 앞에서는 무력하다는 사실을 뼈저리게 깨닫는 일뿐이었다.

무표정한 호로의 눈꼬리에서 문득 흘러내린 눈물 한 방울이 테이블에 떨어져 만든 얼룩을 바라보면서 로렌스는 소금간이 되어 있는 송어의 흰 살을 씹어 삼켰다.

그런 상태로도 맛을 느낄 수 있는 이유는, 로렌스가 어른이 되어 세상의 섭리를 이해할 수 있게 되었기 때문이 아니다. 인생도 절반을 지나 세상의 어찌할 수 없는 일 앞에서 발을 동동 구르기보다는, 그저 휩쓸려 흘러갈 수밖에 없다는 체념에 가까운 감정을 받아들이고 있었기 때문이었다.

"생선 식어."

로렌스가 다시 한번 같은 말을 내뱉은 것은, 결코 배려가 아니었다.

어쩔 수 없이 휩쓸려 가야 한다는 것을 받아들이는 대신, 그 화풀이로 오히려 성큼성큼 걸어서 건너 주겠다는 의기의 발로였다.

거울처럼 맑은 수면 앞에 멍하니 서 있던 호로는 사정없이 발을 들인 자가 요란하게 파문을 일으키는 바람에 겨우 강 건너 방향을 바라본 모양이었다.

아직 기슭에 이르려면 꽤 거리가 있지만 로렌스를 보니 안심이 된 듯 호로는 웃었다.

"그렇군, 정말 맛있는 냄새야. 식어 버리면 아깝겠어."

꿈속에서 냄새를 맡으려 하는 듯한 불안이 호로의 표정에서 엿보였다. 하지만 망설이면서도 생선을 물어뜯은 호로는 겨우 이것이 꿈이 아니라는 확신을 얻은 모양이었다.

"조금만 더 있으면 음악도 들을 수 있을 테고."

로렌스가 턱짓하는 쪽을 보니, 강가 쪽을 향해 활짝 열린 가게의 처마 밑에 모여든 방랑 악사들이 한바탕 벌어 보려는지 악기 준비를 하고 있었다. 로렌스와 호로의 자리에서 보이는 관소에도 차례차례 배가 들어와, 하루의 끝을 술로 마무리하려는 사람들이 들뜬 걸음으로 육지로 올라오는 모습이 잘 보였다.

시벽으로 둘러싸인 도시와 달리 강가 항구는 규칙이 느슨하다. 저녁노을이 지는 시간인데도 아직 가게 자리가 많이 비어 있는 모습을 보니 매일 밤늦게까지 소란을 피우는 것이 일상인 모양이라고 예상할 수 있었다.

"즐거운 시간은 이제부터야."

로렌스가 그렇게 말하자, 송어 꼬치를 머리에서부터 내장까지 통째로 반 정도를 한입에 넣고 씹던 호로가 와득와득 뼈 씹는 소리를 내며 로렌스를 바라보았다.

그리고 꿀꺽 삼킨 뒤 또 한입에 한 마리를 먹어치우고 나서 입술을 날름 핥았다.

"트림이 나올 것 같은데."

호로의 그런 말에 로렌스가 싫은 표정을 짓자, 호로는 비웃는 듯 일그러진 미소를 입가에 띤 채 꼬치구이 꼬치를 로렌스에게 들이밀었다.

"생선 말고, 당신 이야기야."

로렌스가 말뜻을 물을 틈도 없이 호쾌하게 맥주를 벌컥벌컥 들이켠 호로는 만족스러운 신음을 내며 나무 잔을 테이블에 내려놓고, 새 맥주를 금세 주문했다.

"당연히 당신 이야기지."

호로는 다시 한번 그렇게 말한 뒤 겸사겸사 버릇없이 커다란 트림을 한차례 했다.

그러고는 실로 만족스러운 얼굴로, 목에 걸린 잔가시가 빠지기라도 한 듯한 표정을 지으며 로렌스를 응시했다.

"당신이 열심히 날 위해 준비한 계획을 소화하다가 하루가 다 갔어."

호로는 새 송어 꼬치에 손을 뻗어, 마치 입맞춤이라도 하듯 송어를 입으로 가져가더니 덥석 베어 물었다.

"이제부터 또다시 **쓸쓸한 단둘만의 여행**이 될 테니까."

부슬부슬한 송어 살을 입안 가득 씹고 있는데도 의외로 호로는 흘리지 않았다.

꿀꺽 삼킨 뒤, 직원이 갖다 준 맥주를 재빨리 들이켰다.

"적당히 한 줄 써서 보내면 충분할 보리밭을 일부러 찾아가서 시끌벅적한 수확 작업을 돕는 데 참가하고, 바다로 나가기 위해 강을 타고 내려가다니. 뇨히라에서 나올 때는 돈 아끼느라 육로를 이용했으면서. 그것 때문에 얼마나 허리가 아프고, 지긋지긋했는지 모르는데 말이야."

호로는 진심으로 즐거운 듯 웃은 뒤 하아, 하고 한숨을 내쉬었다.

그러더니 드디어 밤에 집어삼켜지는 듯한 마지막 노을의 흔적 쪽을 바라볼 무렵에는 이미 그 얼굴에 저 무표정은 남아 있지 않았다.

"내가 시무룩해지지 않도록, 항상 즐겁게 여행할 수 있도록 날 걱정해서 계속 보살펴 주었다는 건 알고 있어."

호로는 눈을 가늘게 뜨며 애틋한 기억을 떠올리듯 살짝 고개를 갸웃하고 눈을 감았다가, 다시 떴다.

"나는 그게 즐거워 죽을 지경이야. 가끔 눈치 없는 짓을 해서 날 짜증 나게 만드는 것까지 포함해서."

로렌스가 두 손을 들고 항복의 뜻을 표하자 호로는 자비로운 왕처럼 고개를 끄덕였다.

"당신과의 여행은, 덕분에 매일이 즐거워. 하지만 말이지, 참 신기하게도 지루할 때조차도 즐겁거든."

"응… 응?"

로렌스가 의아해 하자 호로는 지나가던 급사 소녀에게 이번에는 고기를 주문했다.

"당신과 처음 만나서 같이 여행할 때는 물론, 온천장에 있었을 때도 깨닫지 못했던 부분인데."

호로는 아직도 들고 있던 꼬치구이의 꼬치를 입에 물고 자근 자근 깨물었다.

“여행하는 중간중간 느껴지는 외로움이나 슬픔, 도저히 견디기 힘든 괴로운 감정까지도 지금은 다 즐겁게 느껴져.”

“저기, 그… 그건….”

로렌스가 어쩔 줄 몰라 하자 호로는 쑥스러운 듯 웃었다.

“참 신기하지? 슬픈 일은 확실히 슬프고 괴로운 일은 괴롭지만 그 오르막과 내리막, 그리고 구멍을 파고 들어가서 무릎을 끌어안고 앉아 있는 일, 그 모두가 다 즐겁단 거야.”

자신을 안심시키기 위한 방편으로 하는 말은 아닌 듯했기에 로렌스는 계속 눈을 끔벅거릴 수밖에 없었다. 돼지 소시지가 날라져 오자 드물게도 호로가 잘라 나누어 주어서, 조심스럽게 입으로 가져갔다.

입안에서 튀는 기름이 달콤하게 느껴지고 맥주를 마시고 싶은 강렬한 유혹에 휩싸였다.

“나는 당신이랑 만난 후 처음으로 ‘살아 있다’는 것의 전부를 즐길 수 있게 됐는지도 몰라.”

호로는 그렇게 말하며 외동딸 뮤리에게도 지지 않을 만큼 천진난만한 얼굴로 소시지를 물어뜯었다.

“쓴 맥주가 맛있는 것과 비슷하지 않을까. 그러니까… 그래, 이제 그만 나를 그렇게까지 돌보지 말라는 말은 안 할게. 애당초 당신은 날 계속해서 보살펴 주기로 약속하고, 나를 아내로 삼았으니까."

호로는 쑥스러운 기색 하나 없이 당당히 말했지만, 이렇게까지 확고하게 말하니 계약을 지키는 데서 기쁨을 느끼는 상인 기질의 로렌스는 오히려 고맙게 느껴질 정도였다.

"그러니까 난 당신에게 이렇게 주문하겠어. 즐겁기만 한 하루하루도 물론 말 그대로 즐겁지만, 난 당신 곁에서 마음껏 외로움을 느끼고 싶어. 그 잔소리 많은 꼬마 계집애랑 별생각 없고 짜증 나는 다람쥐와의 시끌벅적한 나날이 끝난 후 찾아올, 어딘가 모르게 마음 둘 곳 없는 감각도 한껏 즐겨 보고 싶어. 풀 길 없는 슬픔을 곱씹으며 훌쩍훌쩍 울 일도 기대가 돼."

무슨 그런 불건전한 말을, 하고 로렌스는 느꼈지만 문득 악기 조율을 마친 음유시인이 시야에 들어오자 꼭 그렇지만도 않겠다는 생각이 들었다. 그들은 각자의 영역으로 보이는 가게를 향해서 이 자리에 계신 여러분, 하고 입을 열며 노래 주문을 받기 시작한 참이었다.

로렌스는 여행 도중 이런 말을 들은 적이 있었다.

정말로 돈을 많이 벌 수 있는 노래는, 그 자리의 분위기를 잔뜩 달아오르게 만드는 노래가 아니라 사실은 슬픈 내용의 노래라는 말이다.

"당신 곁에서라면 안심하고 울 수 있잖아."

살아 있는 것은 결코 즐겁기만 한 일은 아니다. 하지만 그것은 성직자들이 말하듯, 불완전한 인간이 언제나 갉아먹혀야만 하는 고통 때문이 아니다.

즐거운 일의 반대편에 즐겁지 않은 일이 있다는 말은, 같은 세상을 몇 배는 즐겁게 누릴 수 있다는 뜻이다.

"이봐, 한 곡 부탁할 수 있을까?"

호로가 음유시인에게 말을 걸고 로렌스를 향해 턱짓했다. 완전히 호로의 수하가 되어 버린 로렌스는 다급히 잔돈푼을 꺼내 음유시인에게 쥐여 주었다.

"어떤 곡을 원하시나요?"

뇨히라에 있는 부류와 달리 온통 먼지를 뒤집어쓴, 여차하면 도시에서 좀도둑질이라도 할 법한, 보통내기는 아닌 듯한 시인이었다.

그런 시인에게 호로가 말했다.

"제일 시끄러운 걸로. 귀청을 찢어 버릴 만큼."

시인은 살짝 눈을 크게 뜨더니 대담하게 웃었다.

그 승부 받아들였다, 라고 대답하기라도 하는 듯.

때마침 뱃사람 패거리가 가게로 우르르 들어왔다.

불을 붙이기에는 절호의 기회였다.

"그럼 들려 드리겠습니다. 신조차도 날려 버릴 수 있는 곡을!"

시인이 악기를 켜기 시작하자, 손님들이 고개를 쭉 뺐다.

그리고 발까지 구르기 시작한 시인에게 맞추어 분위기 잘 타는 사람 몇 명이 합세하기 시작했다.

급사 소녀는 강가에 놓인 평상이 무너지지 않을까 어쩔 줄 몰라 하고, 강에 박힌 말뚝이 삐걱삐걱 흔들리며 수면을 어지럽혔다.

바보 같은 소란이 일어나기 직전의 그 순간, 로렌스와 호로는 오히려 고요하게 서로를 마주 보고 있었다.

"자려고 누우면 귓속이 웅웅 울릴 것 같네."

로렌스의 지친 목소리에 호로는 미안한 기색도 없이 이렇게 말했다.

"무얼, 세상에 즐길 수 없는 건 숙취뿐이야."

과음만 안 하면 되는 거 아냐? 하고 어이없는 시선을 보내자 호로는 순진무구한 소녀처럼 웃으며 고개를 갸웃하더니 벌떡 일어나 맥주를 또다시 주문했다.

호로와 로렌스의 여행은 아직도 이어진다.

날이 밝고 아무리 차가운 바람이 불어온다 해도, 혼자가 아니다.

그리고 다음 날 또한 태양은 동쪽에서 떠오르리라.

23권 끝

| 작가 후기 |

오랜만입니다. 하세쿠라 이스나입니다. 앞권 이후로 1년 하고도 9개월 만이라고 하니, 정말로 오래 기다리셨습니다. 『늑대와 양피지』를 쓰거나 〈늑대와 향신료 VR〉 관련 일을 조금씩 하는 등 『늑대와 향신료』의 존재가 일상에서 완전히 지워지지는 않았습니다만, 원고 자체를 쓰지는 않았던 것 같습니다. 조금 더 손을 움직여야….

하지만 이번에는 늘 쓰고 싶었던 소재가 유독 잘 써지거나, 엘사와 타냐가 굉장히 잘 움직여 준 덕분에 작가로서 내용 면에서 대단히 만족스럽습니다. (독자 여러분께서도 즐겁게 읽어 주셨기를 바랍니다.) 또한 단편이라는 이유도 있어서인지, 본편 시리즈를 쓸 때보다 친근한 판타지 세계를 그릴 수 있다는 느낌이 드는 것도 글을 쓰면서 즐거운 요소 중 하나였습니다.

이하, 스포일러를 포함한 각 단편의 소재를 소개합니다.

「늑대와 보석의 바다」는 마그레브 지방의 산호 채취 이야기를 언젠가 꼭 쓰고 싶었는데, 이 기회에 쓰게 되었습니다. 실제로 금속제 갈고리 같은 것을 첨벙 집어넣어 끌어올린다고 합니다. 현대의 감각으로 보면 바닷속이 망가지지 않을까 걱정스럽지만요.

「늑대와 결실의 여름」에 나오는 버섯은 '죽은 사람의 손가락'이라 불리는 다형콩꼬투리버섯을 말합니다. 검색해 보시면 뮤리가 왜 그렇게 겁을 집어먹었는지 아실 겁니다!

「늑대와 옛 사냥개의 한숨」의 큰 뱀이 기어간 흔적은 소위 말하는 '크롭 마크(Crop Mark)'입니다. 검색해 보시면 항공사진이 많이 나올 텐데, 뚜렷하게 보여서 재미있습니다.

이런 소재는 중세 유럽 관련 자료를 읽는다고 나오는 것이 아니기 때문에, 우연한 만남을 기다릴 수밖에 없는 게 난점이지만 아마 아직 판타지에 응용이 가능한 소재가 더 있을 테니 Spring Log 편은 한동안 더 이어질 것 같습니다. (이번 권의 마지막 편이 왠지 최종권 같은 느낌이 들어서, 혹시나 하는 마음에!)

느긋하게 기다려 주시면 감사하겠습니다.

자리가 좀 남아서…. 극히 최근의 이야기입니다만, 야마자키 제빵의 아메리칸 패션 도넛이 갑자기 너무 먹고 싶어서 근처에 있는 가게를 찾아봤는데 안 팔더라고요. 데일리 야마자키라면…! 하는 마음에 전철까지 타고 가까운 점포를 찾아갔는데도 없고! 여름이라 안 파는 것 같았지만 그 촉촉한 식감과 폭력적인 설탕과 기름은 정말 유일무이한 존재거든요. 아아, 아메리칸 패션 도넛…. 다음 권 후기에 체중 이야기가 나오면 무사히 그 도넛을 손에 넣었다고 생각해 주세요. 그럼 이만.

하세쿠라 이스나

늑대와 향신료

늑대와 향신료 [23]

2024년 5월 10일 초판 발행

저자 하세쿠라 이스나 | **일러스트** 아야쿠라 쥬우 | **옮긴이** 박소영
발행인 정동훈 | **편집인** 여영아
편집 팀장 황정아 김은실 | **편집** 노혜림
발행처 (주)학산문화사 | 서울특별시 동작구 상도로 282 학산빌딩
편집부 02.828.8838(전화), 02.816.6471(팩스) | **영업부** 02.828.8986(전화), 02.828.8890(팩스)
홈페이지 www.haksanpub.co.kr | **등록** 1995년 7월 1일 | **등록번호** 제3-632호

ISBN 979-11-411-0044-5 04830
ISBN 978-89-529-9574-2 (세트)

값 7,000원

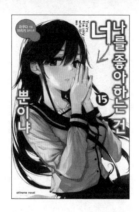

라스트 엠브리오 8

타츠노코 타로 지음 | **모모코** 일러스트

〈문제아 시리즈〉 완결 이후 언급되지 않았던 3년, 그 추상과 시동을 말하는 제8권!!

제2차 태양주권전쟁 제1회전이 열린 아틀란티스 대륙에서 격투를 뛰어넘은 '문제아들'. 세 명이 모인 평온한 시간은 실로 3년만…. 그동안 각자 보낸 파란의 나날. '호법십이천'에 들어온 의뢰에서 시작된 이자요이 일행과 화교와의 싸움. '노 네임'의 두령이 된 요우가 한 달 이상 행방불명된 사건. '노 네임'에서 독립한 아스카가 '계층지배자'로 임명되는데…?! 서로 마음을 열고 잠시 휴식을 취한 후, 모형정원 바깥세계를 무대로 한 제2회전이 막을 연다!

(주)학산문화사 발행

밀리언 크라운 5

타츠노코 타로 지음 | 코게차 일러스트

타츠노코 타로가 선사하는
인류 재연(再演)의 이야기, 격진의 제5막!

큐슈에서의 사투를 마치고 왕관종 중 하나인 오오야마츠미노카미를 토벌하는 데 성공한 극동도시국가연합 일행들. 전후 처리를 마친 시노노메 카즈마는 '나츠키와의 데이트 약속'으로 고민하며 휴가를 쓰지만, 쉬기는커녕 연달아 예정이 생기는데?! 귀국한 적복 필두 와다 타츠지로. '최강의 유체조작형'이라 불리기도 하는 왕년의 인류최강전력(밀리언 크라운)과의 대련이 시작되고, 중화대륙연방, EU연합의 갑작스러운 방문과 시대를 뒤흔들 '신형병기' 공개, 그리고 그 끝에서 기다리는 긴장되는 데이트에서…! 여러 가지 이야기가 교차되는 가운데 파란만장한 휴가의 막이 오른다!

(주)학산문화사 발행

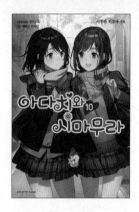